OEUVRES

DE

A. V. ARNAULT.

SE TROUVE AUSSI

MÊME MAISON : { LEIPZIG, REICHS STRASSE:
               { MONTRÉAL (BAS-CANADA);

MARTIN BOSSANGE et C.°, LONDRES,
14, GREAT MARLBOROUGH STREET.

IMPRIMÉ PAR LACHEVARDIERE FILS,
SUCCESSEUR DE CELLOT, RUE DU COLOMBIER, N. 30.

OEUVRES

DE

A. V. ARNAULT,

DE L'ANCIEN INSTITUT DE FRANCE, ETC., ETC.

THÉATRE.

TOME III.

PARIS,

BOSSANGE PÈRE, LIBRAIRE,
RUE DE RICHELIEU, N. 60;

BOSSANGE FRÈRES, LIBRAIRES,
RUE DE SEINE, N. 12.

1826.

GUILLAUME

DE NASSAU,

TRAGÉDIE EN CINQ ACTES.

1820.

Hic vir, hic est.

VIRG., *Æneid.* lib. VI.

Voilà mon héros.

J.-B. ROUSSEAU.

AVERTISSEMENT.

Guillaume de Nassau est un des premiers hommes des temps modernes. Ce n'est pas dans quelques actions seulement, c'est dans toutes ses actions qu'il s'est montré grand. Sa simplicité relevait encore l'excellence de ses qualités. Nul caractère ne tendit plus constamment vers l'héroïsme, nul caractère ne fut plus absolument exempt de jactance. Guillaume est le Phocion de la Hollande.

Les circonstances dans lesquelles ce caractère s'est développé ajoutent encore à l'admiration qu'il inspire. Chef de la noblesse flamande, Guillaume était placé entre le peuple et le souverain quand éclata la révolution qui devait affranchir les Provinces-Unies.

Elle avait été provoquée par le despotisme de Philippe II. Violant les priviléges qu'il avait juré de maintenir, substituant sa volonté aux constitutions qui régissaient les domaines de la maison de Bourgogne, sans respect pour les droits de la propriété, pour la liberté de conscience, pour l'indépendance des citoyens, le fils de Charles-Quint appela les suppôts de l'inquisition dans ces contrées déjà désolées

5.   1.

par les agents du fisc. Guillaume pouvait accroître sa fortune et ses honneurs en servant les projets de l'oppresseur :
il prend le parti des opprimés, il les défend dans le conseil
du prince; et, sacrifiant ses intérêts à ceux de son pays, il
sert bientôt de son argent et de son épée la cause qu'il avait
d'abord plaidée avec une éloquence qui lui avait mérité la
proscription.

Jamais patriotisme ne fut plus pur que le sien : ce n'était
pas pour se l'asservir qu'il affranchissait son pays de la tyrannie de Philippe. Tenant de la volonté générale l'autorité
qu'il exerçait, il n'hésita jamais à recevoir un supérieur,
quand l'intérêt général parut le demander, et fut le premier
à donner l'exemple de l'obéissance lorsque le vœu des états
appela successivement deux princes étrangers à protéger cette
Flandre, qu'ils tentèrent tous deux d'opprimer [1].

Rentré deux fois dans les rangs, ce grand homme n'en
sortit que lorsqu'il fallut enfin reconquérir l'indépendance
nationale, asservie par ces parjures.

Prudent et courageux, discret et sincère, économe et libéral, plein de sagacité et de droiture, non moins circon-
spect dans ses délibérations que ferme dans ses résolutions,
et, sous une apparence flegmatique, accessible à tous les
sentiments tendres, Guillaume n'eut qu'une passion, l'amour
de son pays. Elle a rempli toute sa vie, elle l'anima jusqu'à

son dernier soupir, qu'il exhala avec ces mots : « Mon Dieu,
« ayez pitié de mon âme et de ce pauvre peuple ! »

Ce dernier soupir, qui n'est pas celui d'un ambitieux, lui
fut arraché par un assassinat, le troisième qu'on ait tenté sur
sa personne [2].

Un fanatique porta les coups ; mais la cause de la religion, pour laquelle ce monstre s'était dévoué, n'est pas la
seule que servait son crime. Balthazar Gerrard était aussi
l'instrument de la politique, pour laquelle les exaltés de
cette espèce sont d'excellents auxiliaires.

Pour se déterminer à tenter une entreprise où la mort est
presque certaine, il faut voir au-delà de la mort la récompense qu'un ambitieux ne voit pas hors de la vie. Jacques
Clément, Jean Châtel, Ravaillac, Damiens, Soleiman assassin de Kléber, et tant de forcenés qui, de même que Balthazar
Gerrard, croyaient conquérir l'éternelle félicité par le crime,
ne furent comme lui que des fanatiques aux mains desquels
la politique avait remis un poignard ; que des machines de
mort qui, sans réflexion, n'ont fait qu'obéir au fil par lequel les gouvernait la volonté d'autrui !

Quels ont été les provocateurs de l'action de Gerrard ?
quels moyens ont été employés pour le déterminer à cette
action ? quelles circonstances en ont favorisé l'exécution ?
quels résultats en espérait-on ? quels résultats a-t-elle ame-

nés ? Voilà ce qui m'a semblé aussi digne d'être développé sur la scène tragique qu'aucun des sujets qu'on y ait traités jusqu'à ce jour.

Cette tragédie est un cadre où sont réunis les faits les plus remarquables opérés par Guillaume de Nassau. Tous les détails en sont vrais ; rien n'y est modifié que l'ordre dans lequel ces faits se sont succédé. C'est un précis de la vie de ce grand homme, c'est un chapitre d'histoire.

Ils sont historiques aussi tous les personnages qui figurent dans cette action ; tous, à commencer par Borgia. Dira-t-on qu'on ne voit pas qu'un légat de ce nom ait été soutenir en Hollande les droits du roi catholique et ceux du pontife romain ? Tel n'était pas, en effet, le nom du délégué ecclésiastique qui se fit chasser de La Haye pour des intrigues à peu près semblables à celles qu'on développe ici ; tel n'était pas le nom de l'archevêque de Malines [3], qui avait tenté d'introduire le régime inquisitorial dans les provinces flamandes : mais, en prêtant à un seul ministre romain les crimes de plusieurs, ai-je altéré l'histoire, ai-je calomnié Rome ? Je ne le crois pas. Je ne crois pas non plus avoir calomnié le nom de Borgia [4] en le donnant à l'audacieux représentant de deux tyrannies, au confident de la politique de l'Escurial, à l'agent des intrigues du Vatican.

On sait quel était Philippe II ; on sait aussi quel était

Grégoire XIII, qui fit célébrer par une fête solennelle le massacre de la Saint-Barthélemi; Borgia, quoi qu'il dise et qu'il fasse au nom d'un pareil monarque et d'un pareil pontife, ne saurait non plus les calomnier.

Cet ouvrage, conçu et médité en Belgique, a été exécuté en France, en 1820. Inspiré par l'admiration, il le fut aussi par la reconnaissance.

Épitre dédicatoire

A SON ALTESSE ROYALE

le Prince d'Orange.

Prince,

De tous les héros modernes, Guillaume de Nassau est celui dont votre Altesse royale admire le plus le caractère : je ne l'ignorais pas quand j'ai entrepris de le tracer.

Il n'est pas facile de saisir et de rendre le mélange de grandeur et de simplicité, de talents politiques et de vertus domestiques, qui compose la physionomie de ce grand homme. Je serais néanmoins assuré d'y avoir réussi, Prince, si, en voyant cette esquisse, vous disiez : *Voilà bien l'homme auquel j'ai toujours désiré ressembler !*

Je suis avec respect,

De votre Altesse royale,

Prince,

Le très humble et très obéissant serviteur,

Arnault.

PARIS, CE 27 JUIN 1824.

PERSONNAGES.

GUILLAUME DE NASSAU, prince d'Orange, généralissime des troupes de la république hollandaise.

LOUISE DE COLIGNI, son épouse.

LE COMTE DE BUREN, } fils de Guillaume.
LE PRINCE MAURICE, }

OLDEN BARNEVELDT,
MARNIX DE SAINTE-ALDEGONDE, } membres des états généraux de Hollande.
LE SEIGNEUR DE BRÉDERODE,
LE MARQUIS DE ROUBAIS,

BORGIA, ambassadeur d'Espagne et légat du saint siége.

BALTHAZAR GERRARD, secrétaire de Guillaume.

GOMEZ, Espagnol, attaché à l'ambassadeur.

JACOB DE MALDRE, écuyer de Guillaume.

MEMBRES DES ÉTATS GÉNÉRAUX.

OFFICIERS ATTACHÉS A GUILLAUME.

SOLDATS.

PEUPLE.

La scène est à Delft.

GUILLAUME
DE NASSAU.

~~~~~~

ACTE PREMIER.

Le théâtre représente un vestibule d'architecture flamande, et formé par des arceaux ouverts sur la place; il est décoré de faisceaux d'armes de diverses espèces.

SCÈNE I.

GOMEZ, GERRARD[5].

GERRARD.

Que me veut Borgia? Qu'est-ce qu'il me commande?
Que ne m'oubliait-il au fond de la Hollande!
Et vous, son ami, vous, que cherchez-vous ici?
A le servir encor je n'ai pas réussi,
Gomez; mais qu'en son cœur le soupçon se dissipe.

Le légat de Grégoire et l'agent de Philippe
Douterait-il...

GOMEZ.

Gerrard...

GERRARD.

J'entrai dans son projet
En zélé catholique, en fidèle sujet ;
Et j'aurais accompli ce que j'osai promettre
Si Dieu, qui conduit tout, eût daigné le permettre.

GOMEZ.

Du serment qu'en ses mains à Dieu vous avez fait
Bien que depuis dix mois il attende l'effet,
A votre foi, Gerrard, il n'a pas fait injure.
Dans un refus sans doute il verrait un parjure :
Mais un délai prudent n'est pas crime à ses yeux.
On diffère souvent ses coups pour frapper mieux.
Si Jauréguy [6] des siens eût su se rendre maître,
Depuis un an Guillaume eût expiré peut-être.
Vous sûtes, plus adroit, vous rapprocher de lui.

GERRARD.

Oui, dans sa confiance il m'admet aujourd'hui.
A ses projets divers, en mon esprit facile,
Trouvant jusqu'à ce jour un instrument docile,
Souvent il m'éprouva. Dans Londres, dans Paris,
J'ai servi ses desseins, j'ai semé ses écrits ;
Mais sans cesse éloigné de lui par mes services...

GOMEZ.

Vous n'avez pu saisir tant de moments propices...

GERRARD.

Vous l'avez dit, Gomez.

GOMEZ.

Peut-être le hasard,

Peut-être Dieu sert-il le roi par ce retard;
Par des moyens plus doux, sous les lois de leurs princes
Peut-être a-t-il voulu ramener ces provinces.

GERRARD.

Du fils de Charles-Quint a-t-il fléchi le cœur?

GOMEZ.

Je le crois. Fatigué de quinze ans de rigueur,
Philippe désormais renonce à la vengeance.
Envers Nassau lui-même écoutant l'indulgence,
De ces bords si ce chef consent à s'éloigner,
Le roi non seulement consent à l'épargner,
Mais, par plus d'un bienfait digne de sa puissance,
De ce rebelle il veut payer l'obéissance :
Borgia, revêtu de son autorité,
Ici même aujourd'hui vient régler ce traité.

GERRARD.

Un ministre d'Espagne au milieu des rebelles!
Un prince de l'église en ces murs infidèles!
J'ai peine à concevoir un si hardi projet.

GOMEZ.

Inconnu sur la route il en fait le trajet.
Dans ces murs que son nom soit pour tous un mystère.

GERRARD.

Comme à tout voir, Gomez, je suis fait à tout taire.

Mais, j'en dois convenir, je ne puis espérer
Que l'on atteigne au but où l'on ose aspirer.
Connaissez le héros qui dans ces lieux demeure,
Il est incorruptible.

GOMEZ.

Ou qu'il parte, ou qu'il meure.

GERRARD.

Qu'il parte donc, qu'il parte ! et puissé-je échapper
A la nécessité de le jamais frapper !

GOMEZ.

Révoquez-vous les vœux... ?

GERRARD.

Puisse le ciel propice
Vouloir que mon serment jamais ne s'accomplisse !
Loin de ce grand proscrit mon bras s'est cru trop fort.
Ah ! croyez-moi, Gomez, au moment de l'effort
Qu'attend de ma ferveur le ministre de Rome,
Du fer de l'assassin au cœur de l'honnête homme
L'intervalle est bien grand !

GOMEZ.

Un hérétique !

GERRARD.

Hélas !

Guillaume vient. Sortez.

Gomez sort.

SCÈNE II.

GUILLAUME DE NASSAU, LOUISE DE COLIGNI:, GERRARD.

GUILLAUME.

De leurs cris je suis las ;
Je suis las du pouvoir : oui, Louise, j'abdique.
Cet écrit en contient l'assurance authentique.

A Gerrard.

Aux états assemblés en ce même palais
Que cet acte important soit remis sans délais.

GERRARD.

Du bonheur que j'éprouve à remplir ce message
Que mon empressement vous soit un témoignage.
Oui, prince, abjurez-les ces honneurs dangereux.
Le plus puissant toujours n'est pas le plus heureux.

Il sort.

SCÈNE III.

GUILLAUME, LOUISE.

GUILLAUME.

Viens, quittons Delft : ce n'est que dans la solitude
Qu'on peut trouver l'oubli de tant d'ingratitude.

Mon déplaisir, Louise, au comble est parvenu.
Quittons cette Hollande où je suis méconnu,
Ce peuple que j'aimais avec idolâtrie,
Et cherchons un asile a défaut de patrie.

LOUISE.

Je vous suis, ô Guillaume! ô mon illustre époux!
Je vins ici pour vous, j'en dois fuir avec vous.
Oui, quittons-les ces bords d'où votre heureux génie
A chassé les tyrans et non la calomnie.
Les malheurs de l'exil ne m'épouvantent pas;
Il en est de plus grands, je le sais trop : hélas!
Fille de Coligni, j'eusse été moins à plaindre
Si mon père à la fuite avait pu se contraindre;
Aux coups dont, à votre âge, il expira frappé,
Moins confiant peut-être aurait-il échappé!

GUILLAUME.

Ce n'est pas le danger que je fuis, c'est l'outrage.
Contre ses traits en vain je cherche mon courage,
D'une plus sûre atteinte il a percé mon sein
Que le fer dont Philippe arma mon assassin.
Je fus frappé : le temps a guéri ma blessure;
Mais il ne guérit pas celle que fait l'injure,
Celle qu'un mot réveille en des cœurs délicats,
Une fois déchirés par la dent des ingrats.

LOUISE.

La vôtre est bien profonde.

GUILLAUME.

                          Est-ce moi qu'on soupçonne,

Qu'on accuse d'oser prétendre à la couronne ?
Infidèle aux vertus que je feins d'enseigner,
Je jette enfin le masque, et j'aspire à régner ;
Et mon ambition, qu'un parti favorise,
Doit consommer demain cette grande entreprise !
Ainsi donc mes calculs prolongeaient nos débats !
Ainsi nos citoyens, qui, devenus soldats,
En criant LIBERTÉ ! me suivaient au carnage,
Combattaient seulement pour changer d'esclavage !
Tout le sang qu'à nos mers vingt fleuves ont roulé,
C'est pour moi, pour moi seul qu'il a vingt ans coulé !
C'est pour moi seul, enfin, qu'illustré par nos guerres,
Ce sol s'est abreuvé du sang de mes trois frères [8] !
Embrasés de l'amour dont j'étais transporté,
Oui, mes frères sont morts, mais pour la liberté,
En me léguant tous trois, pour unique héritage,
L'honneur d'achever seul notre commun ouvrage.
Je l'ai fait : j'ai rempli le vœu de ces héros.
Bien plus que de pouvoir j'ai besoin de repos.
Je vieillis : les soucis, la fatigue, avant l'âge,
Ont affaibli ce corps, moins fort que mon courage.
A ma famille, à vous, je dois aussi mes soins :
Allons, Louise, allons ; et n'ayons pour témoins
Du bonheur dont ce jour à jamais nous assure
Que ceux qu'auprès de nous a placés la nature,
Que mes enfants. L'un d'eux en pourra soupirer.
Adolescent, déjà Maurice [9] ose aspirer
Aux plus brillants destins où l'homme puisse atteindre.

5.   2

Que cette ambition, s'apaisant sans s'éteindre,
De but, auprès de moi, s'accoutume à changer.
Et si mon fils aîné, captif chez l'étranger,
Si Buren à Madrid n'était pas en otage ¹⁰,
Jamais destin plus doux n'eût été mon partage.
Saisissons vite un bien qu'on pourrait nous ravir.
Rassurer mon pays, c'est encor le servir.
Partons.

LOUISE.

Devoir bien doux pour mon obéissance.
Mon amour inquiet ne craint que votre absence.
Contre le sort jamais s'il osa murmurer,
C'est lorsque vos projets ont dû nous séparer.
Ah! croyez qu'il apprend avec quelque allégresse
Celui qui tout entier vous rend à ma tendresse,
Sans pourtant vous soustraire à vos nobles destins;
Celui qui, confondant les soupçons clandestins
Contre votre vertu répandus par l'envie,
Prouvera que le vœu de toute votre vie
Fut d'affranchir ce peuple, et non de l'asservir.
Accroissez votre honneur, qu'on voudrait vous ravir.
Désormais plus modeste, et non pas plus obscure,
Que, loin des dignités, votre gloire s'épure.
Votre gloire est en vous, et non dans la grandeur.

GUILLAUME.

De tous vos sentiments que j'aime la candeur!
Aux dons avec le sang transmis dans votre race,
Fille des Chatillons, qu'elle prête de grâce!

A vos doux entretiens quand je puis revenir,
Qu'aisément du malheur je perds le souvenir!
Grâce à l'ingratitude, et peut-être à l'envie,
Le bonheur m'attendait au déclin de ma vie!
De ce trésor, vous dis-je, allons nous emparer.
Partons; rien désormais ne doit nous séparer.

(Louise sort ; Guillaume se dispose à la suivre , quand il aperçoit
Barneveldt. Sur un signe que lui fait ce dernier, il s'arrête.)

SCÈNE IV.

GUILLAUME, BARNEVELDT [11].

GUILLAUME.

Que me veut Barneveldt?

BARNEVELDT.

Que vient-on de m'apprendre?
Non, prince, un tel parti vous n'avez pu le prendre.
Vous voulez vainement vous séparer de nous.
Restez : l'état l'exige; il a besoin de vous.

GUILLAUME.

Se peut-il?

BARNEVELDT.

Des secours que nous promit la France,
La lenteur à Philippe a rendu l'espérance.
A pas précipités de Madrid accouru,
Sur les bords de l'Escaut Farnèse a reparu [12].

Et vous nous quitteriez quand nous courons aux armes !
Nassau, désormais sourd aux communes alarmes,
Dans les bras de l'hymen et de l'oisiveté
Oubliant et sa gloire et son activité,
Sous le joug, où le Belge est rentré plus esclave,
Veut donc voir succomber la liberté batave !

CUILLAUME.

Moi ?

BARNEVELDT.

    De Bruge aux tyrans les murs se sont rouverts ;
Gand a cédé ; Bruxelle est prise ; et sous Anvers,
Où notre faible armée est presque prisonnière,
L'implacable Espagnol a porté sa bannière.

GUILLAUME.

Sainte-Aldegonde est là [13] !

BARNEVELDT.

                    Mais peut-il sans secours
Des succès de Farnèse interrompre le cours ?
Peut-il arrêter seul ce torrent, dont la rage
Jusque dans nos marais veut s'ouvrir un passage ?
Des ports de la Zélande aux rives de l'Amstel
Nos braves des états ont entendu l'appel :
Aux murs de Rotterdam leurs bataillons se rendent.
De Leyde et de Harlem les héros vous attendent [14].
Rendez-vous à leur vœu, qui vous est apporté ;
Défendez votre ouvrage et notre liberté ;
Et ne refusez plus, à vous-même infidèle,
Le poste où la patrie à grands cris vous rappelle.

GUILLAUME.

Pensez-vous qu'il ait pu s'éteindre ou s'assoupir
Le feu qui m'embrasa dès mon premier soupir?
Non, Barneveldt : en moi l'amour de la patrie,
Comme en vous, ne saurait mourir qu'avec la vie.
Cinquante ans de mon cœur unique passion,
C'est peu qu'il m'ait conduit en ma moindre action;
L'oisiveté qui même aujourd'hui vous étonne,
En ce moment aussi, c'est lui qui me l'ordonne.
Tant que j'ai vu l'amour de mes concitoyens
De leurs efforts unis appuyer tous les miens;
Quel que fût le succès, à mon zèle égalée
Tant que leur équité s'est pour moi signalée,
J'aimais, de leur amour surtout ambitieux,
A me multiplier pour le mériter mieux.
Dans ce but, Barneveldt, tout me semblait facile.
Pour y toucher, ainsi vous m'avez vu docile,
Fier même de servir plus que de commander,
Quand l'intérêt public semblait le demander,
Sous un Valois courber avec obéissance
Ce front qui de l'Autriche a bravé la puissance.
Je craignais le repos. Mais depuis que je vois
Le peuple, en son caprice ingrat comme les rois,
De mes intentions suspecter la droiture,
En moi l'ambition doit changer de nature.
Le chef que l'on soupçonne est déjà renié.
Détestant des honneurs qui m'ont calomnié,
Affligé d'être illustre, et craignant d'être utile,

Ambitieux d'oubli, je quitte cette ville;
Et du pouvoir, enfin, sachant me défier,
J'aime à rester oisif pour me justifier.
Adieu, cher Barneveldt; adieu : que mon absence
Ramène en vos conseils la bonne intelligence!
Adieu. Puisque le peuple a douté de ma foi,
Puisqu'en servant l'état on craint d'agir pour moi,
Je saurai, m'imposant un exil volontaire,
Retrouver des Nassau le toit héréditaire,
Et, digne d'eux encor, cultiver de mes bras
Leurs champs, que j'engageai pour payer vos soldats.

BARNEVELDT.

Guillaume, à votre gloire, et si noble et si pure,
Il est trop vrai, l'envie a souvent fait injure.
Dans leur source féconde altérant vos bienfaits,
Et de tous vos exploits vous faisant des forfaits,
Sa voix vous accusa, je le sais, de prétendre
A nous ravir les droits qu'on vous voyait défendre.
Ainsi, dans tous les lieux, les lâches, les méchants,
Aux plus généreux cœurs ont prêté leurs penchants;
Ainsi leur impuissance en tous temps calomnie
L'espoir de l'héroïsme et le but du génie;
Et jusqu'à son niveau s'efforce à ravaler
Des vertus qu'il leur est défendu d'égaler.
En fuyant, croyez-vous désarmer leur malice ?
C'est en punir l'état, c'est vous rendre complice
D'un projet dès long-temps médité contre lui;
C'est lui ravir, enfin, son plus solide appui.

Consultez-vous avant que de vous satisfaire.
Pour l'état croyez-vous n'avoir plus rien à faire?

GUILLAUME.

Je le crois. Cependant qu'abusé par les grands
Contre un tyran le Belge implorait des tyrans,
Abîmant sous nos mers le pouvoir despotique,
N'ai-je pas au Batave acquis la république?
Ce pays sous le joug ne peut plus revenir.
Par l'union d'Utrecht fixant son avenir [15],
J'ai, contre les efforts du plus puissant des princes,
Ralliant à jamais l'effort des sept provinces,
Par la solidité de ce lien nouveau,
Réuni leurs sept dards en un même faisceau.
Ils se défendront seuls. Désormais plus tranquille,
Et, grâce à mes travaux, certain d'être inutile,
Souffrez que dans l'oubli j'attende le trépas.
Je pars, j'en ai le droit.

BARNEVELDT.

Non, vous ne l'avez pas.

Confondre les ingrats par de nouveaux services,
A force de bienfaits punir leurs injustices,
Voilà comment se venge un homme tel que vous.
Dans Rome aussi jadis Camille eut des jaloux;
Par des soupçons aussi sa vertu fut flétrie:
Il ne leur répondit qu'en sauvant la patrie.
Vengez-vous de la vôtre en combattant.

GUILLAUME.

Ami,

Cessez; n'ébranlez pas ce cœur mal affermi
Dans l'affligeant devoir que ma vertu s'impose;
N'ébranlez pas l'appui sur lequel je repose;
Ne m'affaiblissez pas par un zèle indiscret.
A ce peuple inconstant épargnant un décret,
Pour m'infliger moi-même un utile ostracisme,
Lorsque j'aurais besoin de tout votre héroïsme,
Par un contraire effort gardez-vous d'ajouter
Aux peines qu'un effort si grand doit me coûter.
Pour y persévérer j'ai besoin de courage.
Laissez-moi tout le mien; et, tant qu'un témoignage
Unanime, éclatant, ne m'aura pas prouvé
Que le vœu des soldats du peuple est approuvé,
De ses préventions sans prévenir le terme,
Souffrez qu'en ce palais du moins je me renferme.
J'y reste en citoyen; mais au jour du combat,
S'il vient, cher Barneveldt, j'en sortirai soldat.

BARNEVELDT.

Ce grand jour, croyez-moi, ne peut se faire attendre.

(On entend l'air national.)

DES VOIX DERRIÈRE LE THÉATRE.

Nassau! Nassau! Nassau!

GUILLAUME.

Quels cris se font entendre?

SCÈNE V.

LES PRÉCÉDENTS, MAURICE DE NASSAU,
DÉPUTÉS DU PEUPLE ET DE L'ARMÉE.

UN CITOYEN.

Ceux qu'un peuple de joie et d'amour enivré
Vous adressait le jour où, par vous délivré,
Et voulant s'assurer un avenir prospère,
Vous proclamant son chef, il vous nommait son père.

GUILLAUME.

Je ne commande plus.

BARNEVELDT.

Mais vous obéirez
A la voix de l'honneur, dès que vous l'entendrez.

UN SOLDAT.

Nassau, de la patrie écoutez la prière.
Promettez, promettez à l'élite guerrière,
Qui brûle de vous suivre à de nouveaux combats,
Que vous retournerez avec vos vieux soldats,
Avec vos compagnons de dangers et de gloire,
Aux champs où si souvent vous suivit la victoire;
Aux champs où vos amis, de votre honneur jaloux,
Ne veulent succomber ni triompher sans vous.

GUILLAUME.

Liberté, tu vaincras! J'en ai pour assurance

Leur fierté, leur courage, et leur persévérance.
Si pourtant vous pouviez triompher sans danger,
Sous vos drapeaux, ingrats! loin d'aller me ranger,
Dans vos lauriers futurs refusant tout partage,
Croyez qu'à l'instant même en mon vieil héritage
J'irais... Ah! qu'ai-je dit! Non, mes amis, croyez
Que le dangereux poste où vous me renvoyez,
Pour ce cœur toujours jeune a cent fois plus de charmes
Qu'un parti, quel qu'il soit, qui, m'arrachant aux armes,
Déroberait aux coups dont vous seriez frappés,
Quelques restes de sang aux poignards échappés.

MAURICE.

Mon père, et moi pourrai-je enfin, malgré mon âge,
Faire sous vos regards l'essai de mon courage,
Apprendre, en combattant sous un tel général,
Les secrets de cet art nécessaire et fatal,
Qui maître des états les renverse ou les fonde,
Et non moins que les lois fait les destins du monde?

GUILLAUME.

Tu préviens mes désirs: le moment est venu
Où de Maurice aussi le nom sera connu.
Oui, tout Nassau, mon fils, doit l'exemple au plus brave;
Oui, tout Nassau, mon fils, est né soldat batave.
Mes trois frères sont morts les armes à la main;
Et si le tien jadis, dans les murs de Louvain,
Sans respect pour l'étude et ses saints priviléges,
N'eût pas été ravi par des mains sacriléges,

De Philippe, à Madrid, s'il ne portait les fers,
Couronné des lauriers à ton audace offerts,
Depuis plus de quinze ans apprenti sous ton père,
C'est lui qui, t'enseignant le métier de la guerre,
Te révèlerait l'art de triompher des rois.
Va l'apprendre cet art, pour défendre nos droits,
Pour punir les tyrans, pour châtier les traîtres.
Dans tous nos compagnons tu trouveras des maîtres.
Et, crois-moi, pour t'instruire en des secrets pareils,
Leurs exemples, mon fils, valent bien les conseils
Qu'en nos camps, dès ce jour ouverts à ta jeunesse,
Ira, sans plus tarder, te porter ma tendresse.
O mon pays! mes vœux ne sont pas superflus,
Et ma famille enfin t'offre un vengeur de plus.
Avec vous, mes amis, je veux mourir et vivre;
Et comme à vous guider je suis prêt à vous suivre.

(Ils sortent tous, hors Guillaume.)

SCÈNE VI.

GUILLAUME, LOUISE, GERRARD.

LOUISE.

Quels délais!

GUILLAUME.

De projets, Louise, il faut changer.

LOUISE.

Ne partirons-nous pas?

GUILLAUME.

Au moment du danger!

LOUISE.

Je vous comprends.

GERRARD.

Et moi, je ne saurais comprendre
Que délivré du joug on veuille le reprendre.
Peut-être, en oubliant ceux qui vous ont trahi,
Aux volontés du ciel auriez-vous obéi.

GUILLAUME.

Parjure à la patrie, à l'honneur infidèle,
Fermerais-je l'oreille à leur voix qui m'appelle?

GERRARD.

L'intérêt de vos jours n'est-il donc rien?

GUILLAUME.

Gerrard,
Ma vie est dès long-temps le jouet du hasard.
Philippe en ses fureurs ne se repose guère;
Et la paix a pour moi les dangers de la guerre.
Deux fois les assassins me l'ont déjà prouvé.
Confions-nous à Dieu, qui deux fois m'a sauvé.
(A Louise.)
Pourquoi trembler?

LOUISE.

Je sais à quoi l'honneur t'oblige.
Remplis-le tout entier ce devoir qui m'afflige.

Un instant j'approuvai tes vœux pour le repos,
Ces vœux étaient alors d'un sage et d'un héros ;
Ils te sont interdits en ce jour de détresse.
Pars : crois-en ta vertu, dont frémit ma tendresse.
Mais pardonne à mon cœur d'avoir pu se troubler.
Ce serait t'outrager que de ne pas trembler.
A ses amis, à vous, ma tendresse le livre.
Veillez sur lui, Gerrard.

GERRARD.

Moi! je ne puis le suivre.

GUILLAUME.

Qu'avez-vous dit !

GERRARD.

La mort ne m'épouvante pas ;
Mon sang a maintes fois coulé dans les combats ;
Pour moi la gloire a même encore quelques charmes :
Mais se sèche ma main si je reprends les armes!

LOUISE.

Même pour le défendre !

GERRARD.

Hélas !

GUILLAUME.

Vous m'étonnez.
Les droits qu'à vos secours mes bienfaits m'ont donnés
Sont bien loin d'égaler toute mon espérance.
Je comptais cependant sur moins d'indifférence ;
Et je croyais qu'un homme en mes secrets admis
Disputerait de zèle à mes plus vieux amis.

GERRARD.

Croyez-moi, je vous sers mieux qu'aucun d'eux peut-être,
Seigneur, en retournant aux lieux qui m'ont vu naître.
Le peuple vous rappelle au poste du pouvoir :
C'est celui du péril. Ah! puissiez-vous prévoir,
Puissiez-vous prévenir tous ceux dont vous menace
Sa faveur, plus cruelle encor que sa disgrâce.
Sans accuser ce cœur qui sait vous estimer,
Ce cœur qui craint pour vous, craindre ainsi c'est aimer,
Songez que le destin, dans le temps où nous sommes,
A d'étranges devoirs soumet parfois les hommes;
Songez qu'en ce conflit de tous les intérêts,
Le bien, le mal, souvent ont échangé leurs traits.
Ne calomniez pas le zèle qui m'anime.
En vertu quelquefois l'erreur change le crime :
Malgré l'aspect douteux dont il est revêtu,
Ne changez pas en crime un effort de vertu.

SCÈNE VII.

LES PRÉCÉDENTS, JACOB DE MALDRE.

DE MALDRE.

De la paix arborant la couleur bienfaisante,
Un Espagnol aux pieds de nos murs se présente.

GERRARD.

Un Espagnol !

LOUISE.

Gerrard, pourquoi tant vous troubler ?

GERRARD.

À ce nom d'Espagnol un Flamand peut trembler.

GUILLAUME.

Que veut-il ?

DE MALDRE.

Il apporte un traité pacifique
Qu'a de son maître enfin souscrit la politique.

LOUISE.

Quelque piége nouveau.

GUILLAUME.

Dès qu'on a su prévoir
Les projets d'un perfide, on peut le recevoir.
Allez, qu'à notre foi sans crainte il s'abandonne.

DE MALDRE.

Il veut votre parole.

GUILLAUME.

Il la veut ; je la donne.
Je cours la lui porter ; je répondrai de lui.

(Ils sortent.)

SCÈNE VIII.

GERRARD.

A ton bourreau peut-être offres-tu ton appui.
Avec les réprouvés si Dieu veut te confondre,
Infortuné, de toi qui pourra me répondre?

(Il sort en donnant des signes du trouble le plus violent.)

FIN DU PREMIER ACTE.

ACTE DEUXIÈME.

SCÈNE I.

GOMEZ, L'AMBASSADEUR, CONSEILLERS.

L'AMBASSADEUR.

J'y suis enfin! Agents courageux et prudents,
Des projets de Philippe aujourd'hui confidents,
Serviteurs d'un grand roi, rendons-lui l'héritage
Qui d'un sujet rebelle est encor le partage;
Et, par l'adresse enfin, sachons nous ressaisir
D'un bien que la valeur n'a pu lui conquérir.
Voici l'instant d'agir, agissons; mais ensemble.
Tandis qu'au grand conseil, qui déjà se rassemble,
Les traités captieux, par ma voix exposés,
Vont armer de nouveau les partis opposés,
Parlez aux citoyens, rallumez dans la ville
Les brandons mal éteints de la guerre civile.
Je me trompe, ou Nassau, dans son aveuglement,
Lui-même a préparé le grand événement
Qui doit à sa fortune aujourd'hui mettre un terme.

5.   5'

Que d'ennemis nouveaux chez lui-même il enferme !
Sous ses pieds imprudents que de piéges tendus !
Que de glaives mortels sur son front suspendus !
Partout la multitude, ingrate envers la gloire,
Est contre les héros toujours prête à tout croire.
Publiez qu'à Philippe il a vendu ses soins ;
Citez le jour, le prix, les garants, les témoins ;
Ajoutez que du nœud qui déjà les engage
Son fils que je ramène est la preuve et le gage.
Ressuscitez des grands les soupçons endormis.
Dans le cœur, je le sais, ils sont ses ennemis ;
C'est pour eux un égal qui, fatigué de l'être,
Pour occuper sa place a renversé son maître :
Accréditons l'erreur : rien n'est à dédaigner ;
Trompons pour diviser, divisons pour régner.
Le droit n'est qu'un vain mot si l'art ne le seconde ;
Plus que lui l'imposture a gouverné le monde.
Des pouvoirs que Nassau réunit en ses mains
Inquiétons surtout les vrais républicains ;
ils ont de l'injustice une telle habitude
Que leur estime même est de l'ingratitude.
Qu'enflammé cependant par de pieux discours,
Le fanatisme aussi nous prête des secours.
C'est là surtout ma tâche : accomplissez la vôtre.
D'un péril s'il échappe, entraîné dans un autre.
Que Nassau tombe avant d'avoir pu deviner
D'où partira le coup qui doit l'assassiner.
Allez.

SCÈNE II.

L'AMBASSADEUR, GERRARD.

L'AMBASSADEUR.
Mais quelqu'un vient. C'est Gerrard, ce me semble.
GERRARD.
Ciel! comment l'aborder!
L'AMBASSADEUR.
                    Approchez-vous.
GERRARD.
                              Je tremble!
L'AMBASSADEUR.
Vous détournez les yeux. Vous ne sauriez, Gerrard,
D'un juge inattendu soutenir le regard.
Je le conçois.

GERRARD.
                Appui du trône et de l'église,
Je ne puis le nier, ce n'est pas sans surprise
Que je vous vois, sans bruit, sans titre, sans splendeur,
Chez ces républicains modeste ambassadeur,
Flattant les révoltés qu'on menaçait naguère,
Parler de paix aux lieux où vous portiez la guerre.
L'AMBASSADEUR.
Si Gerrard plus fidèle avait fait son devoir,

J'y donnerais des lois au lieu d'en recevoir.
Parlez : depuis un an quel motif vous arrête ?
Des millions de bras ici n'ont qu'une tête ;
Un seul coup suffirait pour les désarmer tous ;
Long-temps, de le porter on vous a vu jaloux,
Dévorer en espoir, d'honneurs surtout avide,
Le prix toujours offert à ce saint homicide.
Dans quel projet ici n'êtes-vous pas venu ?
Ne craignant rien, sinon que d'être prévenu ;
Vous ne faisiez pas voir ce cœur pusillanime
Quand Jaureguy, plus prompt à frapper la victime,
Pensa vous dérober un honneur immortel,
Et venger dans Anvers et le trône et l'autel.
Croyez-en, disiez-vous, l'ardeur qui me dévore ;
Mes coups seront plus sûrs... et Nassau vit encore !

GERRARD.

Oui, Nassau vit encore ; et Dieu seul l'a voulu.
A le frapper Dieu sait si j'étais résolu ;
Fidèle à deux devoirs si, pour punir un homme,
Egalement proscrit par Madrid et par Rome,
Et déclaré par vous indigne de pardon,
J'avais fait de ma vie un entier abandon :
Heureux de voir ainsi de mes erreurs passées,
Au livre accusateur les traces effacées,
Et le ciel accorder au sang d'un vrai martyr
Ma grâce refusée aux pleurs du repentir !
Je pars : n'ignorant pas que le ciel autorise
La fraude même utile à pareille entreprise,

J'ose, pour mieux servir et l'église et l'état,
A notre auguste foi saintement apostat,
Me proclamer partout victime de mon zèle,
A propager l'erreur sous sa forme nouvelle;
Et, grâce à l'intérêt que j'ai l'art d'obtenir,
Jusqu'à Nassau lui-même on me voit parvenir.
Je me le figurais arrogant et farouche,
La fureur dans les yeux, le blasphème à la bouche,
Et, craignant qu'à mes coups il ne pût échapper,
Déjà saisi du fer j'étais prêt à frapper :
Quand s'avançant vers moi : « Je sais votre détresse,
« A vos malheurs, ami, ma pitié s'intéresse;
« Venez, vous n'êtes pas sur un sol rigoureux;
« C'est un refuge ouvert à tous les malheureux.
« Si le courage en vous s'unit à l'industrie,
« Restez, vous n'avez fait que changer de patrie :
« En tout lieu l'homme utile est bientôt citoyen.
« N'avez-vous pas un toit, habitez sous le mien. »
Puis me tendant la main... Vous devinez le reste.
Un accueil moins humain m'eût été moins funeste.
Interdit, atterré, contre tant de douceur
Je sentis tout-à-coup se briser ma fureur.
A ses discours sa voix prêtait encor des charmes.
Dans mes yeux étonnés je retrouvai des larmes.
Le courage expira dans mon cœur énervé :
En se livrant à moi Guillaume s'est sauvé.

L'AMBASSADEUR.

Qu'honorait-il en vous ce sujet infidèle ?

Qu'étiez-vous à ses yeux ? un parjure, un rebelle,
En ce point seulement digne de son appui,
Que vous lui paraissiez aussi pervers que lui.
Offerte au criminel la pitié n'est qu'un crime ;
La sienne est une injure ainsi que son estime ;
Et vos seuls préjugés, faiblement combattus,
Ont pu se laisser prendre à ses fausses vertus.

GERRARD.

Il se peut : cependant cet intérêt si tendre
Sur ses ennemis même il se plaît à l'étendre.
J'ai vu des Espagnols à sa perte attachés,
De la main des bourreaux par la sienne arrachés :
Tandis que de la foi le tribunal suprême
Marquait son front proscrit du sceau de l'anathème,
J'ai vu son noble zèle, à ses persécuteurs
Prodiguant ses secours et ses soins protecteurs,
Soustraire à la fureur des poignards hérétiques
Les plus fougueux agents des fureurs catholiques.
Ah ! si les dons heureux qui font l'homme de bien,
Le généreux guerrier et le vrai citoyen
Sont de fausses vertus à vos yeux équitables,
Quelles sont, dites-moi, les vertus véritables ?

L'AMBASSADEUR.

Ces vertus, c'est la foi des enfants d'Israël ;
C'est leur soumission aux volontés du ciel ;
C'est leur attachement au Dieu de leurs ancêtres ;
C'est leur obéissance à la voix de ses prêtres ;
C'est, pour trancher enfin des discours superflus,

Ce zèle dévorant dont vous ne brûlez plus.

Et cependant quel prix aurait été le vôtre !

Les honneurs dans ce monde et le bonheur dans l'autre.

Le pieux attentat qui n'est pas accompli

Sur terre eût illustré votre sang anobli ;

Et, dans les cieux rouverts à votre heureuse audace,

Dans la sainte milice il marquait votre place.

Mais, d'un crime réel à demi repentant,

Vous fuyez le martyre, et l'enfer vous attend.

GERRARD.

Oui, rien n'effacera mes erreurs criminelles :

Je le sens, j'appartiens aux flammes éternelles.

J'y pouvais échapper si Dieu, dans sa bonté,

M'avait donné la force avec la volonté.

Mais, tout prêt d'accomplir un acte magnanime,

Je frémis, j'en conviens, comme on frémit d'un crime.

Je ne rétracte pas un saint engagement ;

Mais vous, ne pouvez-vous me rendre mon serment ?

Si ce n'est pour Nassau, pour moi plus charitable,

Tirez-moi du supplice affreux, insupportable,

Où me jette un devoir qui m'oblige à trahir,

A poignarder un cœur que je ne puis haïr ;

Un héros que je plains, que j'aimerais peut-être,

Si, moins fidèle à Dieu, j'honorais moins mon maître.

Dieu de mes longs tourments n'aura-t-il pas pitié ?

L'AMBASSADEUR.

Vous n'êtes, je le vois, perverti qu'à moitié :

Vous frapperiez encor s'il était nécessaire.

GERRARD.

Puisse Dieu se choisir un plus digne émissaire !

(Il veut sortir.)

L'AMBASSADEUR.

Où courez-vous ?

GERRARD.

Je cours, en mon trouble mortel,
Consulter Dieu lui-même au pied du saint autel.

L'AMBASSADEUR.

Nassau, que vous plaignez, vous ferme ce refuge.
Mais partout Dieu nous voit, nous entend et nous juge;
Vous pouvez l'implorer sans aller loin d'ici :
Un cœur soumis et simple est son autel aussi.
Espérez toutefois. Dieu n'est pas implacable.
Le juste l'a souvent fléchi pour le coupable.
Si vos pleurs l'ont touché, Nassau même aujourd'hui,
Oui, Nassau peut trouver grâce encor devant lui.

GERRARD.

Quoi !

L'AMBASSADEUR.

Sachez... Mais on vient, sortez en diligence;
Et gardez le secret de notre intelligence.

SCÈNE III.

L'AMBASSADEUR, LE COMTE DE BUREN.

L'AMBASSADEUR.

Comte, enfin vous voilà sous le toit paternel.
Suspendant un exil qui dut être éternel,
Votre maître, laissant reposer sa colère,
Vous permet de revoir et d'embrasser un père.

BUREN.

Un père! est-il bien vrai? Vais-je enfin le revoir?
Bonheur dont ma tendresse avait perdu l'espoir!
Mais reconnaîtra-t-il, après quinze ans d'absence,
Un fils à son amour enlevé dès l'enfance?
Heureux moment!

L'AMBASSADEUR.

                    Pour vous puisse-t-il devenir
L'époque et le garant d'un meilleur avenir!

BUREN.

Ne l'est-il pas? Déjà ma jeunesse flétrie
Renaît en respirant le ciel de la patrie.
Que j'embrasse mon père, et le malheur passé
Dans le présent bientôt va se perdre effacé.

L'AMBASSADEUR.

A ce malheur Nassau peut enfin mettre un terme.
Qu'il accède au traité que cet écrit renferme,

(Il dépose un écrit sur la table.)

Et, révoquant l'arrêt qui vous a séparés,
Le roi veut qu'à l'instant vos maux soient réparés.
A ses désirs Nassau souscrira, je l'espère.
S'il n'est sujet fidèle, il est du moins bon père.
Mais si votre intérêt n'en peut rien obtenir,
Vous savez qu'à Madrid il vous faut revenir.

BUREN.

J'en ai fait le serment, et je le renouvelle.

L'AMBASSADEUR.

C'est encore un secret que cet écrit révèle.
Mais il vient.

SCÈNE IV.

LES PRÉCÉDENTS, GUILLAUME.

GUILLAUME.

Les états ont pensé comme moi
Qu'ils pouvaient écouter le messager d'un roi.
Comme sans confiance ils vous verront sans crainte.
Et vous, bientôt admis en leur modeste enceinte,
Vous verrez à quel point notre peuple a porté
L'amour de la patrie et de la liberté,
Amour qui sur nos bords, accru par les obstacles,
A fait tant de martyrs, a fait tant de miracles,
Et donne aux droits sacrés qu'on nous a contestés
Le prix de tous les biens dont ils sont achetés.

Ministre, pour remplir les volontés d'un maître
On vous accorde un jour.

L'AMBASSADEUR.

Il suffira peut-être.

Quoi qu'il en soit, Nassau, ne vous repentez pas
D'avoir levé l'obstacle où s'arrêtaient mes pas;
Soupçons injurieux, préventions grossières,
Qui sans cesse et partout m'opposaient leurs barrières.
En les favorisant vous eussiez écarté
Le bonheur qu'avec moi je vous ai rapporté.
Je sais quels sentiments contre vous on me prête :
Je ne m'explique pas, mais cet autre interprète
Des projets que le roi daigna me confier
Réussira peut-être à me justifier;
Comme à ma confiance il a droit à la vôtre;
Et le même intérêt nous unit l'un et l'autre.
Écoutez-le.

(Il sort.)

SCÈNE V.

GUILLAUME, BUREN.

BUREN.

Mon père!

GUILLAUME.

O ciel! y pensez-vous?

BUREN.

Mon père!...

GUILLAUME.

Un Espagnol embrasser mes genoux!

BUREN.

Un Espagnol, mon père! Ah! l'infortune et l'âge
Ont-ils donc à ce point altéré mon visage
Que le sang des Nassau, que vous m'avez transmis,
En moi s'offre à vos yeux sous des traits ennemis?
Si ce n'est à ses traits, ah! du moins à sa joie
Reconnaissez le fils que ce jour vous renvoie.

GUILLAUME.

Buren! Buren!... Ah! viens sur ce cœur consolé,
Fils par mes vœux en vain si long-temps rappelé;
Fils que de l'Espagnol l'inflexible colère
A si long-temps puni des succès de ton père.
Tu vis! mais que de maux n'auras-tu pas soufferts?
Tandis que des Flamands ma main brisait les fers,
De Philippe à Madrid les fureurs inhumaines
Augmentaient et l'étreinte et le poids de tes chaînes,
Et j'avais la frayeur à chaque exploit nouveau
D'avoir aigri l'orgueil de ton royal bourreau.
Pourtant je n'ai rien fait pour désarmer sa rage.
Pardonne-moi, mon fils, cet effort de courage;
Pardonne-moi, mon fils, d'avoir prouvé quinze ans
Que mon pays m'est cher autant que mes enfants.
Mais que dis-je? oublions un mal qui se répare.

Tout entier au bonheur que ce jour nous prépare,
A la nature seule accordant quelques pleurs,
Dans les bras l'un de l'autre oublions nos malheurs.

BUREN.

Les miens ont commencé, mon père, avec ma vie.
Dans Louvain mon enfance à vos soins fut ravie;
Je passai dans les fers au sortir du berceau,
Et de vos nobles mains dans celles d'un bourreau.
Nommerai-je autrement l'agent, le prêtre inique
Que l'ardent tribunal fondé par Dominique
Chargeait de préserver mon cœur désespéré
Du changement en vous par Calvin opéré?
Des chrétiennes vertus ignorant la première,
A l'enfer ce cruel empruntant la lumière,
De ses dogmes sans cesse au fond de ma prison
Effrayait ma tendresse, affligeait ma raison :
Calomniant du ciel la justice future,
Il me dictait des vœux qu'abhorrait la nature,
Et me forçait à dire anathème éternel
A la foi que défend votre bras paternel.
Mais Dieu voit la pensée : il ne fut pas complice
De ces vœux qu'à ma bouche arrachait le supplice;
Et le poids de mes fers me témoignait assez
Que les vœux de mon cœur étaient seuls exaucés!
J'étais loin de gémir, ah! vous pouvez m'en croire,
D'un fardeau dont le poids croissait par votre gloire;
Et, malgré les tourments qu'en leurs nœuds j'ai soufferts,

Je ne souhaitais pas qu'on allégeât mes fers.

GUILLAUME.

Ils sont brisés pourtant : quelle cause imprévue
Fait qu'un père sur toi repose encor la vue?
Se peut-il bien qu'après quinze ans d'inimitié
L'implacable Philippe ait connu la pitié?

BUREN.

Je ne sais. Je dormais : une erreur bienfaisante
Me transportait aux bords de ma patrie absente;
Je rêvais mon retour. Un mensonge si doux
Soudain s'évanouit au fracas des verrous.
J'en pleurais : « Levez-vous, reprenez espérance,
« Me dit un inconnu ; je plains votre souffrance,
« J'espère l'adoucir ; déjà l'aveu du roi
« Permet que de Madrid vous sortiez avec moi.
« Vous reverrez bientôt les rives de la Flandre.
« Laissez ici vos fers; mais s'il faut les reprendre,
« A mes ordres soumis, quand vous les entendrez,
« Jurez-moi par l'honneur que vous les reprendrez. »
Je le jure. Aussitôt nous partons. Ah! mon père,
Quand il me promettait un avenir prospère,
Le ministre du roi ne m'a pas abusé.
Mon cœur à cet espoir s'était trop refusé;
Je le crois, je l'éprouve en ce moment d'ivresse.
Je vous tiens dans mes bras, sur mon cœur je vous presse.
Ah! ton courroux, sans doute, est las de me frapper,
Fortune, et mon bonheur ne saurait m'échapper!
Mais qui vient interrompre un entretien si tendre?

SCÈNE VI.

L E S P R É C É D E N T S, **LOUISE, MAURICE.**

LOUISE.

Quel bruit s'est répandu?

MAURICE.

Que vient-on de m'apprendre?

LOUISE.

Votre fils de retour!

MAURICE.

Mon frère dans ces lieux!

GUILLAUME.

Oui, mon fils, oui, ma femme, il est devant vos yeux.
Partagez notre joie après tant de misère...
Louise, embrasse un fils; Maurice, embrasse un frère.

LOUISE.

Bien que d'un autre hymen il ait reçu le jour,
Frère du gage heureux que nourrit notre amour,
Oui, Buren est mon fils; il l'est. O vous que j'aime!
O Nassau! croyez-moi, ma tendresse est la même
Pour chacun des objets où revit votre sang;
Et je suis deux fois mère au jour qui vous le rend.

GUILLAUME.

Chers enfants! chère épouse! en vos yeux comme il brille
Mon bonheur qui s'étend sur toute ma famille.

BUREN.

Hélas! de ce bonheur hâtons-nous de jouir;
Comme un songe il pourrait encor s'évanouir.

MAURICE.

Je te comprends. Philippe, humain par injustice,
N'est pas grand sans calcul, et bon sans artifice.
A ton retour, mon frère, il ose mettre un prix.

BUREN.

Par cet écrit bientôt nous aurons tout appris.

GUILLAUME, prenant l'écrit.

Lisons.

        « Si la Hollande est encore insoumise,
« C'est Nassau, Nassau seul qu'il en faut accuser.
« Sa grâce, que son roi devrait lui refuser,
        « Lui peut pourtant être promise.
« A notre faveur même il obtiendra des droits,
« Si, loin des bords soumis jadis à notre empire,
« Si, loin surtout d'un peuple armé contre ses rois,
        « A l'instant même il se retire.
« Non seulement les biens qu'il dut croire perdus,
        « A ce prix lui seront rendus,
« Mais je veux les accroître en doublant ses domaines,
« Et permets que son fils sorte enfin de ses chaînes.
« A ce prix, tous ses torts s'effacent devant moi.
        « Mais si le traître y persévère,
        « Qu'il y pense : je suis sévère;
        « Et je sais régner. MOI LE ROI [16]. »

Vous l'avez entendu. Le sort toujours barbare

Même par ses faveurs contre nous se déclare.
A l'instant où je crois tous mes vœux accomplis
Il me force à trahir ma patrie ou mon fils.
Que ferai-je, Louise?

LOUISE.

O surcroît de misère!
Vous pensez en héros, si vous sentez en père.
Le héros pourra-t-il écouter mes conseils?
Je n'en crois qu'un seul guide en des doutes pareils.
Consultez votre cœur: dans tout ce qu'il prononce
Vous avez de mon cœur entendu la réponse.

GUILLAUME.

Et vous, Maurice?

MAURICE.

Et moi, mon père, je gémis
Du terrible devoir où vous voilà soumis.
Quel choix affreux Philippe aujourd'hui vous commande!
Sa lâche cruauté ne fut jamais plus grande.
Je conçois qu'à l'apprendre un père ait frissonné;
Que l'héroïsme même en frémisse étonné...
De l'affermir en vous s'il était nécessaire
Ce droit appartiendrait tout entier à mon frère.

GUILLAUME.

Parlez, Buren.

BUREN.

Buren, soumis à son devoir,
Se résigne à son sort sans oser le prévoir;
S'il n'a votre génie, il a votre courage.

5.
4

Vous obéir, tel est, tel sera son partage.

Ordonnez : dans vos bras d'avance je souscris

Au parti, quel qu'il soit, que mon père aura pris.

GUILLAUME.

Déjà l'ambassadeur !

SCÈNE VII.

LES PRÉCÉDENTS, L'AMBASSADEUR.

L'AMBASSADEUR.

Vous avez connaissance

Du prix mis par Philippe à votre complaisance.

GUILLAUME.

Oui.

L'AMBASSADEUR.

Devant les états bientôt je me rendrai.

GUILLAUME.

C'est devant les états que je vous répondrai.

(Ils sortent.)

FIN DU DEUXIÈME ACTE.

ACTE TROISIÈME.

Le théâtre représente la salle des états-généraux. Le portrait de Philippe II s'y voit placé sous un dais.

SCÈNE I.

MAURICE, SAINTE-ALDEGONDE.

SAINTE-ALDEGONDE.

Ainsi, Maurice, ainsi Nassau nous abandonne.
Ce malheur me confond bien plus qu'il ne m'étonne.
Sur les cœurs paternels la nature a des droits
Dont le plus fort en vain croit triompher deux fois.

MAURICE.

Telle est la vérité, brave Sainte-Aldegonde.
Nassau se tait, plongé dans sa douleur profonde.
Mais il pleure, et, malgré son silence absolu,
C'est nous apprendre assez ce qu'il a résolu.

SAINTE-ALDEGONDE.

Je reconnais bien là Philippe et son génie !
Je reconnais bien là sa froide tyrannie,
Son art de menacer, dans un cœur étranger,

4.

Un cœur indifférent à son propre danger.

Mais votre père eût-il souscrit à leur demande,

Votre père n'est pas perdu pour la Hollande,

Et le projet qu'ici je viens exécuter,

Malgré lui-même ici peut encor l'arrêter.

MAURICE.

S'il en sortait, sa gloire en sortirait flétrie.

Ah! sauvez notre gloire en sauvant la patrie.

Quel est votre projet, digne ami?

SAINTE-ALDEGONDE.

D'achever

L'édifice imparfait qu'on nous vit élever

Aux lieux à l'Espagnol fermés par votre père.

Il est solide encor, j'en réponds; et j'espère

Qu'au milieu des assauts qui pourraient survenir,

La main qui l'a fondé saura le soutenir.

MAURICE.

Cette main tremble.

SAINTE-ALDEGONDE.

Eh bien, de cette main, Maurice,

Il faut fortifier la vertu protectrice.

Dans le cercle où Guillaume est encore enfermé

De droits insuffisants il fut long-temps armé;

Il faut de sa puissance, enfin mieux assurée,

Ainsi que la limite étendre la durée.

Le camp s'est prononcé : son désir est le mien;

Son désir est celui de tout bon citoyen :

Que Guillaume, a-t-il dit, soit comte de Hollande.

MAURICE.

Il l'est. Ce que le camp propose, il le commande ;
Et, dès long-temps, lassé de tant de changements,
Le peuple de l'armée a tous les sentiments :
Toujours des étrangers! manquons-nous de grands hommes?
Et, des héros nourris par la terre ou nous sommes,
Qui la protègerait d'un bras mieux affermi,
Que mon auguste père et votre illustre ami?
Donnons-lui donc le rang, donnons-lui donc les titres
Qu'ont de notre destin reçus tous les arbitres ;
N'armons pas une main qui doit nous protéger,
D'un glaive moins tranchant, d'un sceptre plus léger
Que celui dont Valois, tyran sans diadème,
Par nous s'est vu naguère armé contre nous-même,
Et songeons qu'au plus juste en confiant son sort,
L'état pour protecteur prend en lui le plus fort.

SAINTE-ALDEGONDE.

Tel est mon sentiment ; et tel sera, je pense,
Celui des vrais amis de notre indépendance !
Est-ce pour abroger un utile pouvoir?
Non, c'est pour rappeler Philippe à son devoir
Que le cri général quinze ans s'est fait entendre [1].
Altérant le pouvoir en cherchant à l'étendre,
Philippe l'eût détruit ; sachons le conserver :
Philippe eût tout perdu, Nassau va tout sauver.

MAURICE.

N'en doutez pas : je cours, sans tarder davantage,
Du peuple à nos projets assurer le suffrage.

Si les vœux des soldats sont appuyés des siens,
Comptons sur le succès. Des premiers citoyens,
A quelque fonction que leur droit les appelle,
Vous, courez cependant encourager le zèle.
Barneveldt les conduit: sans trop se hasarder,
On peut lui confier...

SAINTE-ALDEGONDE.

Il faut bien s'en garder.

MAURICE.

Comme vous n'est-il pas tout à mon père?

SAINTE-ALDEGONDE.

Il l'aime

Plus que son propre sang, plus encor que lui-même,
Plus que tout, mais non pas tant que la liberté;
De son sentier jamais il ne s'est écarté.
Avec de tels esprits ce n'est que par surprise
Qu'on peut mener à bout une telle entreprise.
J'ai des agents plus sûrs. Cachons à d'autres yeux
Un but dont les fureurs de tant d'ambitieux,
Et même des vertus qu'aujourd'hui je redoute,
A nos efforts bientôt sauraient fermer la route.
Et par quelque indiscret, sorti des murs d'Anvers,
Puissent tous ces projets n'être pas découverts
Avant que le succès... J'entends du bruit... Silence.
Séparons-nous. Je vois Barneveldt qui s'avance.

SCÈNE II.

BARNEVELDT, SAINTE-ALDEGONDE,
BRÉDÉRODE, ROUBAIS, ET AUTRES
MEMBRES DES ÉTATS. Ils entrent par différents côtés.

BARNEVELDT, à Sainte-Aldegonde.

Vous ici !

SAINTE-ALDEGONDE.

Seriez-vous étonné de m'y voir ?
Y siéger est mon droit ainsi que mon devoir.
Aux états, Barneveldt, je viens prendre ma place.
L'armée aussi voudrait savoir ce qui se passe.

BRÉDÉRODE [18].

Jamais projet plus vaste et si bien concerté,
N'a menacé nos droits et notre liberté.
A son dernier moment elle touche peut-être.

BARNEVELDT.

Quoi ! ce ministre à peine ici vient de paraître,
Et déjà les soupçons dans nos murs sont rentrés !
Et les ressentiments dans les cœurs concentrés,
Tout prêts à s'exhaler, comme un lointain orage,
Déjà par le murmure ont signalé leur rage !

BRÉDÉRODE.

Cet homme est Espagnol, on peut s'en défier.

SAINTE-ALDEGONDE.

On peut en craindre tout sans le calomnier.

BARNEVELDT.

Je le crois : mais encor sachons ce qu'il demande.
Le bien de l'état même exige qu'on l'entende.
Loin d'affecter l'orgueil que d'Albe [19] eut autrefois,
Quand du sombre Philippe il nous dictait les lois,
A quelque dignité joignant la modestie,
Il parle de concorde, et non pas d'amnistie.

BRÉDÉRODE.

La concorde ! en est-il entre son maître et nous
Que l'esclavage ?

SAINTE-ALDEGONDE.

Au fait, vous dissimulez-vous
Que par une autre route on veut nous y conduire ?
N'ayant pu nous dompter, on cherche à nous séduire.

BARNEVELDT.

Cet émissaire eût-il des projets ennemis,
J'aime encor qu'on l'écoute, et qu'il lui soit permis
D'exposer au mépris de la fierté batave
Dans la même personne et le maître et l'esclave.

BRÉDÉRODE.

Et si dans les états leurs vœux sont appuyés !

BARNEVELDT.

Des mépris qu'un perfide aurait seul essuyés,
Un membre des états partagerait la honte.

ROUBAIS [20].

Honte donc à Nassau !

SAINTE-ALDEGONDE.

Qui l'a dit ?

BRÉDÉRODE.

On raconte

Que Nassau, las enfin de gloire et de combats,
Transige avec Philippe et met les armes bas.

ROUBAIS.

Ses titres qu'on lui rend, son fils qu'on lui ramène,
Des domaines nouveaux joints à son vieux domaine,
Tel est, dit-on partout, de ce secret traité,
Tel est le prix offert et le prix accepté.
Il part.

SAINTE-ALDEGONDE.

Il restera.

BARNEVELDT.

Si Guillaume transige,
S'il part, sur qui compter?

SAINTE-ALDEGONDE.

Il restera, vous dis-je.

ROUBAIS.

Le voici...

BRÉDÉRODE.

De son front voyez-vous la pâleur?

BARNEVELDT.

J'y vois la fermeté, si j'y vois la douleur.

SCÈNE III.

LES PRÉCÉDENTS, GUILLAUME, HUISSIERS DU
CONSEIL.

BARNEVELDT.

Prenez vos rangs, seigneurs.

(Les députés se placent : Barneveldt occupe la place de président.)

GUILLAUME.

Un agent, un ministre

Du monarque espagnol dont le pouvoir sinistre
Sur ces bords désolés a pesé si long-temps,
Veut vous entretenir d'intérêts importants.
Le conseil pense-t-il qu'on le puisse introduire?

BARNEVELDT, après avoir consulté des yeux l'assemblée, s'a-
dressant aux huissiers:

A l'instant même ici vous pouvez le conduire.

UN HUISSIER.

Voici l'ambassadeur.

SCÈNE IV.

LES PRÉCÉDENTS, L'AMBASSADEUR, SUITE.

L'AMBASSADEUR.

Guerriers et magistrats,

Nobles et citoyens, membres de ces états,
Dont les hardis conseils, depuis quatorze années,
Du Batave inquiet règlent les destinées,
Avant tout, permettez à ma sincérité
De rendre un juste hommage à l'intrépidité,
Au génie, aux succès qui, pendant ces trois lustres,
Ont porté votre peuple au rang des plus illustres.
Je l'avoûrai pourtant, la sagesse en secret,
Même en vous admirant, ne voit pas sans regret
L'effort d'une vertu chez vous seuls si commune
S'user à prolonger une grande infortune :
Vous avez du Batave éternisé l'honneur ;
Mais ce qu'il gagne en gloire, il le perd en bonheur...

BARNEVELDT.

N'est-il pas libre !

L'AMBASSADEUR.

Non ; et votre servitude
A vous-mêmes, seigneurs, ne fut jamais si rude.
Aux fardeaux, sans égard peut-être pour vos droits,
Accumulés sur vous par les agents des rois,
Au mépris outrageant pour votre indépendance,
Qu'à vos lois opposait leur coupable imprudence,
Aux maux qu'ont du pouvoir enfantés les erreurs,
Aux fléaux déchaînés sur vous par ses fureurs,
Comparez la valeur de tous les sacrifices
Que vous prescrit la guerre en ses cruels caprices,
Les devoirs, les tributs qui vous sont assignés,
L'éternelle contrainte où vous vous astreignez,

5.   4*

Et le dommage enfin que même avec la gloire
Aux lieux qu'elle affranchit promène la victoire ;
Et voyez si les fers que vous avez brisés
Sont plus pesants que ceux que vous vous imposez.
D'ailleurs, jusqu'à ce jour, qu'ont gagné vos provinces
A rejeter la race et les lois de vos princes ?
De joug incessamment on les a vu changer,
Pour retomber toujours sous un prince étranger,
Un tyran, que tantôt leur timide espérance
Empruntait à l'Autriche et tantôt à la France.
Philippe a du passé recueilli quelques fruits.
Comme lui puissiez-vous, par vos malheurs instruits,
A travers tant d'excès, vers un bien véritable
Avoir marché, conduits par un mal profitable.
A vos ressentiments aussi mettez un frein.
Ne fermez plus l'oreille à votre souverain,
Qui par ma voix, ici, vous rappelle et vous jure
Respect pour tous vos droits, oubli pour toute injure ;
Et, quand tout vous trahit, vous offre encor l'appui
Qu'en vain de cours en cours vous cherchez contre lui.

BARNEVELDT.

Ministre de Philippe, en nos malheurs extrêmes,
Notre plus ferme appui fut toujours en nous-mêmes ;
S'il nous faut retourner à de nouveaux combats,
Cet appui, croyez-moi, ne nous manquera pas.
Nous désirons la paix toutefois, mais durable ,
Mais consacrant nos droits par un pacte honorable :
Mais nous donnant le roi même pour défenseur

Contre un d'Albe, un Granvelle, ou tout autre oppresseur.
Si tel est le traité conçu par votre maître,
Expliquez-vous, après nous avoir fait connaître
Quel garant de sa foi nous répond aujourd'hui.
On peut en exiger quand on traite avec lui.

L'AMBASSADEUR.

Sa parole royale.

BRÉDÉRODE.

Et c'est sur un tel gage...

L'AMBASSADEUR.

Le refuser, aux rois ce serait faire outrage.

BARNEVELDT.

Bien loin de le penser, je les veux pour garants.
Est-ce outrager les rois que douter des tyrans?

L'AMBASSADEUR.

A l'exemple du roi qu'ici je représente,
Inaccessible aux traits d'une audace imprudente,
Sur le fait qu'aux soupçons elle ose signaler,
C'est à Nassau lui seul que j'en veux appeler.

BARNEVELDT.

Qu'il parle.

GUILLAUME.

Si j'accède aux vœux qu'il vient d'émettre,
Philippe entre mes mains l'autorise à remettre
Mon fils depuis quinze ans retenu prisonnier.
Si je parle, approuvez que ce soit le dernier.

BARNEVELDT.

Non, prince; le conseil ne sera pas complice

De l'injure qu'ici vous fait votre injustice :
Certain qu'en votre cœur le sang, même une fois,
Ne peut pas du devoir intimider la voix,
C'est votre avis, Nassau, qu'il veut d'abord entendre.

GUILLAUME.

Fortifiez, grand Dieu, ce cœur débile et tendre.
Pour vaincre le penchant dont il est combattu
Plus que d'honneur encor j'ai besoin de vertu;
J'en aurai. Repoussant un souvenir sinistre,
Peut-on croire qu'au vœu porté par un ministre
Philippe se rattache avec sincérité ?
Croyons plutôt qu'instruit par la nécessité,
Et cachant ses projets sous une autre apparence,
Il change de langage et non pas d'espérance.
Pour moi, je l'avoûrai, je ne puis concevoir
Qu'un despote vieilli dans l'abus du pouvoir,
Dépouillant tout-à-coup l'orgueil du diadème,
Puisse ainsi franchement se condamner lui-même,
Surtout lorsque sa foi, consacrant ses erreurs,
En vertus à ses yeux transforme ses fureurs.
Jugez Philippe : en vain tous les rois de la terre
Se porteraient garants du remords salutaire
Qui soudain, de son cœur amollissant l'airain,
Change en roi généreux ce cruel souverain,
S'il n'est que cette voix qui de lui me réponde ;
Si la joie à grands cris, de tous les points du monde,
En proclamant l'exil des noirs inquisiteurs,
Ne ferme pas la bouche à ses accusateurs ;

Si la paix de la terre enfin ne nous oblige
A croire au changement qu'atteste un tel prodige,
J'affirme que Philippe est, malgré ses discours,
Ce qu'il fut de tout temps, ce qu'il sera toujours,
Un tyran à la fois fier et pusillanime
Qui, vantant la justice en commandant le crime,
Et parfois traître même à son propre intérêt,
Des talents qu'il n'a pas persécuteur secret,
Au rang des grands forfaits place les grands services,
Et punit les vertus plus souvent que les vices.
Pour son orgueil, instruit à ne rien épargner,
Gouverner c'est proscrire, opprimer c'est régner;
Et tout roi doit compter parmi ses priviléges
La fraude, le parjure et tous les sacriléges;
* Et dans la profondeur de son palais désert,
* A ses complices même avec peine entr'ouvert,
* Et d'où, comme chez lui, sa fureur insensée
* Chez nous prétend régner jusque sur la pensée,
* Si je ne l'entends pas à ses nobles bourreaux
* Dicter ou des arrêts ou des forfaits nouveaux,
* Je le vois, effrayé des horreurs qu'il médite,
* Je le vois assailli des tourments qu'il mérite;
* S'agitant, sans pourtant pouvoir s'en garantir,
* Sous le poids du remords, mais non du repentir,
* A la religion, que cet espoir blasphème,
* Demander en sa crainte appui contre lui-même;
* Aux pieds d'un prêtre obscur, son tyran désormais,
* Acheter un pardon qu'il n'accorda jamais.

* Et livrer, en rachat de son âme exécrée,
* Ses sujets aux bûchers de la terreur sacrée.
Et sur sa foi royale on s'en reposerait !
Insensé mille fois celui qui l'oserait.
Pour lui, de l'avenir inutile interprète, .
Le passé se tait donc, la tombe est donc muette.
De ses flancs échappés ces proscrits que je vois,
D'Egmont lui-même en vain élève donc la voix" !
Entendez-la : « Sénat, en mon espoir frivole,
« De Philippe, dit-il, j'en ai cru la parole.
« Vois ma famille en pleurs ; vois mon épouse en deuil ;
« Vois ma sentence écrite encor sur mon cercueil.
« Le pacte qu'à conclure aussi tu te disposes
« N'est pas moins sanglant : lis, et conclus si tu l'oses. »
Ah ! plutôt à travers leurs remparts entr'ouverts,
Envahissant nos champs qu'il a jadis couverts,
Vissions-nous l'océan ressaisir la patrie
Que sur les flots jaloux conquit notre industrie !
Nul pacte avec Philippe.

L'AMBASSADEUR.

Un tel emportement
Ne saurait du conseil avoir l'assentiment.
En jurant à Philippe une haine implacable,
Il sait qu'envers le peuple il se rendrait coupable
Du retour des malheurs qu'on pourrait prévenir,
Et qu'en lettres de sang vous prédit l'avenir,
Il sait qu'enfin mon roi, dans une paix profonde,
Souverain absolu de la moitié du monde,

Du poids de son pouvoir, qu'il songe à rassembler,
Désormais à loisir pourrait vous accabler.
Philippe eut des erreurs : mais quel roi ne s'égare ?
Philippe eut des erreurs : mais quand il les répare,
Quand d'un peuple qu'il aime il veut se rapprocher,
Est-ce bien le moment de lui rien reprocher ?
Vous n'aurez pas ce tort. Non, le temps et la haine
N'ont pas encor brisé cette invisible chaîne
Qui, malgré leurs discords, de ses anneaux d'airain,
Lie en secret un peuple à son vrai souverain.
Vous n'aurez pas ce tort : j'en prends à témoignage
Ces nobles écussons, cette royale image,
Et ce sceau dont l'empreinte à votre autorité
Prête encor tous les droits de la fidélité.
A leur aspect le doute en mon cœur se dissipe,
Ils répondent pour vous...

                    GUILLAUME, vivement.
                        Nul pacte avec Philippe !
A ses discours trompeurs, seigneurs, si vous cédiez,
Y gagneriez-vous rien que vous ne possédiez,
Rien que n'ait à vos droits rendu votre courage ?
Amis, si le tyran change enfin de langage,
Croyez-moi, c'est qu'enfin, jugeant mieux des objets,
Il pressent la grandeur de ses anciens sujets ;
Mais, loin de rien vous rendre, il veut tout vous reprendre ;
Tout, jusqu'à l'avenir où vous pouvez prétendre.
Sur l'océan, d'où l'ont exilé les revers,
Un empire flottait entre deux univers :

En fuyant l'esclavage à travers la tempête,
Votre intrépide audace en a fait la conquête,
Et déjà vous promet des amis, des vassaux
Partout où la fortune a poussé vos vaisseaux :
C'est ce qu'à vous ravir en secret il aspire;
Des mers sa politique ici poursuit l'empire,
Et par de faux bienfaits s'efforce d'acquérir
Les biens que sa rigueur vous a fait conquérir.
Mais vous la déjouerez sa perfide espérance :
En ses traités d'ailleurs peut-on prendre assurance ?
Son intérêt lui seul les brise ou les prescrit.
Devant Dieu, sur l'autel, ne fut-il pas écrit
Le traité trois fois saint dont la longue durée
Par Philippe et par nous avait été jurée ?
Ressaisis de nos droits, nous saurons les garder.
Si Philippe à combattre ose se hasarder,
Au fond de nos marais, avec Dieu seul pour aide,
Nous l'attendrons encor sous les remparts de Leyde.
L'Espagnol y campa : des ossements blanchis,
Voilà tout ce qui reste en nos champs affranchis
De ces tyrans pour nous plus cruels que les ondes,
De ces tyrans, soldats du tyran des deux mondes.
Nul pacte avec Philippe.

                    L'AMBASSADEUR.

                         Arrêtez ; et pensez
Au courage espagnol qu'ici vous offensez.
Trois fois à votre race il fut déjà funeste.

GUILLAUME, aux états.

Signez la paix, je pars; refusez-la, je reste.

L'AMBASSADEUR.

Eh bien!...

GUILLAUME.

Qui vous retient? n'osez-vous achever?
Je sais d'où naît l'espoir qu'on vous voit conserver;
La raison même au fait ne saurait s'en défendre :
Par des ménagements que j'ai peine à comprendre,
Sur la toile à nos yeux le tyran retracé
Règne encore en ces lieux d'où nous l'avons chassé;
Et la loi qu'il invoque après l'avoir enfreinte
De son sceau garde encor l'injurieuse empreinte ²².
Ces symboles menteurs l'ont trop favorisé :
Ainsi que son portrait, que son sceau soit brisé;
Et sur le trône, au lieu de son image en cendre,
Que la loi monte enfin pour n'en jamais descendre *.

L'AMBASSADEUR.

Trop long-temps, de mon maître abaissant la fierté,
J'ai de tous ces discours souffert la liberté.
Sénateurs, à la paix vous incliniez naguère;
Ou la guerre, ou la paix : qu'acceptez-vous?

LE CONSEIL ENTIER, en se levant.

La guerre.

L'AMBASSADEUR.

Vous l'aurez.

(Le conseil sort.)

* Voir la variante.

5*

SCÈNE V.

GUILLAUME, L'AMBASSADEUR, GOMEZ, SUITE.

L'AMBASSADEUR.

A ce trait me serais-je attendu?
Est-ce ainsi qu'à nos vœux vous avez répondu?
Mais avant peu, Guillaume, une douleur amère...
Buren est votre fils.

GUILLAUME.

La Hollande est ma mère.

(Il sort.)

SCÈNE VI.

L'AMBASSADEUR, SUITE.

L'AMBASSADEUR.

Plus de pitié! Sachons quels effets a produits
Le zèle des agents à ma suite introduits.
Voyons surtout Gerrard; employons sa faiblesse;
Et mettons à profit les moments qu'on nous laisse.

FIN DU TROISIÈME ACTE.

ACTE QUATRIÈME.

Décoration des premiers actes.

SCÈNE I.

L'AMBASSADEUR; BARNEVELDT, ROUBAIS, BRÉDÉRODE, MEMBRES DES ÉTATS; GOMEZ.

L'AMBASSADEUR.

L'affront aujourd'hui fait à mon auguste maître
De ceux qu'il doit venger est le plus grand peut-être.
Le peuple en sa fureur n'eût pas été plus loin ;
Il eût de l'avenir pris aussi peu de soin.
Sages, qui, disputant avec lui d'imprudence,
Vous croyez si certains de votre indépendance,
Ouvrez enfin vos yeux par la haine aveuglés ;
Voyez où tend l'écart de vos pas déréglés.
Du chef que vous suivez avec tant d'assurance,
Voyez, vous dis-je, où tend la secrète espérance.

BARNEVELDT.

Ses projets sont connus comme approuvés par nous.
Son espérance aspire où nous aspirons tous.

Son espérance aspire à finir un ouvrage
Qu'en vain sans sa constance eût tenté son courage.

L'AMBASSADEUR.

Rival de ces tyrans qu'il feint de dédaigner,
Son espérance aspire à régner.

BARNEVELDT.

　　　　　　A régner !

BRÉDÉRODE.

Nassau ! Qu'osez-vous dire, et que viens-je d'entendre ?
Nassau voudrait régner ? Nassau pourrait prétendre...

BARNEVELDT.

Qui l'a dit vous abuse, ou pour nous diviser
Vous-même, en ce moment, vous voulez m'abuser.
L'ignorez-vous ? Nassau , lassé des injustices
Dont tantôt même encore on payait ses services,
Allait chercher la paix sur des bords étrangers,
Quand par ma voix instruit de ces nouveaux dangers,
N'écoutant que le cri des communes alarmes,
Plus que jamais fidèle, il a repris les armes.

L'AMBASSADEUR.

Mais parmi les soldats, parmi les citoyens,
Ses amis cependant lui cherchaient des soutiens ;
Mais, agent d'une trame aux murs d'Anvers formée,
Ses complices en hâte arrivaient de l'armée.
Dans une heure, ici même, ils vont lui commander
D'accepter un pouvoir qu'il n'ose demander.
Le chef de vos soldats, devenus vos arbitres,
Dans une heure a Nassau va conférer les titres

Qu'au fils de Charles-Quint vous avez retirés ;
Et des malheurs sur vous, par vous-même attirés,
Le plus prompt, le plus grand, ainsi que le plus juste,
C'est de voir votre égal, assis au rang auguste
Dont vous déshéritez les Hapsbourg [23], les Valois,
Proclamer l'état libre en renversant ses lois.

BRÉDÉRODE.

Mais quelle preuve enfin... ?

L'AMBASSADEUR.

Cet écrit vous la donne.
Il vient du camp.

BARNEVELDT.

Donnez.

L'AMBASSADEUR.

Ce projet vous étonne.
A quel autre intérêt prêter les attentats
De ces réformateurs sitôt rois des états
Qu'ils juraient d'affranchir jusque dans leur essence ?
Sans la régénérer déplaçant la puissance,
Que font-ils qu'attirer en de moins dignes mains
Le droit mieux affermi d'opprimer les humains ?
Guillaume eut de tout temps ce projet : il l'achève.

ROUBAIS.

Au-dessus de la loi l'imprudent qui s'élève,
Hors de la loi lui-même à l'instant s'est placé.
Qu'il tremble !

BRÉDÉRODE.

Tout courage en nous n'est pas glacé.

Qu'il m'arrache la vie, ou bien qu'il se souvienne
Qu'au faîte du pouvoir César perdit la sienne.

BARNEVELDT.

Meure comme César quiconque en ses projets
Dans ses concitoyens ose voir ses sujets !
J'ai secondé Nassau ; je l'admire, je l'aime :
Mais s'il pensait ainsi, meure Nassau lui-même !
Quoi ! la soif du pouvoir, l'amour de la grandeur,
De sa belle âme auraient corrompu la candeur !
Ses vertus ne seraient que des vertus factices,
Et sa simplicité qu'un tissu d'artifices !
Par ses exploits il faut compter ses attentats !
Quoi ! Nassau, descendant au rang des potentats,
Sur son front dégradé poserait la couronne !
S'il se pouvait !... C'est peu qu'à l'instant j'abandonne
Un ami que mon cœur ne peut plus estimer ;
Pour le punir, ainsi que pour le réprimer,
Si la rigueur des lois, toujours insuffisante,
N'oppose à ses forfaits qu'une hache impuissante,
Je permets au poignard de nous rendre des droits
Qu'en vain nous n'avons pas reconquis sur les rois,
Cent fois moins criminels, à mon avis, qu'un traître,
Qui se dit mon égal en se faisant mon maître.

(Ils sortent.)

SCÈNE II.

L'AMBASSADEUR, GOMEZ, suite.

L'AMBASSADEUR.

A leur fureur sans doute il n'échappera pas.
Un autre piége encor doit s'ouvrir sous ses pas.
Qu'avez-vous fait, Gomez?

GOMEZ.

        J'ai réveillé la haine
Des secrets partisans de l'église romaine.
Pour elle c'est servir que ne pas commander.
Tout haut l'entendez-vous déjà redemander
De notre sainte foi les anciens priviléges
Que Guillaume abrogea par ses lois sacriléges?

L'AMBASSADEUR.

Pourrait-il résister à l'effort concerté
Des soldats de l'église et de la liberté?
Le voilà donc proscrit par Utrecht 4 et par Rome!
Moitié moins suffirait pour perdre un plus grand homme.

GOMEZ.

Sur le ciel pour le reste on peut s'en reposer.
Partons, seigneur.

L'AMBASSADEUR.

      Gomez, qu'osez-vous proposer?
Nassau vit. Ne quittons ces coupables murailles

Qu'aux accents de l'airain sonnant ses funérailles.
D'ailleurs tout est prévu, mais non pas accompli.
Mon ministère entier n'est pas encor rempli.
Ne suis-je point légat du pontife suprême ?
N'y dois-je pas traiter au nom de Dieu lui-même ?
Demain nous partirons : agissons aujourd'hui.
Quelqu'un vient. C'est Gerrard. Qu'on me laisse avec lui.

SCÈNE III.

L'AMBASSADEUR, GERRARD.

GERRARD.

Puissé-je à vos genoux, où je me précipite,
Enfin trouver un terme au transport qui m'agite.
Plus de paix pour mon cœur : dans mon trouble mortel
Vainement je la cherche au pied du saint autel.
Au pied du saint autel, que mon aspect profane,
Sans cesse retentit l'arrêt qui me condamne.
Dieu par le repentir n'est donc pas apaisé ?
Dans votre cœur en vain il fut donc déposé,
L'aveu du grand forfait dont la voix obstinée
D'un remords éternel poursuit ma destinée ?
Pour l'expier, hélas ! que n'ai-je pas tenté !
Voyez ce sein meurtri, ce cœur ensanglanté,
Ce cœur qui, déchiré d'un éternel supplice,
Fatigue en vain la haire, use en vain le cilice.

De désespoir faut-il que j'expire à vos pieds ?

L'AMBASSADEUR.

Les crimes avoués ne sont pas expiés.

GERRARD.

Dieu fait miséricorde.

L'AMBASSADEUR.

                    Oui, Dieu, par indulgence,
Peut dans le repentir trouver la pénitence,
Quand sa grâce au pécheur n'a pas offert l'instant
D'effacer son forfait par un acte éclatant.
Mais cette occasion sans cesse il vous la donne,
Gerrard, et vous voulez que le ciel vous pardonne ?

GERRARD.

Hélas !

L'AMBASSADEUR.

            Le sang d'un prêtre a rougi votre main :
Vous absoudre n'est pas au pouvoir d'un humain.
Dans le sang infidèle effaçant un tel crime,
Autrefois vos aïeux sous les murs de Solime,
De leurs biens à l'église ayant fait abandon,
Auraient été chercher la mort ou le pardon.

GERRARD.

Ce que Dieu m'a donné, Dieu peut me le reprendre ;
Et mes biens et mon sang j'aspire à tout lui rendre :
Mais, contre l'infidèle oppresseur du saint lieu,
Que peut mon faible bras pour la cause de Dieu ?

L'AMBASSADEUR.

Ne peut-on le servir qu'aux bords de l'Idumée ?

Si d'une ardente foi votre âme est consumée,
Pour le prouver faut-il vous éloigner d'ici?
Gerrard, tout apostat est infidèle aussi.
Nassau ne l'est-il pas? Dieu jamais ne pardonne
A l'ingrat qui connut son culte et l'abandonne.

GERRARD.

Les égards qu'il accorde aux sentiments d'autrui,
Nassau ne peut-il pas les réclamer pour lui?
S'il méconnaît les droits du prince des apôtres,
A ses erreurs du moins n'astreint-il pas les autres
Plaignons-le, gémissons sur son triste avenir,
Sans disputer à Dieu le droit de le punir.

L'AMBASSADEUR.

Pour la cause de Dieu voilà donc votre zèle?
C'est ainsi qu'à sa loi vous vous montrez fidèle!
Au lieu de l'arracher, d'une imprudente main
Cultivez donc l'ivraie au milieu du bon grain.
Comme l'herbe maudite, à l'éternelle flamme,
Pécheur impénitent, j'abandonne votre âme.
Je ne vous ferme plus l'abîme où vous roulez:
Perdez-vous à jamais puisque vous le voulez.

GERRARD.

De son doigt redoutable autrefois Dieu lui-même
Marquait le réprouvé du sceau de l'anathème:
Pour tel comment Guillaume à mon bras indigne
Par le pontife encor n'est-il pas désigné?
Qu'au moins sa voix me guide en cette horrible route.
Incité par la foi, retenu par le doute,

Je l'avoûrai, cent fois je me suis demandé
Si le meurtre par Dieu peut être commandé?
De Clément cinq pourquoi ne suit-on pas l'exemple [26] ?
Sa foudre avait marqué les chevaliers du Temple,
Quand les rois ont tonné sur cet ordre apostat,
Signalé par l'église aux rigueurs de l'état.
Pour sa cause le ciel veut que je me dévoue;
Que le ciel pour vengeur et m'appelle et m'avoue;
Que par l'église enfin son décret proclamé
Légitime l'ardeur dont je suis enflammé.
Cette ardeur de l'opprobre est surtout ennemie :
J'accepte le martyre, et non pas l'infamie.

L'AMBASSADEUR.

Animé d'un amour plus saint, plus épuré,
Vous marcheriez au but d'un pas plus assuré;
De ce siècle immolant l'opinion frivole
A ce Dieu qui pour vous à chaque instant s'immole,
A ce Dieu qui pour vous ici-bas descendu,
A la croix douloureuse expira suspendu !
Mais vous voulez qu'il parle : eh bien! homme incrédule
Il veut bien dissiper votre imprudent scrupule :
De ce lieu, pour l'instant, ne vous éloignez pas.

(Il sort.)

SCÈNE IV.

GERRARD.

Fuyons plutôt. Grand Dieu! guide et soutiens mes pas,
Égarés dans la nuit, sur les bords de l'abîme!
J'ai besoin d'expier un crime, un bien grand crime;
Mais, dis, à ta justice aurai-je satisfait,
Si l'expiation n'est qu'un nouveau forfait?...
Fuyons : loin de ces bords tout aujourd'hui m'exile.
Aux murs d'un cloître allons demander un asile...
Hélas! c'est dans la tombe, et non dans leur prison,
Qu'habite le repos qu'implore ma raison.
Là, plus d'anxiétés, plus d'erreurs, plus de doute.
Faut-il donc s'y traîner par la plus longue route?

SCÈNE V.

GERRARD, GUILLAUME, SUITE dans le fond.

GERRARD.

Qui vient? Dieu! c'est Nassau.

GUILLAUME à sa suite.

Mes amis, laissez-nous.

Vous, Gerrard, demeurez.

GERRARD.

Qui, moi, prince?

GUILLAUME.

Oui, vous.

Vous le savez, ami, tout l'espoir de Philippe
En prière, en menace aujourd'hui se dissipe.
L'Espagnol vers nos bords de nouveau va marcher ;
Mais dans ses murs lui-même on peut l'aller chercher.
J'y suis prêt. Toutefois, avant de reparaître
Aux champs où mon tombeau s'ouvre déjà peut-être,
De l'état menacé par de secrets complots
Je dois, je veux, Gerrard, assurer le repos.
Rome est à craindre encor : sa fière intolérance
De nous rendre à son joug ne perd pas l'espérance ;
Sans cesse elle y travaille, et Philippe aujourd'hui
Pour s'en faire appuyer lui prête son appui.
Ne perdons pas de temps ; par notre diligence,
Déconcertons l'effet de leur intelligence.
De toute liberté je suis le défenseur :
Secours à l'opprimé, mais guerre à l'oppresseur !
La loi de l'honnête homme, et c'est la nôtre, improuve
Tout ce qu'un esprit droit, un cœur droit désapprouve.
Mettons donc notre adresse et notre activité
A réprimer sans bruit, et dans l'obscurité,
Les projets qu'un parti doublement fanatique
Ourdit incessamment contre la république.
Dès qu'en Brabant la guerre aura pu m'arrêter,
Dans toute la Hollande ils doivent éclater :
Que notre vigilance aussi loin qu'eux s'étende ;
Que leurs agents surpris dans toute la Hollande

Prouvent que le pouvoir qu'ils voudraient abroger
Suffit à les punir comme à les protéger.

GERRARD, à part.

Quel désastre, grand Dieu, menace ton église!

GUILLAUME.

Pourquoi ce trouble, ami!

GERRARD.

        Tout, hélas! l'autorise.

GUILLAUME.

Pour concerter avec les divers magistrats
Les effets de cet ordre émané des états,
Il fallait un agent adroit, discret, fidèle.
Je me suis fait garant de vous, de votre zèle.
Vous partirez. Venez recevoir de ma main
L'ordre qui doit partout vous ouvrir le chemin.
Ce périlleux trajet le ferez-vous sans arme?

(Il détache des pistolets de l'un des faisceaux qui ornent la salle.)

Prenez les miennes.

GERRARD.

    Dieu!

GUILLAUME.

        Prenez. Qui vous alarme?

GERRARD.

Ne l'avez-vous pas dit? le péril est instant.
Prince.

GUILLAUME.

Hâtez-vous donc et partez à l'instant.

GERRARD, vivement.

Jamais.

GUILLAUME.

Qu'avez-vous dit?

GERRARD, se reprenant.

Jamais... la destinée,
A me persécuter toujours plus obstinée,
N'entraîna ma misère en un plus grand danger
Que ceux où votre audace est prête à s'engager.
Affronter Rome!

GUILLAUME.

Eh bien!

GERRARD.

Quelle imprudence extrême!

GUILLAUME.

L'affronter, est-ce donc affronter Dieu lui-même?

GERRARD.

Des peuples menaçants outragez tous les droits,
Au milieu de leur cour osez braver les rois,
Prince; mais des enfants de l'église romaine
Gardez-vous, gardez-vous de ranimer la haine.

GUILLAUME.

Faiblesse!

GERRARD, avec chaleur.

En vain Luther a cru l'avoir brisé
Le sceau de ce pouvoir par vous trop méprisé;

5.   6*

La foudre qui grondait sur la montagne sainte,
Au haut du Vatican, la croyez-vous éteinte?
Ne la réveillez pas : par cet accent vengeur
Craignez de rallumer au fond de plus d'un cœur
La foi qui brave tout, le zèle à qui tout cède;
La foi de Jauréguy, la ferveur de Salcède [27],
Qui, teints de votre sang, d'un pas audacieux
Montaient à l'échafaud pour s'élancer aux cieux.
L'homme à craindre est celui qui ne craint pas les hommes.
Il en est, croyez-moi, dans le temps où nous sommes.

GUILLAUME.

Gerrard, il est aussi des milliers de soldats
Prêts à frapper ma tête au milieu des combats;
Dois-je y marcher d'un pas moins rapide et moins ferme?
De notre vie, hélas! Dieu seul connaît le terme.
Le dernier de nos jours sur son livre est compté.
Quand je fais mon devoir, je fais sa volonté :
Advienne que pourra [28]!

GERRARD.

Lorsque je vous arrête
De cette volonté je me sens l'interprète.
Au nom de tant d'objets chers à votre amitié,
D'eux et de vous jamais n'aurez-vous donc pitié?
Reprenez, reprenez pour le pouvoir suprême
Le dégoût qui tantôt vous rendait à vous-même.
Lui seul peut vous sauver... Entendez-vous l'airain?
C'est ainsi qu'il gémit au deuil d'un souverain;

Ainsi qu'il mugira lorsque dans son refuge
Il citera l'impie attendu par son juge.

SCÈNE VI.

LES PRÉCÉDENTS, LOUISE.

GERRARD, continuant, à Louise, qui entre.

Venez, venez, madame; en ce moment d'effroi,
Pour sauver votre époux unissez-vous à moi.
Je ne sais quel génie à sa perte l'entraîne :
S'il n'y résiste pas, madame, elle est certaine.

LOUISE.

Où courent en effet ces citoyens troublés?
Votre nom retentit dans leurs cris redoublés.
Vient-on vous attaquer jusqu'en votre demeure ?

GERRARD, prenant un pistolet qui se trouve sur la table.

Une arme! une arme! ô ciel, fais qu'aujourd'hui je meure!...

à Guillaume.)

Je bénis ses décrets, je bénirai ses coups,
Si j'expire à vos pieds en combattant pour vous.

GUILLAUME.

Calmez, ami, calmez cette terreur profonde ;
Nassau peut-il jamais craindre Sainte-Aldegonde ?

SCÈNE VII.

GUILLAUME, SAINTE-ALDEGONDE, GERRARD; SOLDATS, PEUPLE, sur le devant de la scène; et dans le fond, L'AMBASSADEUR, BARNEVELDT, BRÉDÉRODE, ROUBAIS, ET AUTRES MEMBRES DES ÉTATS.

GUILLAUME.

Mais, après lui, pourquoi ce peuple, ces soldats?
Que veut-il?

SAINTE-ALDEGONDE.

Mettre un terme à de trop longs débats.
Comme en ces murs, au camp on n'a pas vu sans peine,
Depuis plus de quinze ans la Hollande incertaine,
Contre son oppresseur forte et faible à la fois,
Lui conserver un rang dont il n'a plus les droits,
Et caresser ainsi la funeste espérance
Qui nourrit sa fureur et sa persévérance.
Le mal touche à son terme; un décret solennel
A renversé l'idole au pied de son autel :
Mais l'autel est debout; mais l'idole, en disgrâce,
Peut conserver l'espoir de reprendre sa place,
Et sur ses pieds d'argile un jour se relever.
C'est ce dernier espoir qu'il lui faut enlever;
C'est ce dernier espoir qu'il faut surtout abattre

Au cœur de son parti, qui fuirait, sans combattre,
Aussitôt que le trône, à son maître échappé,
Par un de nos héros se verrait occupé.
De ce trône, où je vois l'empreinte de la honte,
Régénérons l'honneur : qu'au vieux titre de comte,
Si long-temps odieux au Batave irrité,
La vertu rende enfin sa vieille autorité.
Le droit de gouverner cette terre affranchie
N'est plus un droit du sang; c'est un droit du génie.
Du tyran qu'aujourd'hui ce droit soit transporté
Au plus ferme soutien de notre liberté :
Que Nassau règne, enfin ! Bien que je le désigne,
Un autre aura mon choix, s'il en est un plus digne.
Mais je vois dans les yeux de chaque citoyen
Que le vœu général s'accorde avec le mien,
Avec la volonté sous ce pli renfermée :
Nassau, souscrivez-y; c'est celle de l'armée.

(Il lui remet une lettre.)

GUILLAUME.

Qui ? moi ! que j'y souscrive ! et de quel droit, soldat,
Oses-tu décider du destin de l'état?
De quel droit notre armée ainsi dispose-t-elle
Des biens du peuple entier par vous mis en tutelle?
Ah! plus j'y pense, et plus j'ai lieu de m'étonner!
Faite pour obéir, l'armée ose ordonner !
Nos états, fatigués de leur indépendance,
Vous ont-ils investis de toute leur puissance,
Et du droit qu'usurpa l'orgueilleux souverain

Qui nous dictait des lois les armes à la main?
Mais, l'eussiez-vous ce droit, je n'ai rien à vous dire,
Si ce n'est qu'à vos lois je ne saurais souscrire.
De Philippe accepter l'héritage aujourd'hui,
N'est-ce pas se montrer plus lâche encor que lui?
N'est-ce pas avouer qu'épris du rang suprême,
Au nom du peuple, enfin, j'agissais pour moi-même?
J'agissais pour toi seul, peuple! reprends tes droits:
Pour toi les rois sont faits, et non toi pour les rois.
Moi votre comte, moi! de l'état je suis l'homme.
D'un plus beau nom jamais se peut-il qu'on me nomme?
J'en connais tout le poids, et je le soutiendrai;
J'en connais tous les droits, et je les maintiendrai [*].
Retournez à l'armée; et là, si leur estime
Veut bien dans votre erreur ne pas trouver un crime,
Attendant des états les ordres absolus,
Contents d'exécuter, ne délibérez plus.

BARNEVELDT, à l'ambassadeur.

Vous l'avez entendu, vous à qui j'en appelle.
La république a-t-elle un soutien plus fidèle?

L'AMBASSADEUR.   Ils s'avancent sur le devant de la scène.

Non, sans doute.

BREDERODE.

Ah! combien j'abjure avec horreur
Le soupçon qu'a tantôt accueilli mon erreur!
Ah! contre moi plutôt cent fois tourner ma rage,
Que de frapper ce cœur où l'honneur, le courage,
Où toutes les vertus qui font un chevalier,

Dans un républicain sont venus s'allier !

BARNEVELDT.

Ainsi que lui , Nassau, j'abhorre une injustice
Dont mon aveuglement fut aussi le complice;
Puissent par mes regrets mes torts être expiés,
Mes torts qu'en t'admirant je confesse à tes pieds.

GUILLAUME.

Dans mes bras !... Fermeté vraiment républicaine !
Conservez-la toujours, conservez cette haine
Pour celui qui jamais voudrait exécuter
L'exécrable projet qu'on osait m'imputer.
Mais, ne l'oublions pas , c'est d'un autre esclavage
Qu'il nous faut aujourd'hui défendre ce rivage.
A chaque instant Farnèse a dû s'en rapprocher.
Partons; à sa rencontre il est temps de marcher.

LE PEUPLE.

Partons !

L'AMBASSADEUR.

Arrêtez, prince. Avant que je vous quitte,
D'un grand devoir il faut aussi que je m'acquitte.

GUILLAUME.

Faites.

L'AMBASSADEUR

Je n'ai pas vu non plus sans l'admirer
L'élan qu'un grand courage a su vous inspirer.
Ce qu'on vous voit oser pour une injuste cause
Pour une cause juste approuvez que je l'ose;
Et que je fasse autant quand je défends leurs droits

Que vous quand vous bravez et l'église et les rois.

(Il ôte son manteau, et se montre vêtu de la pourpre des cardinaux.)

Borgia quitte enfin l'habit qui le déguise ;
Ministre de l'Espagne et prince de l'église,
Il saisit le moment où, dans tout son éclat,
L'ambassadeur enfin peut agir en légat.
Investi du pouvoir et des uns et des autres,
Au nom des successeurs du prince des apôtres,
Au nom des souverains, dont vous bravez les lois,
Il va donc vous parler pour la dernière fois.
Nassau, par le mépris de toute obéissance,
Coupable envers ton Dieu d'où vient toute puissance,
Rebelle envers ton roi, toujours comte en ces lieux,
Déserteur des autels qu'encensaient tes aïeux,
Et responsable au ciel, pour comble de disgrâce,
Des crimes de ce peuple égaré sur ta trace ;
Si, réclamant soudain pitié pour ton erreur,
Tu ne détournes pas la céleste fureur,
Dans ses égarements si ton cœur persévère,
Moi, des décrets du prince interprète sévère,
Je te déclare exclu du rang des citoyens,
Déchu de tous tes droits, privé de tous tes biens ;
Te livrant comme traître au vengeur légitime
Qui voudra s'ennoblir en punissant ton crime.
De plus, au nom de Dieu qui fait régner ces rois
Dont ta rebelle audace a méconnu les droits,
Fidèle organe aussi du pontife suprême,
Je lance contre toi le terrible anathème

Par qui l'Hébreu parjure, autrefois poursuivi,
S'est vu livrer au fer des enfants de Lévi [50],
Promettant à quiconque aura suivi l'exemple
De ces cœurs dévorés de la ferveur du temple [31],
Avec le plein pardon qui le déchargera
Des péchés qu'il a faits, des péchés qu'il fera,
Richesses pour les siens, honneur pour sa mémoire,
Et la droite de Dieu dans l'éternelle gloire.

GUILLAUME, froidement.

Que ce double décret partout soit publié.
En Hollande peut-être avions-nous oublié
Ce qu'à Rome on entend par charité chrétienne;
Il importe à l'état que chacun s'en souvienne.

BRÉDÉRODE.

Comme il importe au peuple en ces lieux réuni
Qu'un outrage aussi grand ne soit pas impuni.

GUILLAUME.

Non, des ambassadeurs, même en ce sacrilége,
Bataves, respectons le sacré privilége.

BRÉDÉRODE.

Vous a-t-il respecté?

GUILLAUME.

　　　　　　　Songez qu'il est chez moi.
Songez qu'avec la vôtre il a reçu ma foi.
Sortez. Pour le départ que tout soldat s'apprête;
Vous, Gerrard, suivez-moi.

(Il rentre dans l'intérieur, en couvrant Borgia de tout son corps;
les autres acteurs sortent par les arceaux ouverts sur la place.)

GERRARD, dans le plus grand trouble.

> Qu'est-ce encor qui m'arrête ?
La sentence est portée... O ciel ! tu le permets :
Tu le veux.... Eh bien, soit... Marchons!...Jamais...Jamais!

(Il s'enfuit..

FIN DU QUATRIEME ACTE

ACTE CINQUIÈME.

SCÈNE I.

GUILLAUME, JACOB DE MALDRE?.

GUILLAUME.

Des lenteurs de Gerrard j'ai lieu d'être étonné,
N'a-t-il pas entendu l'ordre que j'ai donné?
Il sait quel intérêt à l'instant le réclame.

DE MALDRE.

Un désordre évident trouble aujourd'hui son âme.
Oui, prince, ou je me trompe, ou quelque affreux dessein
Fatigue sa pensée et fermente en son sein.
D'un esprit malfaisant esclave involontaire...

GUILLAUME.

De secrets importants il est dépositaire.
Peut-être il s'inquiète au moment d'affronter
Les obstacles nouveaux qu'il lui faut surmonter.
Quoi qu'il en soit, ami, c'est un agent fidèle;
Vingt fois depuis un an j'eus recours à son zèle.
Mon espoir jusqu'ici n'a point été déçu.

Et son serment en vain ne fut jamais reçu.
Cherchez-le : qu'il se presse.

(De Maldre sort.)

SCÈNE II.

GUILLAUME, SAINTE-ALDEGONDE.

GUILLAUME.

Allons, la foudre gronde.
C'est la voix de la gloire ; allons, Sainte-Aldegonde,
Marchons aux Espagnols d'un pas mieux affermi,
Et qu'à jamais l'état soit ton meilleur ami.

SAINTE-ALDEGONDE.

En te cédant à lui j'ai prouvé que je l'aime
Plus que moi, disons mieux, plus encor que toi-même.
Ah ! sans l'égalité s'il n'est pas d'amitié,
Au public intérêt quand j'ai sacrifié
L'appui sur qui la nôtre et vieillit et repose,
Je crois avoir plus fait pour la commune cause
Ce jour où mon projet fut par toi traversé,
Que dans les vingt combats où mon sang fut versé.

GUILLAUME.

Plus de maître en ces lieux. Sujet des lois, j'espère
De la patrie un jour être appelé le père :
Encor, si l'on m'en croit, un nom si grand, si beau,
Ne se lira jamais qu'au marbre d'un tombeau.

Vivant, sous le niveau qu'ici chacun s'abaisse :
La liberté périt où l'égalité cesse.

SAINTE-ALDEGONDE.

Plus je t'observe, et plus j'ai peine à concevoir
Qu'un homme sur lui-même exerce un tel pouvoir.
Toujours à la hauteur que le moment réclame,
Où trouves-tu, Nassau, cette égalité d'âme,
Qui, des biens et des maux triomphant sans effort,
T'a maintenu sans cesse au-dessus de ton sort?

GUILLAUME.

Sans effort! Sur soi-même, ami, peux-tu le croire,
Qu'on gagne sans effort la plus faible victoire?
Dans tes vœux quand par moi tu n'es pas écouté,
Penses-tu qu'à mon cœur il n'en ait rien coûté,
Qu'il n'ait à l'amitié fait nulle violence,
Et qu'il ne souffre pas pour souffrir en silence?

SAINTE-ALDEGONDE.

J'entends. Mais, quant à moi, sache que l'amitié
Dans mes derniers projets n'était pas de moitié.
Je t'aime, je l'avoue, avec idolâtrie,
Mais c'est de tout l'amour que j'ai pour la patrie ;
Et lorsqu'au premier rang j'ai voulu t'élever,
Je croyais te servir bien moins que la sauver.

GUILLAUME.

Vraiment! Dans mon refus bien que je persévère,
Ami, je dois blâmer d'un accent moins sévère
Une erreur où j'ai dû trouver un attentat
Tant que j'imaginais qu'infidèle à l'état,

Sur la honte, et non pas sur la gloire commune,
Ton amitié coupable élevait ma fortune.
Tu n'étais qu'imprudent! je fus bien rigoureux.
Avec ton vieil ami montre-toi généreux.
Embrassons-nous. On vient... C'est Buren... O supplice!
O mon pays! voici l'instant du sacrifice.

SCÈNE III.

SAINTE-ALDEGONDE, GUILLAUME, BUREN, MAURICE.

BUREN.

Adieu, mon père!

GUILLAUME.
Eh quoi! déjà...

MAURICE.
L'ambassadeur
A presser son départ met une étrange ardeur.

BUREN.
Aux résolutions que lui dicte sa haine,
Vous le savez, mon père, un nœud sacré m'enchaîne.

GUILLAUME.
Je le sais trop, hélas!

MAURICE, avec véhémence.
Sans ce serment fatal...

BUREN.
Je n'eusse pas revu le sol, le ciel natal;

Je n'embrasserais pas un père que j'adore.
Ce serment, je ne puis le détester encore :
Quelques instants du moins il nous a rapprochés.

GUILLAUME.

Mes enfants, les douleurs que vous lui reprochez
De ma volonté seule en effet sont l'ouvrage.
Tu resterais, Buren, si j'avais le courage
De préférer la honte à l'honneur dont la loi
Veut qu'au bien général je t'immole avec moi.

BUREN.

Mon père, en la suivant vous avez été juste ;
Vous avez affermi votre édifice auguste.
Loin d'en gémir, Buren vous conjure aujourd'hui
De n'hésiter jamais entre l'état et lui.
Il y va de l'honneur pour vous et pour moi-même.
Oui, je m'abhorrerais autant que je vous aime,
Si, par mes intérêts jamais embarrassé,
Vous sortiez du chemin que vous m'avez tracé.
Laissez-moi retourner à mon noble esclavage :
Même au prix de mon sang assurez votre ouvrage.
Mon père, il croulerait, et l'on n'en doute pas,
Si vous lui retiriez l'appui de votre bras.
Mais avec lui soudain croulerait votre gloire ;
Et le héros qu'en vous attend déjà l'histoire,
Et d'un peuple opprimé le grand libérateur,
Et d'un nouvel état le plus grand fondateur,
Descendrait au niveau de ces âmes vulgaires,
De ces esprits légers, turbulents, téméraires.

Qui n'ont que trop donné le droit de les punir,
En entreprenant plus qu'ils ne sauraient finir.
Périsse ma fortune, et que l'état prospère !

MAURICE.

A ce grand intérêt immolez tout, mon père !
J'y souscris. Mais du moins, seigneur, ne souffrez plus
Qu'on s'arme contre vous de vos propres vertus.
Que Borgia, trompé dans son lâche artifice,
Veuille changer pour vous un triomphe en supplice,
Et sur l'un de vos fils faire tomber les coups
Que son ressentiment ne peut frapper sur vous,
Je m'en étonne peu : mais pouvez-vous permettre
Qu'entre ses mains mon frère aille ainsi se remettre ;
Et, par un faux honneur se laissant emporter,
Redemander des fers qu'il n'eût pas dû porter ?

BUREN.

Et mon serment, Maurice!...

MAURICE.

                    Ah ! mon père, à quel titre
Du destin de Buren ce prêtre est-il arbitre ?
Quels droits a-t-il sur lui, ce digne agent des rois,
Si ce n'est le mépris du plus saint de nos droits ?
Et ce fils qu'à vos bras arracha le parjure
A de semblables droits n'oserait faire injure ;
Par un serment surpris il serait arrêté !
Non : tes droits, ton devoir, c'est l'infidélité.
De faux serments Philippe a fatigué le temple.
S'il osait t'accuser, cite lui son exemple.

BUREN.

Cet exemple est un crime...

GUILLAUME.

Et tu dois l'abhorrer.

Pourrais-tu l'imiter sans te déshonorer ?

Non : que le sacrifice en entier se consomme.

Le vrai héros, mon fils, est surtout honnête homme ;

Sa parole jamais n'est engagée en vain.

Aussi, sur les esprits régnant en souverain,

Puissant comme l'honneur où son crédit se fonde,

Règle-t-il d'un seul mot l'opinion du monde.

BUREN.

Serait-ce Borgia que j'entends ?

MAURICE.

Le voici.

SCÈNE IV.

LES PRÉCÉDENTS, BORGIA, SUITE.

BORGIA.

Prince, rien ne peut plus le retenir ici.

Permettez son départ.

GUILLAUME.

(A un officier, et désignant Borgia.)

Cruel!... De son passage

Écartez par vos soins le danger et l'outrage.

5.

BORGIA.

Venez, comte.

GUILLAUME.

O patrie!

BUREN.

Assistez-moi, grand Dieu!

MAURICE.

Tu pars...

BUREN.

Adieu, mon frère; adieu, mon père.

GUILLAUME.

Adieu!

SCÈNE V.

SAINTE-ALDEGONDE, MAURICE, GUILLAUME, LOUISE. Guillaume, absorbé dans sa douleur, s'est jeté dans un fauteuil.

SAINTE-ALDEGONDE.

Partons : au bruit des camps, au tumulte des armes,
Oublions, s'il se peut, tant de sujets de larmes.

MAURICE.

C'est au sang espagnol à nous payer nos pleurs.

LOUISE, entrant sur ces mots.

Et moi! qui peut me faire oublier mes douleurs?

GUILLAUME.

La fille des héros, femme faible et timide!

LOUISE.

Tantôt je vous montrais un cœur plus intrépide.
Il s'agissait de peine et non pas de danger :
A mon malheur le tien n'était pas étranger ;
Il nous réunissait. Ah ! je te le déclare,
Je ne vois de malheur que ce qui nous sépare.
Le reste je le puis supporter sans effort ;
Et la terre d'exil où m'appelait ton sort
Épouvantait bien moins ma tendre prévoyance
Que ces champs où l'honneur rappelle la vaillance.
Et pour moi désormais que de sujets d'effroi !
Tes jours non seulement sont proscrits par un roi ;
Mais des fureurs de Rome, exécrable interprète,
Un prêtre aux assassins désigne aussi ta tête !
Que devenir ? hélas ! dans tes embrassements
Je n'échappe pas même à mes pressentiments,
A l'horreur qui partout me poursuit et m'oppresse.
Guillaume, elle est extrême ainsi que ma tendresse.
Tout l'excite. Entends-tu ce pontife inhumain ?
Vois-tu le fanatisme un poignard à la main ?
Un peuple de bourreaux à sa voix se rassemble.
Ah ! crains plus chacun d'eux que tous les rois ensemble.
L'effroyable transport dont leur cœur est rempli
Par aucune pitié ne peut être affaibli ;
C'est lui qui, dans la France, un moment leur repaire,
Au faîte de sa gloire assassina mon père ;
C'est lui qui, dans Anvers, contre ton propre sein
A deux fois dirigé les coups de l'assassin.

7.

Dans ce moment peut-être arme-t-il le barbare
Qui d'une main plus sûre à frapper se prépare.

SCÈNE VI.

LES PRÉCÉDENTS, DE MALDRE.

DE MALDRE.

Prince, Gerrard est là.

GUILLAUME.

Plus de retardement.

Qu'il s'arme, et qu'il m'attende en cet appartement,
Que de tous mes secrets j'ai fait dépositaire.

(De Maldre sort.)

(A Louise.)

Je ne sais d'où me vient ce trouble involontaire !
Loin de toi la terreur ne saurait me troubler,
Mais près de ce qu'on aime on apprend à trembler.
Où serait en effet l'appui de ta détresse,
Si, renversé du coup prévu par ta tendresse,
Comme ton noble père à tes yeux massacré,
J'expirais sans honneur sous le couteau sacré ?...
Quel doute injurieux ta frayeur me suggère !
Ma femme en mon pays serait-elle étrangère ?
N'y tiens-tu pas de tous les nœuds par qui j'y tiens ?
Mes amis, mes enfants ne sont-ils pas les tiens ?
Et la reconnaissance où j'ai droit de prétendre,

Sur toi le peuple aussi ne doit-il pas l'étendre?
Il entendra mes vœux : je la lègue à tes soins;
Console ses douleurs et préviens ses besoins;
De ton Guillaume en elle honore la mémoire,
Charge-toi de ma dette, ô peuple, et mets ta gloire
A lui payer enfin, si tu veux m'acquitter,
Tout ce qu'en ce moment je voudrais mériter.

SCÈNE VII.

LES PRÉCÉDENTS, BARNEVELDT, BRÉDÉRODE,
ROUBAIS, OFFICIERS, MEMBRES DES ÉTATS,
SOLDATS, PEUPLE.

BARNEVELDT.

Nos soldats, enflammés d'une valeur nouvelle,
Prêts à suivre vos pas où l'honneur les appelle,
Demandent qu'au plus tôt leurs bras soient employés.
Voyez de l'union les drapeaux déployés.
Prête à marcher, l'armée attend son capitaine.

DE MALDRE rentre.

Gerrard est introduit dans la chambre prochaine.

GUILLAUME.

Un seul moment : je cours terminer avec lui.
Ce devoir satisfait, partons, et qu'aujourd'hui
Le jour pour nous se couche au-delà de la Meuse.

(Il sort.)

SCÈNE VIII.

LES PRÉCÉDENTS, EXCEPTÉ GUILLAUME.

BARNEVELDT.

Digne chef d'une race en tout temps si fameuse,
Si loin que toi jamais héros a-t-il porté
L'amour de la patrie et de la liberté !
Grand Dieu ! conserve-nous ses conseils, son courage;
Et laisse-lui le temps d'achever son ouvrage.

(On entend une détonation.)

LOUISE.

Quel est ce bruit, grand Dieu!

DE MALDRE, rentrant dans le plus grand trouble.

Jour de crime et d'effroi!
Guillaume expire.

TOUS.

O ciel !

(Louise, Maurice et Sainte-Aldegonde sortent.)

BARNEVELDT.

Et qui l'a frappé?

SCÈNE IX.

LES PRÉCÉDENTS, GERRARD, égaré.

GERRARD.

Moi !

BARNEVELDT.

Toi, Gerrard!

GERRARD.

Moi, vous dis-je, ou plutôt c'est Dieu même.

BARNEVELDT.

Dieu, Gerrard!

GERRARD.

Dieu... L'arrêt de ce juge suprême,
Ainsi que moi tantôt vous l'avez entendu.
Le sang qu'il demandait mon bras l'a répandu.
Pour frapper un tel homme, il fallait une audace...
Je ne l'eus pas toujours... mais le ciel... mais la grâce...
La vertu qu'on retrouve au céleste banquet [33],
Enfin m'ont apporté le don qui me manquait.

BRÉDÉRODE.

Non, tu n'as pas frappé l'ami dont la vaillance
Avec la liberté défendait ta croyance,
Et marquait chaque jour pour toi par un bienfait.
Non, non, tu n'as pas pu le frapper...

5.   7*

GERRARD.

Je l'ai fait.

BARNEVELDT.

Sa raison cède au poids du malheur qui l'accable,
Il s'impute un forfait dont il n'est pas capable.

GERRARD.

Erreur : la foi de Rome en tout temps fut ma foi.
L'Espagne est ma patrie, et Philippe est mon roi.

SCÈNE X.

LES PRÉCÉDENTS, MAURICE.

BARNEVELDT.

Guillaume !

MAURICE.

Il vient, conduit par sa dernière envie,
Exhaler dans vos rangs le reste de sa vie.

(A Gerrard, en faisant signe de l'emmener.)

Assassin ! pourrais-tu reparaître à ses yeux ?

GERRARD.

Assassin sur la terre, et martyr dans les cieux !

On l'emmène.

SCÈNE XI.

LES PRÉCÉDENTS, SAINTE-ALDEGONDE,
GUILLAUME.

(Guillaume est appuyé sur lui, et soutenu par de Maldre.)

GUILLAUME, assis.

Élite du conseil, élite de l'armée,
Amis, de vous revoir que mon âme est charmée !
Sur un lit sans honneur je n'expirerai pas :
Je meurs sous les drapeaux, je meurs entre vos bras.
La cour qui m'assassine elle seule est flétrie...
J'espérais être encore utile à la patrie !...
Pauvre peuple ! c'est toi qu'en moi l'on veut frapper ;
Mais à des nouveaux fers tu sauras échapper.
Jurez-moi son bonheur : c'est jurer ma vengeance...
Entre vous si mon nom maintient l'intelligence,
Quand Barneveldt encor préside vos états,
Quand un autre Nassau marche avec vos soldats,
Ne craignez pas les rois, bravez Madrid et Rome.
Elles perdent l'honneur : vous ne perdez qu'un homme.

(Consternation générale.)

BRÉDÉRODE.

O perte irréparable !

SAINTE-ALDEGONDE.

Oh ! de tous les malheurs.

Le seul qui de mes yeux ait arraché des pleurs!

BARNEVELDT.

Qu'il soit vengé!... Nassau, dans la tombe enfermée,
Si ta valeur est morte à jamais pour l'armée,
Qu'au moins ton souvenir, animant nos soldats,
Vive à jamais présent au milieu des combats.
Suspendons aux drapeaux cette écharpe sanglante.

(Il noue au drapeau l'écharpe de Guillaume.)

Qu'inspirant à la fois la rage et l'épouvante,
Ce témoin d'un forfait que nous courons punir
Dans les rangs espagnols nous guide à l'avenir.
GUILLAUME ET LIBERTÉ! voilà pour notre gloire,
Voilà le cri de guerre et le cri de victoire.

FIN DE GUILLAUME DE NASSAU.

NOTES ET REMARQUES

GUILLAUME DE NASSAU.

Qu'ils tentèrent tous deux d'opprimer.

Deux princes furent mis à la tête du gouvernement des Pays-Bas du vivant de Guillaume : l'archiduc Mathias, frère de l'empereur Rodolphe II, et après lui le duc d'Anjou, antérieurement connu sous le nom de duc d'Alençon, et frère de Henri III, roi de France. Don Juan d'Autriche gouverna aussi les dix-sept provinces; mais il y avait été envoyé par Philippe second.

Le troisième assassinat qu'on ait tenté sur sa personne.

Guillaume succomba le 10 juillet 1584; en 1582, il avait été atteint d'un coup de pistolet, tiré presque à bout portant par un Biscayen nommé Jauréguy; et en 1583, un Espagnol, Nicolas Salcédo, de concert avec François Baza, Italien,

avait conspiré aussi contre les jours de cet infortuné prince.
(*Voyez* plus bas les notes 6 et 27.)

3 PAGE 6.

L'archevêque de Malines.

Il est ici question du cardinal de Granvelle. Ce ministre,
que Philippe II avait donné pour conseil à Marguerite de
Parme, gouvernante des Pays-Bas, fut le provocateur de
la révolution qui se manifesta dans ces contrées, tourmentées
par son fanatisme et par sa tyrannie. Zélé partisan des doc-
trines du concile de Trente, pour les faire recevoir dans ces
provinces, Granvelle y voulait établir l'inquisition. On ne
s'étonne pas qu'un pareil homme se soit fait approbateur du
massacre de la Saint-Barthélemi; mais on peut s'étonner qu'il
soit recommandé à l'estime des siècles par la *Biographie
universelle.*

4 PAGE 6.

Je ne crois pas avoir calomnié le nom de Borgia.

Tel était le nom du pape Alexandre VI.

5 PAGE 11.

Balthazar Gerrard.

Ce misérable était originaire de Villafans en Franche-
Comté. Il nourrissait depuis six ans l'horrible projet qui

lui avait été inspiré par l'édit de Philippe, et dans lequel les exhortations des jésuites l'avaient confirmé. On est fâché de voir Alexandre Farnèse complice d'un tel crime.

Le fanatisme seul porta Gerrard à l'acte atroce qu'il expia dans les supplices. Les récompenses qu'il en espérait n'étaient pas de ce monde. Philippe II paya toutefois consciencieusement à la famille de cet assassin les 25,000 écus promis; de plus, il accorda à cette famille roturière toutes les prérogatives qu'avait reçues de Charles VII la famille de la pucelle d'Orléans. Quand la Franche-Comté eut passé, par droit de conquête, sous les lois françaises, M. de Vanolle, intendant de cette province, vengea la noblesse et la morale, en refusant de reconnaître pour valides des titres si horriblement mérités. Il les foula aux pieds, et mit à la taille les héritiers de Gerrard.

Une branche de cette famille était allée s'établir dans les Pays-Bas autrichiens; elle y conserva ses priviléges. Les héritiers de Guillaume de Nassau, qui ont reconnu pour nobles toutes les familles anoblies par les gouvernements auxquels le leur succède, ont ratifié peut-être le prix dont le sang de Guillaume avait été payé.

⁶ PAGE 12.

Jauregnis Jean .

Biscayen. Il était au service de Gaspard Anastro, banquier d'Anvers; le fanatisme seul le porta aussi au crime où son maître le poussait par intérêt. Philippe avait promis à ce dernier, en cas de réussite, quatre-vingt mille ducats.

7 PAGE 15.

Louise de Coligny.

Fille de l'amiral de ce nom, et veuve du comte de Téligny, qui tous deux avaient été massacrés dans la nuit du 23 au 24 août 1772, fête de la Saint-Barthélemi : elle fut la quatrième femme de Guillaume, et la mère du prince Frédéric-Henri, qui parvint au stathoudérat après la mort du prince Maurice.

8 PAGE 17.

Ce sol s'est abreuvé du sang de mes trois frères.

Ludovic, Adolphe et Henri de Nassau. Ludovic et Henri furent tués en 1574 à la bataille de Mooch; Adolphe était mort dès 1568, dans une bataille près de Groningue, où il avait reçu le coup mortel de la main du comte d'Aremberg en le lui donnant.

9 PAGE 17.

Adolescent, déjà Maurice ose aspirer
Aux plus brillants destins où l'homme puisse atteindre.

Maurice de Nassau, fils de Guillaume et d'Anne de Saxe, sa seconde femme : il succéda à son père dans le stathoudérat; mais il participa plus à ses talents qu'à ses vertus. Ce défenseur de la Hollande en devint l'oppresseur. Maurice fut un des plus grands capitaines de son temps.

¹⁰ PAGE 18.

Si Buren à Madrid n'était pas en otage.

Philippe-Guillaume, comte de Buren, fils aîné de Guillaume de Nassau, et d'Anne d'Egmond, sa première femme, et filleul de Philippe II : il étudiait à l'université de Louvain en 1567, quand, enlevé par ordre du roi catholique, il fut conduit en Espagne. Pour le préserver de l'hérésie, son scrupuleux parrain le tint enfermé vingt-huit ans dans un château où il n'avait d'autre plaisir que de jouer aux échecs avec le chapelain qui l'instruisait et le capitaine qui le gardait. Celui-ci s'étant permis un jour de mal parler du prince d'Orange, le comte de Buren le jeta par la fenêtre. C'est tout ce qu'il a fait de brillant. En 1595 il recouvra sa liberté, et fut remis en possession de ses biens. En 1606, il épousa Léonore de Bourbon, sœur du prince de Condé, premier prince du sang de France. Il habitait depuis quelques années Bréda, ancien héritage de ses pères. Il mourut à Bruxelles en 1618; et, comme il n'avait pas d'enfants, le titre de prince d'Orange, qu'il avait pris à la mort de Guillaume, passa au prince Maurice, qu'il avait institué héritier de ses diverses seigneuries.

¹¹ PAGE 19.

Barneveldt (Jean d'Olden).

Grand pensionnaire de Hollande, l'un des hommes qui contribuèrent le plus à consolider en ce pays l'indépendance que Guillaume y avait fondée. Magistrat savant, négociateur adroit,

citoyen incorruptible, il servit pendant quarante ans la république, soit dans les conseils, soit dans les ambassades, avec
une habileté et une intégrité qui lui avaient acquis un crédit
rival de celui du stathouder. Maurice, à l'adolescence duquel
il avait pour ainsi dire servi de tuteur, contrarié par ce républicain dans le projet de s'emparer du pouvoir souverain,
devint son implacable ennemi et environna sa vieillesse d'outra-
ges et de persécutions. Il avait juré la perte de ce grand homme.
Pour l'effectuer, il chercha dans une querelle de religion des
moyens que les querelles politiques n'avaient pu lui fournir.
Deux opinions opposées sur la grâce divisaient deux théolo-
giens de Leyde, Gomar et Armin. De l'école, ces disputes se
propagèrent dans la société, qui se trouva bientôt partagée
en deux factions. Barneveldt ayant approuvé les opinions des
arminiens, Maurice se prononça pour les gomaristes. La
haine qu'il portait au grand pensionnaire l'emporta sur l'indifférence qu'il avait pour ces matières, dont la connaissance
ne lui était rien moins que familière. Un synode assemblé à
Dordrecht ayant condamné la doctrine des arminiens, Maurice fit arrêter les chefs de ce parti, et Barneveldt, jeté en prison, se vit livré à une commission. Jugé par elle, le père
de la patrie fut condamné à perdre la tête sur l'échafaud,
comme traître envers la patrie, et aussi *pour avoir contristé
au possible l'Église de Dieu.* Ce sont les termes de la sentence.
Elle reçut son exécution le 13 mai 1617. Barneveldt avait
alors soixante-douze ans. Sa mort est une tache ineffaçable à
la mémoire de Maurice, qui en eut moins de regrets que de
remords. Cette catastrophe a fourni à Lemière le sujet d'une
tragédie, ouvrage austère, où l'on trouve des beautés de
l'ordre le plus élevé.

¹² PAGE 19.

Sur les bords de l'Escaut Farnèse a reparu.

Alexandre Farnèse, fils de Marguerite d'Autriche et d'Ottavio Farnèse, duc de Parme et de Plaisance, lequel était fils de Pierre-Louis Farnèse, né d'un mariage contracté frauduleusement avec une dame de Bologne par le cardinal Farnèse, depuis proclamé pape sous le nom de Paul III. Alexandre succéda dans le gouvernement des Pays-Bas à don Juan d'Autriche, qui avait succédé à Marguerite. C'est lui qui ramena sous le joug de Philippe II les provinces catholiques. Ses succès toutefois ne s'étendirent guère au-delà de l'Escaut. Le siége d'Anvers est une des opérations les plus étonnantes dont les fastes de la guerre nous aient conservé le souvenir. Farnèse y renouvela les prodiges qu'Alexandre avait faits au siége de Tyr, et que le cardinal Richelieu reproduisit au siége de La Rochelle. Ses deux incursions en France, l'une en 1590 pour faire lever le siége de Paris, l'autre en 1592 pour faire lever le siége de Rouen, réussirent. Farnèse, comme capitaine, n'eut de rivaux parmi ses contemporains que dans Henri IV et dans Maurice. Il est fâcheux qu'on trouve le nom de ce prince compromis dans toutes les dépositions des assassins qui ont successivement attenté à la vie de Guillaume. C'est à son aïeul le pape Paul III que l'on est redevable de la bulle *in cœna Domini*, qui tous les ans, au jeudi-saint, anathématisait les hérétiques et aussi les rois qui établissaient sur leurs peuples des contributions nouvelles sans l'autorisation du saint siége. On lui doit de plus la bulle qui approuvait l'institution des jésuites. Clément XIV supprima la publication de la première de ces bulles, et révoqua celle qui instituait les

5.   8

jésuites; mais Pie VII a rétabli depuis cette milice des papes : est-ce dans le but d'être utile aux rois ? c'est ce que le temps nous apprendra.

13 PAGE 20.

Sainte-Aldegonde est là.

Philippe de Marnix, baron de Sainte-Aldegonde, né à Bruxelles, fut tout à la fois homme de lettres, homme d'état et homme de guerre; disciple de Calvin, il avait embrassé avec ferveur la réforme religieuse; ami de Guillaume, il ne fut pas partisan moins zélé de la réforme politique. C'est lui qui rédigea l'arrêté par lequel les gentilshommes belges s'engagèrent, en 1566, à ne pas souffrir dans leur pays l'établissement de l'inquisition. Le prince d'Orange l'employa dans des négociations importantes. Bourgmestre de la ville d'Anvers en 1584, il y fut assiégé par le prince de Parme, et quoiqu'il ait été obligé de rendre cette place l'année suivante, il n'acquit pas moins d'honneur en la défendant que le duc en la prenant.

Sainte-Aldegonde a publié un grand nombre d'ouvrages de controverse. Il écrivait aussi en vers. Sa traduction des Psaumes en vers hollandais était fort estimée de son temps. On lui attribue le chant national qui se chante encore aujourd'hui en Hollande; il était occupé à traduire la Bible en flamand quand il mourut, en 1598, à Leyde.

14 PAGE 20.

De Leyde et de Harlem les héros vous attendent.

Ces deux villes sont célèbres par la résistance qu'elles opposèrent aux Espagnols. Harlem, assiégée en 1573 par Frédéric de Tolède, fils du duc d'Albe, ne succomba qu'après une défense de sept mois; Leyde, moins malheureuse, assiégée en 1574 par Requesens, résista pendant cinq mois à tous les fléaux réunis, et dut sa délivrance au parti que prirent les Hollandais de rompre les digues et d'inonder le pays : *Mieux vaut*, disaient-ils, *pays gâté que perdu*. L'inondation, qui submergea le camp espagnol, amena jusque sous les murs de Leyde la flottille que Guillaume avait équipée à Roterdam. Quand Leyde fut délivrée, il y avait sept semaines que le pain y manquait.

15 PAGE 23.

Par l'union d'Utrecht fixant son avenir.

On donna ce nom au traité par lequel les provinces de Hollande, de Zélande, d'Utrecht, de Frise, de Gueldre, de Brabant et de Flandre, tout en gardant chacune leur gouvernement particulier, formèrent une association politique, et s'engagèrent à s'entre-secourir contre toute attaque extérieure, et à contribuer en hommes et en argent à la défense commune. Cet acte, rédigé par Guillaume, est la base de la constitution par laquelle la Hollande a été régie pendant plus de deux cents ans. Ce traité prit le nom de la ville où il avait été conclu, le 29 janvier 1579.

16 PAGE 48.

Moi, le roi.

Yo, el rey, telle est la formule qui, dans tous les actes émanés du trône, précède en Espagne la signature royale.

8.

¹⁷ PAGE 53.

Est-ce pour abroger un utile pouvoir?
Non, c'est pour rappeler Philippe à son devoir
Que le cri général quinze ans s'est fait entendre.

Les Pays-Bas en effet ne réclamaient que l'observation des priviléges dont la garantie leur avait été jurée par les rois d'Espagne, héritiers des domaines de la maison de Bourgogne. Ce n'est pas contre les lois mais pour les lois qu'ils s'étaient armés.

¹⁸ PAGE 55.

Brédérode.

Nom historique porté ici par un personnage fictif, auquel on prête toutefois les opinions qu'eut le véritable comte de Brédérode, l'un des plus zélés défenseurs des priviléges des Pays-Bas, et celui des seigneurs qui le premier prit les armes pour les défendre. Ce seigneur descendait des anciens comtes de Hollande. Il mourut en 1566.

¹⁹ PAGE 56.

D'Albe.

Ferdinand Alvarez de Tolède, duc d'Albe, généralissime des armées impériales sous Charles-Quint. En 1546, il gagna contre les protestants la bataille de Mulberg. Sous Philippe II, il conquit à ce roi le Portugal; mais il lui fit perdre les sept Provinces-Unies, qui s'étaient révoltées contre sa tyrannie.

Le duc d'Albe fut l'homme le plus dur, le plus orgueilleux et le plus vindicatif de son temps. Il avait pour principe « qu'un pays rebelle devait être ruiné. » Ce fut sa règle de conduite dans les Pays-Bas; il se vantait d'avoir fait mourir dix-huit mille hommes de la main du bourreau pendant cinq ans et demi qu'il gouverna ces malheureuses provinces, et cela indépendamment d'un nombre plus considérable encore de Flamands qui avaient été tués sur le champ de bataille ou égorgés dans les villes prises. A son lit de mort, tourmenté par le souvenir de tant d'horreurs, comme il ne dissimulait pas ses terreurs, Philippe II lui fit dire, pour le tranquilliser, qu'il prenait sur lui le sang qui avait été répandu sur le champ de bataille, et que le duc ne répondrait que de celui qu'il avait fait couler sur les échafauds. On ne dit pas si, d'après cette garantie, il mourut en paix.

[20] PAGE 56.

Roubais.

Nom historique aussi. Le marquis de Roubais fut du nombre des seigneurs flamands qui, après avoir embrassé la cause de la liberté, s'en détachèrent par suite de la jalousie que leur inspira la grande popularité du prince d'Orange. Guillaume n'eut pas d'ennemi plus cruel parmi ses compatriotes que le marquis de Roubais, qui porta la haine jusqu'à solder un officier français, son prisonnier, pour assassiner le prince d'Orange. On a voulu rappeler ces faits en prêtant ses dispositions malveillantes au personnage qui porte ici son nom.

[21] PAGE 64.

D'Egmont lui-même en vain élève donc la voix.

Lamoral, comte d'Egmont, issu d'une des grandes maisons de Hollande, servit avec distinction sous Charles-Quint. Général sous Philippe II, il gagna les batailles de Saint-Quentin et de Gravelines. Ce roi ne lui pardonna pas néanmoins de s'être rangé du parti des seigneurs flamands qui s'opposèrent à l'établissement de l'inquisition dans les Pays-Bas et demandèrent le rappel du cardinal Granvelle. D'Egmont, qui s'était laissé abuser par les égards, les faveurs même que lui prodigua Philippe, auquel il avait été porter à Madrid les remontrances des provinces flamandes, périt victime de sa confiance. Arrêté après son retour par ordre du duc d'Albe chez le duc d'Albe même, il fut condamné à mort par un tribunal spécial, dit *conseil des troubles*. La sentence fut exécutée, le 8 juin 1568, sur la grande place de Bruxelles. Guillaume avait prédit à d'Egmont le sort qui l'attendait. N'ayant pu réussir à le désabuser et à l'engager à recourir aux armes contre la tyrannie de Philippe, il lui avait dit dans une conférence tenue à Villebruck, en terminant leur discussion, qui avait été vive : « Fiez-vous à la clémence de Philippe ; « quant à moi, je vais mettre ma tête à l'abri chez l'étran-« ger. — Adieu donc, prince sans terres, lui dit d'Egmont.— « Adieu donc, comte sans tête, répliqua Guillaume. »

Dans les notes de *la Henriade*, du nom *Lamoral* on a fait *l'amiral*. Il est étonnant qu'on ait tout nouvellement reproduit cette faute, qui avait déjà été signalée.

'' PAGE 67.

De son sceau garde encor l'injurieuse empreinte.

L'insurrection des Pays-Bas contre Philippe II date du mois de mai 1568, époque à laquelle Louis de Nassau y rentra les armes à la main, et ce n'est qu'en 1581, le 26 juillet, que les états-généraux assemblés à La Haye déclarèrent Philippe déchu des droits de souveraineté pour avoir violé les lois fondamentales. En conséquence de ce décret, le sceau du roi fut rompu, les commissions données en son nom furent révoquées, et l'on exigea des officiers civils et militaires un nouveau serment. Ainsi pendant quinze ans tous les actes que les états opposaient aux actes du roi avaient été scellés du sceau de ce prince, et c'est en son nom qu'on lui faisait la guerre.

[23] PAGE 71.

Dont vous déshéritez les Hapsbourg, les Valois.

La maison d'Autriche, à laquelle appartenait Philippe II, devait son élévation au trône impérial à Rodolphe, comte de Hapsbourg, qui fut élu empereur en 1273.

Par Valois, l'ambassadeur rappelle ici que le duc d'Alençon, prince de la maison de Valois, avait été proclamé souverain des Pays-Bas par les États.

[24] PAGE 73.

Le voilà donc proscrit par Utrecht et par Rome.

C'est-à-dire, en conséquence des principes qui servent de base à l'union d'Utrecht et de ceux que professe la cour de Rome.

[25] PAGE 76.

Cultivez donc l'ivraie au milieu du bon grain.

Métaphore empruntée à l'Évangile. *Voyez* Saint Matthieu, ch. XIII.

¹⁶ PAGE 77.

De Clément cinq pourquoi ne suit-on pas l'exemple?

Bertrand de Got. Ce pape en supprimant l'ordre des Templiers en 1310, en conséquence d'un procès dont l'instruction dura trois ans, l'avait dénoncé en effet à la justice séculière, et avait justifié la rigueur de Philippe-le-Bel aux yeux de ceux qui ne le réputaient pas complice de ce prince.

²⁷ PAGE 82.

La foi de Jaureguy, la ferveur de Salcède.

« Je suis prêt, disait Jaureguy au banquier Anastro son maî-
« tre, à faire ce que le roi désire si ardemment ; je méprise
« également et la récompense qui m'est offerte et le danger
« auquel je m'exposerai pour la mériter. Je sais que je péri-
« rai : la seule chose que j'exige de vous, c'est que vous fas-
« siez prier Dieu pour le repos de mon âme, et que vous en-
« gagiez sa majesté à secourir mon père dans sa vieillesse. »
On ignore si les vœux de ce misérable ont été exaucés, et si
le roi Philippe a fait une pension et octroyé des lettres de
noblesse à la famille de ce valet ; mais on sait qu'un prêtre
nommé Timerman, auquel il se confessa, loin de le détourner
de cet horrible dessein, l'y encouragea et lui donna l'absolution.

Salcède ou Salcédo, mû par un intérêt pareil, fut encouragé aussi au crime par les ministres du Dieu de paix. On prétend que l'espérance d'obtenir le paradis par cette horrible
action avait conduit à Delft quatre scélérats qui se dispo-
saient à frapper Guillaume, quand Balthazar Gerrard les pré-
vint le 8 juillet 1584.

²8 PAGE 82.

Advienne que pourra.

Vieil adage qui, pour être complet, doit être précédé de ces mots : *Fais ce que dois.* Napoléon-Louis, roi de Hollande, en avait fait sa devise : c'est celle d'un honnête homme.

²9 PAGE 86.

De l'état je suis l'homme.
D'un plus beau nom jamais se peut-il qu'on me nomme ?
J'en connais tout le poids, et je le soutiendrai ;
J'en connais tous les droits, et je les maintiendrai.

Stathouder signifie en effet l'homme de l'état. Guillaume croyait appartenir à l'état, et différait en cela de Philippe, qui pensait que l'état lui appartenait. *Je maintiendrai* est la devise des princes d'Orange.

³o PAGE 89.

Je lance contre toi le terrible anathème
Par qui l'Hébreu parjure, autrefois poursuivi,
S'est vu livrer au fer des enfants de Lévi.

Les enfants d'Israël, après avoir forniqué avec les filles de Moab et de Madian, ayant adoré leur dieu Belphégor et mangé de la chair des victimes immolées sur ses autels, Dieu irrité dit à Moïse : « Prenez tous les chefs du peuple et pendez-les « en plein jour à des gibets, pour détourner ma fureur de des- « sus Israël. » *Tolle cunctos principes populi, et suspende eos contra solem in patibulis, ut avertatur furor meus ab Israël.* En conséquence Moïse dit aux juges d'Israël : *Occidat unus-*

quisque proximos suos qui initiati sunt Beelphegor; « que cha-
« cun de vous tue ceux de ses proches qui ont été initiés au culte
« de Béelphégor. » (*Nombres*, c. xxv.)

Les prêtres de la nouvelle loi s'autorisent souvent de l'ancienne. Quand le pape Pie VII sacra l'empereur Napoléon,
telle fut sa prière : « Dieu tout-puissant et éternel, qui avez
« établi Hazaël pour gouverner la Syrie et Jéhu roi d'Is-
« raël en leur manifestant votre volonté par la voix du pro-
« phète Élie, qui avez également répandu l'onction sainte des
« rois sur la tête de Saül et de David par le ministère du pro-
« phète Samuel, répandez par mes mains les trésors de vos grâces
« et de vos bénédictions sur votre serviteur Napoléon, que,
« malgré notre indignité personnelle, nous consacrons aujour-
« d'hui empereur en votre nom. »

³¹ PAGE 89.

De ces cœurs dévorés de la ferveur du temple.

Ceci rappelle aussi un passage des livres sacrés : *Zelus
domus tuæ comedit me,* « le zèle de votre maison m'a dévoré, »
dit le Psalmiste, ps. LXVIII, v. 10.

Ce passage est extrait des versets suivants :

*Extraneus factus sum fratribus meis, et peregrinus filiis
matris meæ.*

Quoniam zelus domus tuæ comedit me.

« Je suis devenu comme un étranger à mes frères, et comme
« un inconnu aux enfants de ma mère.

« Parceque le zèle (de la gloire) de votre maison m'a dévoré. »
(Traduction de LEMAÎTRE DE SACY.)

Clément Marot traduit ainsi ces versets :

> Mes frères m'ont tenu pour étranger,
> Mescogny m'ont les enfants de ma mère ;
> Car de ton temple, ô Dieu ! en qui j'espère,
> Le zèle ardent est venu me manger.

Les pasteurs et les professeurs de Genève ont substitué à cette version, qui ne leur paraît pas assez élégante, les vers suivants, qui se chantent dans leurs temples :

> Ceux de mon sang m'ont traité d'étranger.
> J'ai paru tel aux enfants de ma mère,
> Lorsqu'on a vu dans toute ma misère
> De ta maison le zèle me ronger.

On peut préférer la prose de Sacy à ces vers-là, même sans être catholique.

32 PAGE 91.

Jacob de Maldre.

Tel était le nom de l'écuyer de Guillaume.

33 PAGE 103.

La vertu qu'on retrouve au céleste banquet.

Jacques Clément, Ravaillac, avaient communié avant de frapper Henri III et Henri IV : ces scélérats aussi avaient préludé à l'assassinat par le sacrilége.

VARIANTE.

ACTE III, SCÈNE IV.

GUILLAUME.

Que la loi monte enfin pour n'en jamais descendre.
Et vous, à cette loi, même avant ce moment,
De l'union batave assuré fondement,
De Philippe abjurant l'autorité rebelle,
Jurez, sénat, jurez d'être à jamais fidèle.

LE CONSEIL.

Nous le jurons!

L'AMBASSADEUR.

Du prince abaissant la fierté,
De ces discours c'est trop souffrir la liberté...

LA RANÇON

DE

DU GUESCLIN,

OU

LES MOEURS DU XIVe SIÈCLE,

CÒMÉDIE EN TROIS ACTES,

REPRÉSENTÉE A PARIS, SUR LE THÉATRE FRANÇAIS

EN FÉVRIER 1814.

Notandi sunt tibi mores.

HORAT.

AVERTISSEMENT

QUI ÉTAIT EN TÊTE DE LA PREMIÈRE ÉDITION.

Cet ouvrage, annoncé avec faveur, n'a pas été accueilli avec indulgence. Est-il aussi bon qu'on le disait? est-il aussi mauvais qu'on l'a dit? C'est ce dont le lecteur va décider. Le parterre, qui n'est pas le public, aime assez à casser les opinions faites par des particuliers, qui sont encore moins le public que lui. Mais n'est-il pas aussi sujet à tomber dans un excès de rigueur, que les amis de l'auteur à tomber dans un excès d'indulgence? Dans les querelles littéraires surtout, la raison se trouve presque toujours entre les deux opinions.

Cette opinion mitoyenne, qui devient celle du public, ne se forme qu'à la longue, soit par une série de représentations, soit par la lecture.

De ces deux ressources, l'auteur, malgré la bonne volonté des acteurs, a cru devoir préférer la seconde. Eût-il été mieux écouté, mieux entendu, mieux jugé à une seconde représentation, donnée au milieu de préventions si défavorables? C'est à la lecture à rappeler l'ouvrage sur la scène, s'il n'en est pas indigne.

On a fait à l'auteur le reproche d'avoir rabaissé un de nos plus grands hommes, en le montrant sous des rapports familiers. Tous les héros ne gagneraient pas à être représentés ainsi; mais il en est qui n'ont pas besoin d'échasses pour paraître grands, et qu'on peut faire descendre au niveau des

autres hommes sans les rapetisser : ils sont tellement supé-
rieurs au vulgaire, que leurs actions, comme leurs pensées,
conservent toujours le caractère de l'héroïsme, dans quelque
situation qu'ils se trouvent, dans quelque forme qu'ils s'expri-
ment.

Les héros qui gagnent à nous laisser pénétrer dans leur fa-
miliarité sont ceux qui à la grandeur d'âme joignent l'ori-
ginalité d'esprit et la bonté de cœur. Leur esprit prêtant à
leurs sentiments des expressions particulières, leur compose
une physionomie qui plaît davantage peut-être que ces traits
généraux par lesquels tous les grands hommes se ressemblent.
Un héros peint sous cet aspect ne perd rien en grandeur,
et gagne en amabilité : pour rire de ses saillies, on ne l'en admire pas moins. Si comique qu'il soit dans la cabane de Mi-
chaut, Henri IV y est tout aussi roi que sous les lambris du
Louvre.

Ces observations sont applicables à du Guesclin. Il a aussi
sa physionomie, que notre tragédie ne peut pas lui conserver,
et que la comédie peut reproduire en le saisissant dans une
de ces circonstances si communes dans sa vie, où le plaisant
et l'héroïque se trouvent naturellement alliés.

Le trait que l'auteur a choisi nous semble réunir ces deux
conditions. L'impossibilité où du Guesclin se trouve de se racheter, par une suite de la libéralité avec laquelle il a employé
à racheter ses amis le prix de sa propre rançon ; l'embarras où
le jettent les conséquences de cette généreuse imprévoyance,
quand, lié par sa parole d'honneur, il se voit dans l'impossibilité de défendre son propre château où l'ennemi l'assiége,
sont les situations les plus propres à faire ressortir ce mélange de courage et de bonté, de fierté et de bonhomie, de

ruse et de loyauté, de franchise et d'ironie, qui forment le caractère du *bon connétable*.

Tous les faits représentés ou rappelés dans ce drame sont historiques; l'on n'a inventé que le cadre qui les réunit.

Quant aux mœurs, ce sont celles de l'époque, reproduites avec une fidélité scrupuleuse. Cette fidélité n'a-t-elle pas même été portée trop loin? pour le succès du jour, oui; pour le succès durable, c'est ce qu'il faut voir. Remarquons, en attendant, que ce ne sont pas celles de ces mœurs qui sont tombées en désuétude, telles que les habitudes guerrières dans un ecclésiastique, qui ont été mal accueillies, mais bien celles dont nous conservons encore des restes, telles que les préjugés de la dame du Guesclin. La cause de cette différence dans les effets est assez piquante à rechercher, et peu difficile à trouver. A mesure que les lumières se sont accrues et répandues, le nombre des esprits superstitieux a diminué, et les superstitions sont devenues d'autant plus ridicules qu'elles ont semblé n'être plus le partage que des petites gens et des petits esprits. La belle Tiphaine n'a donc pas été jugée d'après les idées de son siècle, mais d'après les idées du nôtre, dans lequel ce qui était l'indice d'un génie supérieur en 1366 n'est plus que la preuve de l'ignorance et de la crédulité. La croyance et la pratique de l'astrologie judiciaire avaient pourtant valu à cette noble dame le surnom de *Fée*; elle était d'ailleurs, par ses vertus et sa grandeur d'âme, digne de son noble époux, avec lequel elle rivalisait de générosité. On a voulu la peindre ressemblante : les petites défectuosités même rendent les portraits de famille plus reconnaissables.

Un journaliste a trouvé quelque conformité entre ce personnage et celui de M. CRÉDULE : l'auteur conçoit la possibilité

5.

du fait, quoiqu'il n'ait ni vu ni lu M. Crédule ¹. Moins malheureux sous ce rapport que les journalistes, les auteurs ne
sont pas obligés de tout connaître.

Cette discussion, et plus encore la lecture de la comédie
qu'elle précède, prouveront sans doute que l'auteur est bien
éloigné, comme il en a été accusé, d'avoir voulu confondre les
genres, et que ce drame n'est pas, ainsi que quelques personnes
ont semblé l'insinuer, une tragédie anglaise ou allemande, mais
une simple comédie, conforme à toutes les règles du théâtre
français, soit sous le rapport de l'unité, soit sous celui du ton,
qui nous semble également exempt de recherche et de négligence, de bassesse et d'enflure. Mais cela ne constitue pas seul
le style comique. Molière ne se borne pas à être naturel; il est
surtout plaisant.

PROLOGUE.

LE BON VIEUX TEMPS.

Ami lecteur, c'est en tremblant
Que je t'offre cette peinture.
Un géant peint en miniature
Te paraîtra-t-il ressemblant ?

J'ose l'espérer ; j'aime à croire
Que je n'ai pas perdu mes soins :
Si ce n'est qu'un croquis, du moins
C'est celui d'un tableau d'histoire :

C'est celui de ce bon vieux temps,
Si regretté de l'ignorance,
Où les héros et les brigands
A qui mieux mieux pillaient la France;

Où d'illustres aventuriers,
Riches sans avoir une obole,
N'empruntaient pas moins sur parole,
Et payaient, grâce aux roturiers;

Où la plus fière châtelaine,

Comme le rempart le plus haut,
Pouvait être prise d'assaut
Trois ou quatre fois par semaine;

Où nul, y compris l'aumônier,
Dans le château, ne savait lire;
Où quiconque savait écrire
Était hérétique ou sorcier;

Où l'on ne voyageait qu'en troupe,
De peur de quelque désarroi,
Monseigneur sur son palefroi
Menant sa noble dame en croupe;

Où la force était le seul droit;
Où la justice et l'innocence,
Se démontrant à coup de lance,
N'appartenaient qu'au plus adroit;

Où le juif au visage blême
Suçait l'honnête citoyen,
Jusqu'à ce qu'un roi très chrétien
A son tour le suçât lui-même;

Où l'on voyait plus d'un prélat
Ne demandant que plaie et bosse
Préférer le sabre à la crosse
Et le hausse-col au rabat;

Où monsieur l'abbé, vrai Saint-George,
Et dévotement inhumain,
Absolvait les gens de la main
Qui leur avait coupé la gorge.

Dans ce bon temps, tout démontré,
Même aujourd'hui peu regrettable,
Qu'avec plaisir j'ai rencontré
Les vertus du bon connétable!

Patron du peuple, appui des rois,
Il sut, selon les circonstances,
Du pape obtenir, à son choix,
De l'argent et des indulgences.

Donnant un peu moins au hasard,
Moins soldat, et plus capitaine,
C'eût été César ou Turenne,
S'il fût né plus tôt ou plus tard.

Mais tel qu'il fut, il sut reprendre
Vos champs par l'Anglais envahis :
Tel qu'il fut, mon pauvre pays,
Le bon Dieu veuille nous le rendre !

A LA HAYE, 1818.

PERSONNAGES.

BERTRAND DU GUESCLIN.

L'ABBÉ DE MALESMIN.

JEAN HONGAR, chevalier breton.

JEAN FELTON,

HUE DE CAURELAI,

BREMBRO,   capitaines anglais.

PLÉBI,

GRÉVAQUES,

ISSACAR, juif, aubergiste et usurier.

JEAN BIGOT, écuyer de du Guesclin.

UN HÉRAUT aux armes de France.

UN HÉRAUT aux armes d'Angleterre.

TIPHAINE RAGUENELLE, femme de DU GUESCLIN.

CLÉMENCE, sa nièce.

SOLDATS ANGLAIS.

SOLDATS BRETONS.

La scène, au premier acte, est dans une auberge; et, pendant les deux derniers, à la Roche-d'Airien, château de du Guesclin.

LA RANÇON

DE

DU GUESCLIN.

ACTE PREMIER.

Le théâtre représente l'intérieur d'une auberge.

———

SCÈNE I.

ISSACAR, seul d'abord; il est assis près d'une table, et occupé
à faire des comptes; FELTON.

ISSACAR.

Allons, maître Issacar, cela ne va pas mal.
  Sans me donner beaucoup de peine,
  J'aurai, ma foi, dans la quinzaine,
  Presque doublé mon capital.
Fidèle observateur de la loi de Moïse,

Je ne fais toutefois que ce qu'elle autorise :
Aussi Dieu bénit-il le travail de mes mains,
    Et m'a-t-il fait trouver fortune
Jusque dans les malheurs qu'il prodigue aux humains...
Pour leurs péchés... La guerre, en nos temps si commune,
    Pour moi loin d'avoir des dangers,
    Remplit ma maison d'étrangers,
Qui, le verre à la main, oubliant leur rancune,
    Stipulent, entre deux chansons,
    Des enrôlements, des rançons,
Des congés... Je fournis et le vin et les fonds,
    Et fais deux récoltes pour une,
    Car chacun me trouve au besoin ;
    Et je joue ici plus d'un rôle.
Non content de tenir mon auberge avec soin,
Je prête à tous, sur tout, excepté sur parole,
    Même celle de du Guesclin.
Non pas que le plus grand de tous les capitaines
    A manquer de foi soit enclin ;
Mais tout homme est mortel, et si tous ses domaines
Ne valaient pas cent fois quinze mille écus d'or
Que je lui procurai pour se tirer des chaînes,
Et quinze mille écus qu'il me demande encor,
De mes recouvrements qui pourrait me répondre ?
Autant vaudrait prêter sur les brouillards de Londre,
    Ou sur le billet d'un Gascon.
Mais n'en est-ce pas un que ce monsieur Felton,
Qui, deux fois par Guesclin fait prisonnier de guerre,

M'a deux fois emprunté le prix de sa rançon,
  Prix qu'à me rendre il ne se presse guère?
J'ai fait là, je le crains, une assez sotte affaire...
   Il serait pourtant un moyen
   De s'en tirer sans perdre rien,
Et même en y gagnant. La fortune inconstante,
Qui des plus valeureux trahit souvent l'attente,
Fit tomber au pouvoir de mon noble aigrefin
Un des meilleurs amis de ce bon du Guesclin.
   En place de ma double somme,
   Si je demandais ce brave homme,
Que mon loyal Breton bientôt racheterait,
Serait-ce donc si mal suivre mon intérêt?
A quatre individus, oui, c'est rendre service.
   Sans plus longue réflexion,
N'hésitons pas à faire une bonne action,
   Où je trouve mon bénéfice.
Voici mon débiteur qui vient fort à propos.
 (A Felton qui entre.)
De vos bontés, milord, permettez-moi d'attendre
Un mot...

FELTON.

  Pour le moment laissez-nous en repos;
Maître Issacar, tantôt je pourrai vous entendre.
     (Issacar sort. Caurelai entre.)

SCÈNE II.

CAURELAI, FELTON.

FELTON.

Eh bien, quelle nouvelle apportez-vous du camp?

CAURELAI.

Si j'en crois l'apparence, un traité va se faire ;
Mais ce traité, Felton, s'il faut vous parler franc,
A nous autres Anglais ne fait pas notre affaire.

FELTON.

Avec vous j'en tombe d'accord,
Et j'unis mes regrets aux vôtres.
Le comte de Blois, par sa mort,
N'accommode, en cédant la Bretagne à Montfort,
Ni ses intérêts, ni les nôtres.

CAURELAI.

Maudit jour pour les ferrailleurs !
De ces lieux la paix nous exile.
Mais, après tout, le monde est-il donc si tranquille
Qu'on ne puisse aujourd'hui trouver fortune ailleurs?

FELTON.

A suivre ce parti mon âme est résignée,
Caurelai; mais avant que la paix soit signée,
Ne pourrions-nous en ce canton,
Où Guesclin commandait naguère,

Par quelque tour de vieille guerre
Nous venger de tous ceux que nous fit ce Breton?

CAURELAI.

Que dites-vous, Felton? Ce brave capitaine
Ne serait-il plus prisonnier?

FELTON.

Au contraire; et s'il sort jamais, c'est le dernier
Dont Chandos brisera la chaîne.
Profitons, croyez-moi, de sa captivité.
J'ai sur le cœur plus d'un outrage:
Unissez-vous à moi.

CAURELAI.

Souscrirai-je au traité
Sans savoir à quoi je m'engage?

FELTON.

A rien, qu'à partager, si le cœur vous en dit,
Le profit de cette entreprise.

CAURELAI.

Elle me convient peu, pardonnez ma franchise,
Si je n'y trouve autant d'honneur que de profit.

FELTON.

Celui-là me rendrait service
Qui toujours me garantirait
La moitié d'un tel bénéfice.

CAURELAI.

Quant à moi, c'est suivant celle qu'on m'offrirait.

FELTON.

La fortune vous est offerte,

Et vous hésiteriez?

CAURELAI.
Je le sens, c'est un tort:
Mais dans ce que je fais je veux voir clair d'abord.

FELTON.
Hé bien donc, de nos gens écoutez le rapport:
Ils viennent de la découverte.

SCÈNE III.

BREMBRO, CAURELAI, FELTON, PLÉBI,
GRÉVAQUES; ces trois derniers sous différents degui-
sements.

FELTON.
Quoi de nouveau, Plébi?

PLÉBI, déguisé en charbonnier.
Sous ce déguisement,
Le charbon sur l'épaule, et même sur la face,
Tout à l'aise, milord, j'ai visité la place.
Ou je me trompe étrangement,
Ou, dans ces murs, au coup qui les menace
On ne s'attend aucunement.
J'ai vu par quels endroits le fort est accessible.
Malgré ses tours, malgré ses fossés remplis d'eau,
Malgré ses boulevards, je crois qu'il est possible
De déjeuner demain dans ce noble château...

GRÉVAQUES, en vivandier.
D'y souper dès ce soir, et si c'est votre envie,

Mes amis, de vous y coucher.
En vain la garnison prétendrait l'empêcher;
Sa volonté, d'effet ne sera pas suivie.
J'en ai fait la revue : officiers et soldats
    Tous ont goûté mon eau-de-vie.
Vrais Bretons, francs buveurs, formés pour les combats!
    Couverts de balafres, de rides,
    Ces gens-là seraient dangereux
    S'ils étaient un peu plus nombreux,
    Et tant soit peu moins invalides.

FELTON.

Et vous, Brembro?

BREMBRO.

    Chargé de rubans, de lacets,
Moi, j'ai su pénétrer jusqu'au quartier des femmes :
    Tout marchand de colifichets
    Partout est bien venu des dames.
    Il en est là deux pour l'instant :
    L'une est la dame châtelaine,
    Cette belle et noble Tiphaine,
    Épouse de sire Bertrand;
Femme de grand savoir et de grande énergie,
    Qui, d'un regard toujours certain,
Lit, dit-on, dans le ciel tout comme dans ma main,
    Et sait à fond l'astrologie :
L'autre est sa nièce, objet charmant en vérité!
Pleine d'esprit, de grâce et de naïveté;
De figure et d'humeur on n'est pas plus gentille;

Le maître du château l'aime comme sa fille.

    Tandis que chacune à son goût,

    Dame, demoiselle, ou soubrette,

    S'occupe de son emplette;

Que sans rien acheter l'une marchande tout,

Et que sans rien payer une autre tout achète,

J'écoute, j'interroge, et j'apprends qu'au château

    Menacé, par ma juste haine,

    Il n'est pas d'autre capitaine

Qu'un gros abbé, prieur de l'ordre de Cîteau.

Parfois pour prendre un casque il a quitté la mitre,

Et mène un régiment aussi bien qu'un chapitre [3].

    Guerrier expert au dernier point,

    Il nous ferait tête sans doute,

    Quoique un peu chargé d'embonpoint,

    S'il n'avait aujourd'hui la goutte.

PLÉBI.

Château vraiment bien défendu.

GRÉVAQUES.

Au premier mot il doit se rendre.

BREMBRO.

Rien qu'en se faisant voir on est sûr de le prendre.

FELTON.

J'en réponds. Caurelai, vous avez entendu.

Vous savez tout.

CAURELAI.

    Tout, hors ce que je veux apprendre,

Avant de m'engager dans un projet si beau.

FELTON.

Et qu'est-ce encor?

CAURELAI.

Le nom du maître du château.

FELTON.

C'est celui que tout Anglais nomme
Quand il songe au plus fier de tous nos ennemis.

CAURELAI.

En ce cas-là, mes chers amis,
C'est donc le château d'un grand homme.

FELTON.

C'est celui de Guesclin.

CAURELAI.

Grand homme en vérité!
La preuve en est dans notre haine.
Mais quand il est captif, attaquer son domaine,
N'est-ce pas trop manquer de générosité?

FELTON.

Non pas du moins d'adresse: au grand jeu de la guerre,
Les plus forts, très souvent, ne sont que les plus fins.
Réussissons: pourvu que j'en vienne à mes fins,
Les moyens ne m'importent guère.

BREMBRO.

A moi non plus, pourvu que Guesclin ait le sort
De mon pauvre cousin, qui, par un stratagème,
S'est vu, par ce Breton, prendre son château-fort,
Et finit par trouver la mort
Aux portes de son château même.

GRÉVAQUES.

Quel dépit ce Guesclin ne m'a-t-il pas donné
Le jour que, faible et cantonné
Dans certaine abbaye, où j'espérais le prendre,
Lui-même, surprenant mon monde éparpillé,
Me pille ce que j'ai pillé,
Et de plus m'oblige à me rendre?

PLÉBI.

Quant à moi...

CAURELAI.

Quant à vous, ce n'est pas d'aujourd'hui
Que nous connaissons votre histoire.
Du Guesclin vous battit; oui, c'est un fait notoire.
Mais faut-il vous en prendre à lui?
Plébi, sa grandeur d'âme égale son courage.
Bien loin d'user de l'avantage
Que lui donnait le poste où vous étiez placé,
Ce brave et loyal capitaine
Vous permit d'en sortir; et c'est en rase plaine
Qu'il vous fit repentir de l'avoir menacé.
Un procédé pareil est vraiment magnanime;
Et je gage qu'au fond du cœur
Vous gardez à votre vainqueur
Moins de rancune que d'estime.

PLÉBI.

Peut-être: mais enfin laisserai-je échapper,
Quand elle se présente, une aussi bonne aubaine?

GRÉVAQUES.

D'un scrupule insensé c'est trop nous occuper.

BREMBRO.

C'est bien dit : ne songeons qu'au but qui nous amène.
Qui lui donna ce bien d'ailleurs?

PLÉBI.

Charles de Blois ⁴.

CAURELAI.

Il le conquit par ses exploits,
Et non par des moyens infâmes,
Et non sur un abbé, des blessés, et des femmes.
Il le conquit sur nous, mais en guerrier courtois,
Qui, détestant les fausses routes,
Obéit à l'honneur jusqu'en ses moindres lois,
Nobles lois que vous bravez toutes.

FELTON.

Ainsi donc...

CAURELAI.

Avec vous bien loin de me lier,
Felton, souffrez que je vous quitte.

FELTON.

Bon voyage.

CAURELAI.

Je suis trop loyal chevalier ⁵
Pour vous souhaiter réussite.

SCÈNE IV.

BREMBRO, FELTON, PLÉBI, GRÉVAQUES.

PLÉBI.

Voilà de nobles sentiments.

GRÉVAQUES.

On nous prendrait pour des brigands,
A ses semonces ridicules.

BREMBRO.

Ne pouvons-nous, sans lui, mettre à fin nos projets?

FELTON.

Eh! qu'il les serve ou non, qu'importe?

GRÉVAQUES.

Notre part en sera plus forte.

PLÉBI.

Bien dit.

FELTON.

Tous vos soldats, mes amis, sont-ils prêts?

PLÉBI.

N'en doutez pas.

BREMBRO.

Au plan changez-vous quelque chose?

FELTON.

Rien du tout : au lieu dit, ce soir donc, à nuit close,
Et je vous réponds du succès.

(Ils sortent.)

SCÈNE V.

FELTON.

Nous rirons aux dépens de celui qui nous brave,
Mons Bertrand, je vous en réponds [6] ;
Avant peu nous boirons le vin de votre cave,
Et nous mangerons vos chapons.

SCÈNE VI.

ISSACAR, FELTON.

FELTON.

Que veut maître Issacar?

ISSACAR.

Dire à monsieur le comte
Que ses équipages sont prêts.
Et puis...

FELTON.

N'est-ce pas tout?

ISSACAR.

Si je l'osais...

FELTON.

Après?

10.

ISSACAR.

Lui présenter mon petit compte.

FELTON.

Maître Issacar prend mal son temps,
Vu l'état où sont mes finances;
Mais n'a-t-il pas mes deux reconnaissances?
Cela vaut des écus comptants.

ISSACAR.

S'il en était ainsi, ce maudit capitaine,
Ce Guesclin, qui deux fois vous a fait prisonnier,
S'en serait contenté pour rompre votre chaîne,
Au lieu de deux rançons, qu'en la même semaine
Il vous fallut payer jusqu'au moindre denier.

FELTON.

De ma haine pour lui telle est aussi la source.

ISSACAR.

Or, ces deniers, milord, sont sortis de ma bourse.

FELTON.

Ils y reviendront, et grand train.

ISSACAR.

Mais quand?

FELTON.

Bientôt.

ISSACAR.

Encore?

FELTON.

Ou ce soir, ou demain.

Pour m'acquitter, mon cher, j'ai plus d'une ressource;

Et, soit dit entre nous, j'entreprends une course
Dont le bénéfice est certain.
Veux-tu que je te donne une part dans mon gain?

ISSACAR.

Gardez pour vous les biens que l'avenir vous offre.
L'espoir sans doute est un trésor;
Mais l'espoir ne vaut pas de l'or,
S'il s'agit de remplir un coffre.

FELTON.

D'accord; mais je n'ai rien de mieux pour le moment.
Bon gré, mal gré, bon homme, il vous faut donc attendre.

ISSACAR.

J'attendrai peu, milord, si vous daignez entendre
A certain accommodement.

FELTON.

Quel qu'il soit, Issacar, j'y souscris tout de suite,
S'il ne me faut rien vous payer.

ISSACAR.

Votre esprit, sur ce point, a tort de s'effrayer:
Sans argent, tous les jours, avec moi l'on s'acquitte.

FELTON.

Vas-tu me demander mes armes, mes chevaux?

ISSACAR.

Si j'y pensais, que l'on m'assomme.
Ce sont les instruments de vos nobles travaux;
J'aimerais mieux perdre ma somme.
On n'est pas plus discret que moi, vous le savez:
Pour l'argent que vous me devez,

Je ne demande rien qu'un homme.

FELTON.

Rien qu'un homme?

ISSACAR.

Est-ce donc se montrer exigeant?
Rien qu'un homme, rien davantage.

FELTON.

Je le vois, tout devient argent
Dans les mains d'un prêteur sur gage.

ISSACAR.

Entre les mains de l'usurier,
Pourquoi, souffrez que je le dise,
L'homme ne pourrait-il être une marchandise,
Comme entre les mains du guerrier?
Vous avez beau vous récrier:
Tout mortel a son prix, prix dont la différence
Hausse ou baisse, il est vrai, suivant la circonstance.
Vous en êtes la preuve, et fûtes racheté
Avec l'argent que je vous ai prêté.
Le prix que vous valiez la semaine dernière,
Un autre ne peut-il le valoir aujourd'hui?
Cédez-moi tous vos droits sur lui,
Je vous donne quittance entière.

FELTON.

Cet autre, quel est-il?

ISSACAR.

Le Breton par vous pris
Dans la dernière bataille.

FELTON.

Le chevalier Hongar?

ISSACAR.

Oui.

FELTON.

Crois-tu qu'il me vaille?

ISSACAR.

Laissez-moi le penser ; je le prends prix pour prix ;
Y perdez-vous?

FELTON.

Bizarre échange!

ISSACAR.

A mes poursuites il met fin.

FELTON.

Plaisant marché, vraiment!

ISSACAR.

Marché d'or, puisqu'enfin
Tous les deux nous gagnons au change.

FELTON, à un domestique.

Holà! faites venir le chevalier breton.

ISSACAR.

C'est bien. Mais entre nous déterminons d'avance
Le prix qu'il doit payer pour sa rançon.

FELTON.

Une somme égale, je pense,
A ce que je te dois, plus quelques menus frais...

ISSACAR.

Et plus aussi les intérêts,

Et puis les intérêts des intérêts.

FELTON.

J'admire

Quel génie aujourd'hui t'inspire,

Et comme au même poids tu pèses les humains.

Grâce à ta rare intelligence,

Un écuyer vaut dans tes mains

Autant qu'un maréchal de France.

SCÈNE VII.

ISSACAR, FELTON, HONGAR.

HONGAR.

Parlez; que voulez-vous, milord?

ISSACAR.

Vous parler d'un traité qui vous conviendra fort.

FELTON.

J'avais juré que de ma vie

On ne verrait briser vos fers :

Mais ce serait par trop prolonger vos revers;

Je change donc de fantaisie.

Soyez libre quand vous voudrez,

Moyennant une honnête somme,

Qu'à votre aise vous verserez

Dans les mains de cet honnête homme,

A qui mes droits sont transférés.

A l'amiable ici vous vous accorderez.
Adieu.

(Il sort.)

SCÈNE VIII.

ISSACAR, HONGAR.

HONGAR.

Cadet breton, je n'ai ni sou ni maille.

ISSACAR.

Mais par de bons garants vous êtes appuyé.

HONGAR.

Vous plaisantez, l'ami.

ISSACAR.

Chevalier, si je raille,
Que je ne sois jamais payé.

HONGAR.

En ce cas, sans délai souffrez que je m'en aille.

ISSACAR.

Vous êtes bien pressé d'aller chercher des coups.

HONGAR.

Mieux vaut en recevoir sur le champ de bataille
Que de mourir d'ennui chez vous.

ISSACAR.

On ne dispute pas des goûts;
Et le meilleur des goûts, après tout, c'est le nôtre.

Liberté sur ce point pour moi vaut un trésor ;
Vous me voyez donc prêt à vous rendre la vôtre,
    Moyennant cinq mille écus d'or.

HONGAR.

Cinq mille écus d'or, Juif ! me prends-tu pour un autre ?

ISSACAR.

    Pour votre honneur et pour le mien,
C'est cinq mille écus d'or ; je n'en puis rien rabattre.

HONGAR.

Ciel, cinq mille écus d'or ! Felton qui me vaut bien
    S'est racheté deux fois pour quatre.

ISSACAR.

Vous êtes envers vous bien injuste aujourd'hui.
Pour Felton, sire Hongar, j'ai la plus haute estime ;
Je sais tout ce qu'il vaut ; mais, encore, est-ce un crime
    De vous estimer plus que lui ?

HONGAR.

    Je n'entends rien à ce langage,
Sinon que de ma gloire on a pris trop de soins,
    Et qu'on me plairait davantage
    Si l'on m'estimait un peu moins.
Pour cinq mille écus d'or, bourreau, tu me délivres,
Où les prendrai-je ? dis ! peux-tu ne pas savoir
Que mes chiens, mes chevaux, mes terres, mon manoir,
    Ne valent pas cinq mille livres ?

ISSACAR.

Mais vous avez un bien qui vaut mille fois plus,
    Sans poids, sans valeur intrinsèque,

Que tous les biens du monde.

HONGAR.

Eh! quel bien?

ISSACAR.

Vos vertus.

HONGAR.

As-tu jamais prêté sur pareille hypothèque?

ISSACAR.

Non; mais n'est-il personne en ce vaste univers
Qui n'ait de ces vertus tiré quelque avantage?
Qui, secouru par vous au moment des revers,
Ne se sente obligé de vous tirer des fers
        Où l'on retient votre courage?
Guesclin vous doit la vie.

HONGAR.

        Ah! loin de l'oublier,
Ce grand homme aime à publier
Que, sauvé par mon bras, autant qu'un frère il m'aime.
    Mais puis-je espérer qu'aujourd'hui
    Mes fers seront brisés par lui,
    Quand il est prisonnier lui-même?
Je vois que de tristesse il me faudra mourir.

(Il se jette dans un fauteuil.)

ISSACAR, à part.

Pour mes fonds, en effet, j'ai ce risque à courir.

A Hongar.

Mourir! que dites-vous, chevalier? rien ne presse:
    Plus que vous-même à vous je m'intéresse;

Je veux bien vous loger, je veux bien vous nourrir.

Dans cette auberge soyez maître.

Où diable pourriez-vous mieux être?

Cellier, cave, cuisine, on va tout vous ouvrir.

Buvez, mangez, faites bombance,

Et placez votre confiance

En Dieu, qui vient nous secourir

A l'instant où moins on y pense.

Mais quel homme en ces lieux s'avance?

SCÈNE IX.

BIGOT, enveloppé dans un manteau; ISSACAR,
HONGAR.

BIGOT, bas à Issacar.

Ne me reconnaissez-vous pas?

ISSACAR.

Jean Bigot, l'écuyer de du Guesclin!

BIGOT.

Silence!

ISSACAR.

Et que fait monseigneur?

BIGOT.

Il marche sur mes pas.

Écartez tout témoin.

ISSACAR.

(A Hongar.)

J'entends. Bonne espérance ;
Je vous en dirai plus là-bas. Vous, cependant,
M'en croirez-vous, seigneur ? dinez en attendant
L'instant de votre délivrance.

(Hongar sort.)

SCÈNE X.

BIGOT, DU GUESCLIN, en habit de voyage,
ISSACAR.

ISSACAR.

Mais voilà messire Bertrand.

DU GUESCLIN.

Bonjour, l'ami.

ISSACAR.

Pour moi c'est un honneur bien grand
Que de vous recevoir dans mon hôtellerie.

BIGOT.

Et ce n'est pas petit profit.

ISSACAR.

Croyez que l'honneur me suffit.

DU GUESCLIN.

Trève aux compliments, je vous prie.
Parlons d'affaire.

ISSACAR.

En tout j'ai fait vos volontés.
Des trente mille écus empruntés, non sans peine,
Sur mon crédit plus que sur vos domaines,
Quinze mille déjà vous ont été comptés ;
Monseigneur à son gré peut disposer du reste.

DU GUESCLIN.

Vous êtes à la fois intelligent et leste :
Je voudrais que le reste à l'instant fût porté
A ma femme.

ISSACAR.

Pour vous je suis prêt à tout faire,
Monseigneur ; j'ai d'ailleurs par là plus d'une affaire.

DU GUESCLIN.

Moi, j'ai besoin de prendre un moment de repos,
Et de dîner surtout... Qu'on nous serve... A propos,
A la dame Guesclin dites, je vous en prie,
D'assembler nos vassaux, nos parents, nos amis.
Ces quinze mille écus sont ce que j'ai promis
Pour doter ma nièce chérie.
Je veux que ma Clémence épouse, dès ce jour,
Le sire de Clisson, qui l'adore et qu'elle aime.
Le bien public l'ordonne autant que leur amour ;
Et c'est pour les unir moi-même
Que ce soir au château je serai de retour.

ISSACAR.

Ce que vous dites là ne pourrait-il s'écrire ?
De n'en rien oublier je serais plus certain.

Votre écuyer devrait...

BIGOT.

Allons, vous voulez rire;
A la plume, Issacar, moi, je mettrais la main?
Me prenez-vous pour un vilain?
Eh! que n'écrivez-vous vous-même?

ISSACAR.

On a beau dire,
Et se moquer d'un écrivain,
L'art d'écrire est au rang de ces arts nécessaires
Qu'un noble a tort de dédaigner.

BIGOT.

Vous feriez bien moins vos affaires
Si les nobles savaient signer.

DU GUESCLIN, pendant qu'Issacar écrit.

Ma mère le disait, et dans cet art utile
Voulait absolument que je devinsse habile.
Mais du moine qui s'employait
A me donner tant de science,
Mon indocilité lassa la patience.
Vainement on me rudoyait;
De prouesses anticipées
Ma tête était remplie, et mes doigts n'assemblaient
Que des lettres qui ressemblaient
A des lances ou des épées.
Pourquoi le tourmentez-vous tant?
Dit un jour mon aïeul; où donc est l'important
Qu'un gentilhomme sache écrire?

C'est par d'autres moyens qu'il doit servir l'état.

Mon père était un bon soldat ;

Il sauva la Bretagne, et ne savait pas lire 7.

ISSACAR.

Ce que monseigneur a dicté

Est couché dans cette écriture.

DU GUESCLIN.

Qu'à ma femme au plus tôt ce billet soit porté.

ISSACAR.

Ne le signez-vous pas ?

DU GUESCLIN, scellant l'écrit du pommeau de son épée.

Voilà ma signature.

Pars sans délai.

BIGOT.

Peut-il partir en sûreté ?

ISSACAR.

Moi ? les routes jamais ne m'ont été fermées.

Pacifique au milieu du bruit,

J'ai sauvegarde et sauf-conduit

Des généraux des deux armées.

Sitôt qu'au prisonnier breton

J'aurai fait servir le potage...

DU GUESCLIN.

Quel est ce prisonnier ?

ISSACAR.

Un homme de courage,

Un chevalier pris par Felton,

Et qui faute d'argent, dit-on...

DU GUESCLIN.

Quel est son nom ?

ISSACAR.

Hongar.

DU GUESCLIN.

Hongar ! mort de ma vie !
Hongar est prisonnier ! Cours... ne le préviens pas,
Et fais préparer un repas,
Le meilleur qu'on ait vu dans ton hôtellerie.
Va donc.

ISSACAR.

A vous servir je serai diligent,
Pour vous je ferai des merveilles.

(A part.)

L'amitié double encore au milieu des bouteilles,
Et je tiens déjà mon argent.

SCÈNE XI.

BIGOT, DU GUESCLIN.

DU GUESCLIN, à part.

Ce pauvre Hongar est sans ressource ;
Il ne peut pas se racheter.

(A Bigot.)

L'homme d'ordre avec soi quelquefois doit compter ;
Quel est l'état de notre bourse ?

5.

BIGOT.

Mauvais.

DU GUESCLIN.

Tant pis, morbleu!

BIGOT.

Sur trente mille écus

Qu'à ces Lombards vous empruntâtes,

En engageant à ces pirates

Et vos fonds et vos revenus...

DU GUESCLIN.

Que nous reste-t-il?

BIGOT.

Rien.

DU GUESCLIN.

C'est bien peu.

BIGOT.

Je m'étonne

Qu'un peu plus tôt l'argent ne vous ait pas quitté;

Car je ne connais pas de prince qui le donne

Avec plus de facilité.

DU GUESCLIN.

Bah! tu plaisantes.

BIGOT.

Dans la vie

Cela m'arrive rarement,

Monseigneur, et, dans ce moment,

Moins que jamais j'en ai l'envie.

Est-il si gai de voir que le produit d'un prêt

Qui vous est fait à si gros intérêt,
　　Par ce juif que le ciel confonde,
Soit jusqu'au dernier sou dépensé pour autrui,
Si bien qu'excepté vous, ou bien nous, aujourd'hui,
Vous ayez à vos frais racheté tout le monde?
　　Or, des deniers qui m'ont été comptés
Pour payer la rançon que Chandos vous demande,
Voici l'emploi, réglé d'après vos volontés.
Je l'ai dans la mémoire : Au sire de Guérande,
　　Pour se racheter, et payer
　　La rançon de son écuyer,
　　Trois mille écus, que Dieu vous rende.
　　Plus, au seigneur de Kergoët,
　　Pour rétablir ses équipages,
Mille; et pour retirer tous les leurs mis en gages,
　　Mille au sire de Penhouët,
　　Et mille au sieur Carenlouët.
　　Après vient une litanie :
　　Cent hommes d'armes rachetés
Avec six mille écus aux deux Maunis prêtés
　　Pour remonter leur compagnie ;
　　Plus, mille écus d'indemnités
A des cultivateurs réduits à la misère ;
Autant à des soldats mutilés par la guerre.
　　Maudites libéralités !
Qui vous ont dépouillé jour par jour, pièce à pièce,
　　Au point qu'il ne reste plus
　　De vos trente mille écus,

Que la dot de votre nièce !

DU GUESCLIN.

Argent sacré !

BIGOT.

Comment vous tirer d'embarras?

DU GUESCLIN avec impatience.

Mais pourquoi donc aussi ne me retiens-tu pas?

BIGOT.

Quand un infortuné vous demande assistance,
Vraiment l'économie est bonne à vous prêcher !
Soit dit, sans vous le reprocher,
C'est, je crois, monseigneur, la seule circonstance
Où je sois sûr de vous fâcher.
Aussi le ciel sait quelle violence
Je me fais bien souvent pour garder le silence ;
Car enfin vos bienfaits s'égarent quelquefois.
Témoin quand ce maudit Rennois
A su vous attraper mille livres tournois,
Que vous coûte sa délivrance.
Ce n'était qu'un félon, je vous en avertis,
Un traître qui cent fois a changé de partis.
Tantôt pour l'Angleterre et tantôt pour la France,
Il passe en fausseté le dernier des valets.
Certain jour qu'il était Anglais,
Par fatalité singulière,
Il me fit prisonnier : la guerre est journalière.
Or, quand je le priai de me mettre à rançon,
Ne m'a-t-il pas, monsieur, demandé sans façon,

Trois fois plus que je ne possède?
Oui, sourd à la pitié, tout comme à la raison,
Ne m'a-t-il pas six mois fait jeûner en prison,
 Où je serais mort sans votre aide?
Jugez si contre vous votre écuyer pestait,
 Quand, jusqu'à la dernière obole,
Vous m'avez fait verser dans les mains d'un tel drôle
 Le peu d'argent qui nous restait.

DU GUESCLIN.

D'un mot ne pouvais-tu m'apprendre...

BIGOT.

Mais ce mot, monseigneur, il eût fallu l'entendre.

DU GUESCLIN.

Suis-je malheureux à demi?
Mon imprévoyance est insigne.
Prodiguer pour un homme indigne
L'argent qui manque à mon ami!
Que dis-je? au défaut de la somme,
J'ai des chevaux, ma femme a des bijoux...

BIGOT.

      Fort bien.

Mais si...

DU GUESCLIN.

Courons d'abord embrasser ce brave homme,
Et ne désespérons de rien.

FIN DU PREMIER ACTE.

ACTE DEUXIÈME.

Au lever de la toile, la dame du Guesclin est assise, et file au fuseau ; Clémence, placée près d'elle, brode une écharpe ; des femmes de leur suite sont occupées de divers ouvrages de ménage.

SCÈNE I.

CLÉMENCE, LA DAME DU GUESCLIN,
FEMMES DE LEUR SUITE.

LA DAME DU GUESCLIN.
Clémence, notre abbé rentre aujourd'hui bien tard.

CLÉMENCE.
Comme il va beaucoup mieux, ma tante, je le gage,
Il aura, suivant son usage,
Voulu faire un tour de rempart.

LA DAME DU GUESCLIN.
La garnison, je crois, s'y trouve réunie.

CLÉMENCE, gaiement.
Il la passe en revue... A présent vous viendrez,
Monsieur Clisson, quand vous voudrez,

Voilà votre écharpe finie.

(A la dame du Guesclin.)

Sauf le respect que je vous dois,
En vos mains, bien souvent, le fuseau se repose;
Ou quand il tourne entre vos doigts,
Vous rêvez à toute autre chose.

LA DAME DU GUESCLIN.

Je pense que la lune entre dans son déclin.

CLÉMENCE.

Et qu'en augurez-vous, sage et docte Tiphaine [8] ?

LA DAME DU GUESCLIN.

Qu'avant la semaine prochaine
Nous ne verrons pas du Guesclin.

CLÉMENCE.

Mon oncle? votre époux? Je crois tout le contraire.

LA DAME DU GUESCLIN.

Aux astres tu ne connais rien.

CLÉMENCE, en riant.

Et vous... Mais changeons d'entretien.
Si nous chantions pour nous distraire?

LA DAME DU GUESCLIN.

Chanter, et quoi?

CLÉMENCE.

Le chant qu'autour de votre époux
Chantait la nation bretonne,
Quand l'Anglais marcha contre nous.

LA DAME DU GUESCLIN.

Quand l'Anglais tomba sous nos coups.

CLÉMENCE.

Vous le chantez mieux que personne.

(Elle prend un luth et accompagne.)

LA DAME DU GUESCLIN.

Oubliant ses malheurs passés,
L'étranger, d'une main hardie,
Jusque sous nos murs menacés
Porte le meurtre et l'incendie.
A la voix du noble Bertrand
Réveille-toi, peuple fidèle ;
Au champ d'honneur il nous attend ,
Au champ d'honneur il nous appelle 9.

(Le chœur reprend les quatre derniers vers.)

Français , par d'étrangères lois ,
Verrons-nous nos lois étouffées ?
Sous des bras vaincus tant de fois
Verrons-nous tomber nos trophées ?

LE CHOEUR.

A la voix , etc.

CLÉMENCE.

Il n'est pas permis d'hésiter
Entre la gloire et l'infamie :
Pour les sauver il faut quitter
Ses enfants , sa mère et sa mie.

LE CHOEUR.

A la voix , etc.

CLÉMENCE.

Le sort peut trahir la valeur,
La victoire est parfois volage :

SCÈNE II.

CLÉMENCE, LA DAME DU GUESCLIN, L'ABBÉ, suivi de soldats, suite.

L'ABBÉ (en entrant, continuant le couplet commencé par Clémence).

Mais n'oublions pas que l'honneur
Est toujours fidèle au courage.

LE CHOEUR.

A la voix, etc.

L'ABBÉ.

J'aime à voir l'ennemi marcher
Vers nos champs ouverts à la gloire :
Les pas qu'il fait pour nous chercher
Rapprochent de nous la victoire.

LE CHOEUR.

A la voix, etc.

L'ABBÉ.

Voilà mon hymne à moi ; j'aime autant ce français
Que le latin des patenôtres ;
Il me rappelle nos succès,
Et nous en fait espérer d'autres.

CLÉMENCE.

Qui n'est pas de ce sentiment ?

L'ABBÉ.

(Aux soldats qui l'ont suivi.)

Allez...

(A son valet qui veut sortir.)

Et vous, Guillaume, écoutez un moment :
Je suis fort mécontent de votre négligence.
Ici vous n'êtes pas écuyer seulement ;
Songez-y. Je prétends qu'on soigne également
Et mon casque, et ma mitre, et ma crosse, et ma lance.
Il ne faut rien faire à demi.

LA DAME DU GUESCLIN.

Comment vous trouvez-vous, cher oncle ?

L'ABBÉ.

Bien, ma nièce.

Sur mes pieds à tel point je me sens raffermi
Que je ferais, ma foi, tête à tout ennemi
Qui prétendrait nous faire pièce.   .

LA DAME DU GUESCLIN.

Au noble transport qu'il ressent,
On reconnaît ce cœur que rien ne peut abattre.

CLÉMENCE.

Cependant, mon cher oncle, attendez pour combattre
Que vous soyez convalescent.

L'ABBÉ.

Le danger n'est pas menaçant ;
Mais enfin si l'Anglais insultait cette place,

Je pourrais me montrer.

CLÉMENCE.

Dieu nous fasse la grâce

De détourner de nous un semblable malheur !

L'ABBÉ.

Doutez-vous...

LA DAME DU GUESCLIN.

De votre valeur ?

En elle nous avons entière confiance.

Mais votre force...

L'ABBÉ.

Elle est dans mon expérience.

Ne suis-je pas un vieux routier ?

N'ai-je pas combattu sous les murs de Poitier [10] ?

J'y fus pris comme un autre.

CLÉMENCE.

En cette circonstance,

Vous pourriez courir même chance.

L'ABBÉ.

Va, tu n'y connais rien : un assaut, mon enfant,

Diffère un peu d'une bataille.

On voit du moins venir du haut de la muraille

Ceux contre qui l'on se défend ;

Avec loyauté tout s'y passe.

L'on n'est pas exposé, comme on l'est en plein champ,

A se voir battre en queue, en flanc,

A l'instant où l'on bat en face.

Cause de mes malheurs, je ne puis le nier,

Dans ce jour si funeste à la valeur guerrière,
  Où je me suis vu prisonnier,
Pour n'avoir jamais su regarder en arrière.

LA DAME DU GUESCLIN.

Respectant votre bras ainsi que votre cœur,
  Cher oncle, aujourd'hui quand votre âge
   Vous laisserait une vigueur
   Mesurée à votre courage,
Que feriez-vous? Hélas! la fleur de nos guerriers
Suivit mon noble époux dans ces champs meurtriers,
  A Charles de Blois si funestes [11].

Des enfants, des vieillards, quelques estropiés,
Braves, ainsi que vous chancelants sur leurs pieds,
De notre garnison voilà les tristes restes.
Notre Bertrand lui-même, il faut en convenir,
Avec si peu de monde aurait peine à tenir
  Dans un château pareil au nôtre.

L'ABBÉ.

Qu'en sa garde ainsi donc Dieu nous tienne aujourd'hui;
Car ce que Bertrand croit difficile pour lui
  Est impossible pour un autre.
Ah! quand reviendra-t-il?

CLÉMENCE.

  Ce soir, assurément.

L'ABBÉ.

Tu le crois?

LA DAME DU GUESCLIN.

  Et comment le saurais-tu?

CLÉMENCE.

Comment?

LA DAME DU GUESCLIN.

Te mêles-tu d'astrologie?

CLÉMENCE.

Pour la comprendre, il faut avoir votre génie.

L'ABBÉ.

Toi, tu n'as que du jugement.

CLÉMENCE.

Or voici mon raisonnement:

Si le juif est un honnête homme,

Depuis cinq jours mon oncle a dû toucher la somme

Qu'attendait Jean Chandos. Rien n'arrêtant ses pas,

Il arrivera donc....

LA DAME DU GUESCLIN.

Il n'arrivera pas.

CLÉMENCE.

Pourquoi, ma tante?

LA DAME DU GUESCLIN.

Un jour de sinistre présage,

Un vendredi, tu veux qu'il se mette en voyage [12]?

L'homme prudent, un pareil jour,

Je le dis à qui veut l'entendre,

En affaire, en guerre, en amour,

Se garde de rien entreprendre.

Ton oncle à ce sujet était bien prévenu.

Et de cet avis, en campagne,

Pour le bonheur de la Bretagne,

Que ne s'est-il souvenu !

Il n'eût pas compromis sa liberté.

CLÉMENCE.

Ma tante,

Dans l'art d'expliquer tout comme de tout prévoir,

Je sais quel est votre savoir :

Je vous avouerai donc qu'un doute me tourmente.

LA DAME DU GUESCLIN.

Explique-toi.

CLÉMENCE.

Suivant ce qu'on nous enseigna,

C'est bien un vendredi que, faute de vous croire,

Du Guesclin perdit la victoire ;

Mais c'est un vendredi que Chandos la gagna.

Ce jour, que le pouvoir céleste

Marqua du sceau de son courroux,

Devait pourtant être funeste

A nos ennemis comme à nous.

L'ABBÉ.

Elle a, ma foi, raison.

CLÉMENCE.

D'où vient donc...?

LA DAME DU GUESCLIN.

Taisez-vous.

Ces secrets-là sont lettres closes,

Pour vous comme pour moi ; seulement sachez bien

Qu'en fait de vérité, Clémence, il est des choses

Où la raison ne comprend rien.

Croire est en pareil cas le parti le plus sage ;
Il sied à votre sexe, ainsi qu'à votre état ;
        Et surtout il sied à votre âge.
Ainsi donc, quel que soit l'attrait qui vous engage,
Le vendredi jamais n'entreprenez d'ouvrage ;
        Ne faites jamais un achat,
        Ne signez pas même un contrat,
Quand ce serait celui de votre mariage.

CLÉMENCE.

Vraiment !

L'ABBÉ.

        Tout bien pesé, ta tante n'a pas tort ;
Son système, après tout, m'explique bien des choses ;
        Et je conçois par quelles causes
Je fus parfois battu, même étant le plus fort.
A ces principes-là trop souvent je déroge ;
        Je m'en ris, tout en y croyant ;
Témoin ce vendredi que j'allais guerroyant
        Avec l'évêque de Limoge ;
Pasteur édifiant, et chevalier courtois,
        Saint prélat et bon militaire,
        Près de qui j'étais à la fois
        Aide-de-camp et grand-vicaire.
Certain de vaincre...

CLÉMENCE.

On vient.

SCÈNE III.

L'ABBÉ, CLÉMENCE, LA DAME DU GUESCLIN, ISSACAR.

LA DAME DU GUESCLIN.

Maître Issacar, c'est vous?

L'ABBÉ.

Que devient mon neveu?

CLÉMENCE.

Mon oncle?

LA DAME DU GUESCLIN.

Mon époux?

ISSACAR.

Madame l'apprendra bientôt par cette lettre,
Qu'avec cet or il m'a chargé de lui remettre.
    J'arrive ici beaucoup plus tard
Que ne le demandait l'intérêt qui m'amène,
    Et je ne sais par quel hasard
Je me suis égaré dans la forêt prochaine.
Pour peu que monseigneur eût pressé son départ,
Il pouvait en ces lieux me devancer sans peine.

CLÉMENCE.

Il vient, ma tante?

LA DAME DU GUESCLIN, après avoir lu.

Il vient. Sachez de plus encor

Qu'il vient consommer l'alliance
Du seigneur de Clisson avec toi, ma Clémence;
Et qu'il te donne en dot quinze mille écus d'or.

ISSACAR.

Voyez s'il y manque une pièce.

LA DAME DU GUESCLIN.

Sache enfin que ce soir il veut vous marier.

L'ABBÉ.

J'y suis prêt, et ce m'est un surcroît de liesse.

(A Clémence.)

Et toi, pour obéir, te feras-tu prier?

CLÉMENCE.

Mon oncle m'est trop cher pour le contrarier.

LA DAME DU GUESCLIN.

Mais c'est un vendredi, ma nièce.

L'ABBÉ.

Ne parlons que de son retour.

CLÉMENCE, à la dame du Guesclin.

Je vois qu'autant que nous ce retour vous contente.

LA DAME DU GUESCLIN.

Pour moi, d'un jour de deuil il fait un heureux jour.

CLÉMENCE.

Mais c'est un vendredi, ma tante.

LA DAME DU GUESCLIN.

(A demi-voix.)

Taisez-vous, folle... Et vous, Issacar, dites-moi,
De mes bijoux avez-vous fait l'emploi?

CLÉMENCE.

Des bijoux! cet objet me regarde, je gage.

ISSACAR, à demi-voix.

De vos bijoux j'ai fait usage,
Et réparti l'argent emprunté sur ce gage
Conformément à votre volonté;
Cet écrit en rend témoignage :
Au denier trente on a prêté;
Et c'est pour rien en vérité.
Que de pauvres soldats votre bonté soulage !

LA DAME DU GUESCLIN, à Clémence.

Vous écoutez?

CLÉMENCE.

J'entends.

LA DAME DU GUESCLIN.

Quelle indiscrétion !

CLÉMENCE.

Ma tante, elle est ici très légitime,
Et vous seule avez tort en cette occasion.
Pourquoi vous cachez-vous d'une bonne action
Comme on se cacherait d'un crime?

SCÈNE IV.

L'ABBÉ, CLÉMENCE, LA DAME DU
GUESCLIN, DU GUESCLIN, ISSACAR.

ISSACAR.

Chut, voici monseigneur : il m'a suivi de près.

DU GUESCLIN.

Quand on vient embrasser une femme, une fille,
On presse un peu le pas. J'avais un cheval frais,
Et qui si lestement a fourni sa carrière
Qu'il semblait partager mes propres intérêts,
Et bref m'a fait laisser mes amis en arrière.

    Mes bons parents, mes bons amis,
Vous voilà donc encore une fois réunis !

(Il embrasse son oncle.)

LA DAME DU GUESCLIN.

Sera-ce pour long-temps ?

DU GUESCLIN.

           Hélas! non, et pour cause.
Or, comme de mon mieux je prétends employer
    Le peu de temps dont je dispose,
Clémence, dès ce soir je veux te marier.

LA DAME DU GUESCLIN.

Ce soir! Plus d'un obstacle à ce projet s'oppose.

12.

DU GUESCLIN.

Par vous ce mariage est-il désapprouvé?

LA DAME DU GUESCLIN.

Au contraire.

DU GUESCLIN, à son oncle.

Et vous?

L'ABBÉ.

Moi, j'approuve fort la chose.

LA DAME DU GUESCLIN.

Attendons que du moins ce jour soit achevé.

DU GUESCLIN, regardant son oncle.

L'aumônier est prêt, je suppose?

L'ABBÉ.

Mais l'époux n'est pas arrivé.

DU GUESCLIN.

Vraiment! A ce motif sans doute il faut se rendre.
Attendons le futur, puisque enfin aujourd'hui
 Rien ne peut se faire sans lui.
Toutefois sa lenteur a droit de me surprendre.
Nous étions plus courtois jadis en pareil cas.

(A sa femme.)

 N'est-il pas vrai? ce n'était pas
 L'époux qui se faisait attendre.

L'ABBÉ.

Si près de nous Clisson tarde à se rendre,
Croyons qu'ailleurs la gloire a retenu ses pas.

CLÉMENCE.

Rien de plus sûr.

DU GUESCLIN.

Croyons plutôt, ma chère,

Que la jeunesse dégénère.

LA DAME DU GUESCLIN.

Mais après tout, mon noble époux,

Pourquoi se presser de la sorte?

Ou ce soir ou demain, qu'importe?

Nous avons du temps devant nous.

Vous voilà libre.

DU GUESCLIN.

Non, et c'est ce qui m'afflige.

LA DAME DU GUESCLIN.

N'aviez-vous pas de quoi payer votre rançon?

DU GUESCLIN.

Eh! oui.

L'ABBÉ.

C'est donc Chandos qui se rétracte?

DU GUESCLIN.

Eh! non;

Mais je suis prisonnier, vous dis-je.

CLÉMENCE.

Prisonnier!

DU GUESCLIN.

Ce n'est pas que sans trop de façon

Je ne puisse briser ma chaîne.

Il suffit pour cela qu'aux mains d'un capitaine

Partisan de Montfort, soit Anglais, soit Breton,

Je consigne le prix fixé pour ma rançon.

Mais il est un point qui me gêne :
Je n'ai plus un denier.

L'ABBÉ.

Libéral, mais sensé,
Par quel malheur, souffrez que je vous le demande,
Vous trouvez-vous privé d'une somme aussi grande?
Que...

CLÉMENCE.

Vous a-t-on tout pris?

DU GUESCLIN.

Non, j'ai tout dépensé.

ISSACAR.

Tant mieux!

LA DAME DU GUESCLIN.

Vous m'étonnez vraiment.

DU GUESCLIN.

Cette surprise
Cesserait bientôt, croyez-moi,
Si je vous disais quel emploi...
Il faut bien que je vous le dise.
Chandos depuis cinq jours aurait été payé
Si j'avais pu, sans être apitoyé,
Voir le malheur de mes compagnons d'armes.
Je pleure peu : combien de fois les larmes
M'ont gagné cependant à voir tant de Bretons,
Écuyers, chevaliers, soldats ou capitaines,
A la voix des Plébis, des Brembros, des Feltons,
Contraints, faute d'argent, à reprendre leurs chaînes!

J'en conviens, j'ai peut-être, en voyant leurs malheurs,
Un peu trop oublié mes besoins pour les leurs.
Est-ce tort ou raison? Qui pourra le décide.
Mais tout enfin, tout s'est arrangé de façon
Que, lorsqu'il s'est agi de payer ma rançon,
  Mon coffre-fort s'est trouvé vide.
Ceci tourne, après tout, au profit de l'état,
  Puisqu'une imprévoyance utile
  Avec la rançon d'un soldat
  En a racheté plus de mille.

CLÉMENCE.

Mon digne oncle!

LA DAME DU GUESCLIN.

  Mon noble époux

L'ABBÉ.

Mon cher neveu, la France autant que nous
D'un si beau procédé ne peut être charmée.
  Un capitaine comme vous,
  Pour elle vaut plus qu'une armée.

DU GUESCLIN.

  En ce cas, à ces malheureux
  Ma rançon appartenait toute;
Car l'intérêt public fera pour moi, sans doute,
  Ce qu'il n'aurait pas fait pour eux.
  D'ailleurs sommes-nous sans ressource?
Ne nous reste-t-il pas des chevaux, des bijoux?

LA DAME DU GUESCLIN.

  Ce que je possède est à vous;

Mais mon écrin n'est pas plus plein que votre bourse.

DU GUESCLIN.

Diable !

LA DAME DU GUESCLIN.

Le bon exemple est parfois dangereux ;
Et depuis quelques jours ces ornements futiles,
Grâce aux soins d'Issacar, devenus plus utiles,
Ont été secourir nos amis malheureux.
J'ai fait de mon côté tout comme vous du vôtre.

ISSACAR.

Le bon ménage !

L'ABBÉ.

Époux vraiment faits l'un pour l'autre !

DU GUESCLIN.

Maître Issacar, pourquoi tant de discrétion ?

ISSACAR.

C'est une des vertus de ma profession.

LA DAME DU GUESCLIN.

Blâmeriez-vous l'emploi... ?

DU GUESCLIN.

Moi, vous blâmer ! non certe.
En ce fait, comme en tout, je n'ai qu'à vous louer,
Tiphaine ; cependant, il le faut avouer,
J'avais certains projets que ceci déconcerte.

LA DAME DU GUESCLIN.

Je vous conçois, Bertrand, et vois quel est mon tort.
Devais-je me presser si fort ?...

DU GUESCLIN.

D'où vous vient envers vous cette injustice extrême?
Quand sur des malheureux vous versez vos bontés,
Tout est bien.

LA DAME DU GUESCLIN.

Quand mon cœur trompe vos volontés,
Tout est mal, jusqu'au bien lui-même.

L'ABBÉ.

Je vois, c'est de l'argent qu'il te faut, mon neveu.
Patience, avant qu'il soit peu,
Je pourrai t'offrir mes services.
Mon accès est presque passé,
Et nous aurons bientôt chassé
Ces Anglais de mes bénéfices.

CLÉMENCE.

Bien dit, fort bien dit, mais avant
Que mon oncle Bertrand fasse faire retraite
A ces félons dont la troupe indiscrète
Boit les vins de votre couvent,
Cher oncle, il faut qu'il se rachète.
Il en est un moyen encor.

DU GUESCLIN.

Comment?

CLÉMENCE.

Quinze mille écus d'or
Même à votre avis, je le gage,
Seraient mieux employés en rendant à l'état

Un citoyen utile, un brave et bon soldat,
          Qu'à terminer un mariage.

LA DAME DU GUESCLIN.

Ma Clémence, à ce trait, je te reconnais bien!

DU GUESCLIN.

Je reconnais ton cœur à ce qu'il me propose;
Mais cet or, mon enfant, c'est ta dot, c'est ton bien.

CLÉMENCE.

          C'est pour cela que j'en dispose.
Reprenez cette dot, qui ne m'est bonne à rien.

DU GUESCLIN.

Cette dot est le prix du fortuné lien
Qui ravit aux Anglais leur plus ferme soutien,
          Qui rattache à notre famille
Un héros digne d'elle et digne de ma fille.
Clisson, dans ce qu'il est, fait voir ce qu'il sera[1].
Breton, il compatit aux maux de cette terre.
Déjà, sans le savoir, détestant l'Angleterre,
Bientôt dans cette haine il me surpassera.
Ah! quand votre union, chère à mon espérance,
Ne serait pas utile au bonheur de la France,
Elle est utile au tien : va, c'est assez pour moi.
Clisson t'aime, ma fille; il est aimé de toi,
Et déjà votre chaîne est à demi formée.

CLÉMENCE.

J'aime Clisson, mon oncle, et j'en crois être aimée;
C'est à ce titre seul que j'ai reçu ses soins.
S'il ne me trompe pas, comme j'en suis certaine,

Qu'importe à notre amour, qu'importe à notre chaîne
      Un peu d'or de plus ou de moins!
Cet or n'est pas ma dot: je crois en avoir une
      Préférable à tous les trésors
      Que donne ou ravit la fortune;
C'est le nom que je porte, et le sang dont je sors.
A défaut d'autre dot, ah! s'il était possible,
      Que Clisson trouvât aujourd'hui
      Votre nièce indigne de lui,
Bien qu'à ses vœux mon cœur se soit montré sensible,
Je n'hésiterais pas à lui rendre sa foi,
Dussé-je, après, mourir de désespoir moi-même,
      Moins de perdre l'amant que j'aime,
Que de l'avoir trouvé trop indigne de moi.

          DU GUESCLIN.

Bien; c'est ainsi qu'il faut qu'un grand cœur en agisse.
      Tu m'as vaincu par tes discours.
      A ta dot j'aurai donc recours,
Sauf à la remplacer dans un temps plus propice.
D'un jour à l'autre on sait que le sort peut changer.

          CLÉMENCE.

Quelqu'un vient.

       LA DAME DU GUESCLIN.

      Mon ami, quel est cet étranger?

SCÈNE V.

L'ABBÉ, CLÉMENCE, LA DAME DU
GUESCLIN, DU GUESCLIN, HONGAR,
ISSACAR.

DU GUESCLIN.

Étranger!... Si la vie à bon droit nous est chère,
Tiphaine, c'est un homme à qui je dois beaucoup,
.Un homme à qui je dois presque autant qu'à mon père.
De la prise d'Essai te souvient-il, ma chère [14]?

    J'y devais rester pour le coup.

    Tombé du haut de la muraille,

Et la jambe rompue, adossé contre un mur,
Seul contre cinq Anglais, d'un bras las et mal sûr,

    Il me fallut livrer bataille.

    Trois d'entre eux avaient succombé,

    Mais épuisé par un effort extrème,

Mais baigné dans mon sang, mais à demi tombé,

    Je devais succomber moi-même,

Quand l'intrépide Hongar, à mon aide accourant.
Termine, en décidant la victoire douteuse,

    Cette lutte, à jamais honteuse,

    De cinq Anglais contre un mourant.

Oh! que n'étais-tu là!

LA DAME DU GUESCLIN.

J'y suis ! j'y suis, Bertrand !

Ah ! quand pourrons-nous reconnaître

Un aussi grand bienfait ?

DU GUESCLIN.

Dans ce moment peut-être.

(A Hongar.)

Prends cet or. D'où te vient cet air déconcerté ?

HONGAR.

Cet or ?

ISSACAR.

Il n'en veut pas !

DU GUESCLIN.

Est-ce honte ou fierté ?

De mourir dans les fers si tu n'as pas l'envie,

Prends, dis-je ; tu peux bien devoir la liberté

A celui qui te doit la vie.

ISSACAR.

Sublime !

HONGAR.

C'est m'offrir l'une et l'autre à la fois.

Mais cette somme est plus forte, je pense,

Que celle qu'il me faut ; après tout, je ne dois

Que cinq mille écus d'or... La bourse, je le vois,

Contient...

DU GUESCLIN.

De quoi parer à toute ta dépense,

Comme à tous tes besoins. N'as-tu pas tout perdu ?

Toi qui veux rentrer en campagne,
Mon pauvre cadet de Bretagne,
Sans argent, comment feras-tu?
Voilà justement ton affaire.

ISSACAR.

Oui.

HONGAR.

J'accepte le nécessaire;
Mais s'il se trouve ici du superflu?...

DU GUESCLIN.

Ma foi,

Pour un autre tu n'as qu'à faire
Ce qu'aujourd'hui l'on fait pour toi.

HONGAR.

Payons d'abord notre corsaire.

ISSACAR.

Grâce au ciel, mon argent m'est revenu.

HONGAR.

Suis-moi.

(Ils sortent.)

SCÈNE VI.

CLÉMENCE, LA DAME DU GUESCLIN, DU GUESCLIN, L'ABBÉ.

L'ABBÉ.

La générosité, mon cher, et l'imprudence

Ne peuvent pas aller plus loin.

DU GUESCLIN.

De l'avenir prendre un peu plus de soin,
C'est offenser la providence.

LA DAME DU GUESCLIN.

Mais vous voilà dans le besoin.

DU GUESCLIN.

Dans le bonheur.

CLÉMENCE.

Et votre délivrance ?

DU GUESCLIN.

Je ne m'en inquiète en aucune façon,
N'eussé-je pas d'autre espérance;
· Est-il ou femme ou fille en France
Qui ne file pour ma rançon ¹⁵ ?

SCÈNE VII.

L'ABBÉ, CLÉMENCE, LA DAME DU
GUESCLIN, DU GUESCLIN, ISSACAR,
BIGOT.

DU GUESCLIN.

Pourquoi ce bruit?

BIGOT.

Seigneur, on investit la place.

DU GUESCLIN.

Bon !

L'ABBE, à ses nièces.

Mes pressentiments étaient-ils de saison?

DU GUESCLIN.

Et qui donc aurait cette audace?

BIGOT.

C'est Felton.

DU GUESCLIN.

Je devine aisément sa raison.

BIGOT.

Son héraut marche sur ma trace.

DU GUESCLIN.

Eh bien! qu'il entre.

BIGOT.

Le voici.

SCÈNE VIII.

CLÉMENCE, LA DAME DU GUESCLIN, LE HÉRAUT, DU GUESCLIN, L'ABBÉ, ISSACAR, BIGOT.

DU GUESCLIN.

Quel motif vous amène ici?

LE HÉRAUT.

Laquelle de vous deux y commande, mesdames?

Vers elle je suis envoyé.

L'ABBÉ.

Felton croit-il n'avoir affaire qu'à des femmes ?
Il s'est tant soit peu fourvoyé.
Considère bien qui nous sommes ;
Puis rejoins ton maître, et dis-lui
Qu'en ce château-fort, aujourd'hui,
Il pourrait bien trouver des hommes.

LE HÉRAUT.

Avec votre permission,
Souffrez qu'avant tout je vous somme
De vous rendre à discrétion,
Sur l'heure... Ou bien vous verrez comme...

DU GUESCLIN.

Ne me connais-tu pas ?

LE HÉRAUT.

Qui ? vous ?

DU GUESCLIN.

Moi.

LE HÉRAUT.

Non, vraiment.

DU GUESCLIN.

J'en conclus que peu fréquemment
Tu vas sur le champ de bataille.

LE HÉRAUT.

Tout héraut est sacré ; malheur à qui s'en raille !

DU GUESCLIN.

Je ne raille pas.

5.

LE HÉRAUT.

Franchement?...

Or donc, les clefs sans plus attendre.

DU GUESCLIN.

Des autres, à ton tour, prétends-tu te moquer?
Celui qui veut nos clefs n'a qu'à venir les prendre.

LE HÉRAUT.

Songez qu'on va vous attaquer.

DU GUESCLIN.

Apprends qu'on saura se défendre.
A la frayeur, l'ami, je ne suis pas enclin.
Felton ne m'inquiète guère:
Va lui porter mon cri de guerre,
C'est: NOTRE DAME DU GUESCLIN.

LE HÉRAUT, étonné.

Du Guesclin!... pardonnez.

DU GUESCLIN.

Va, va, je te pardonne.
Et prends pour rien, crois-moi, tout ce que tu m'as dit.

(A un homme de sa suite.)

Reconduisez cet homme; allez, et qu'on lui donne

(Sa femme lui fait des signes, il se reprend.)

Cent florins... Mon plus bel habit [16].

BIGOT.

Il en vaut quatre cents...

DU GUESCLIN.

Silence!

Va.

(Le héraut salue et se retire.)

SCÈNE IX.

CLÉMENCE, LA DAME DU GUESCLIN,
DU GUESCLIN, L'ABBÉ, BIGOT,
ISSACAR.

DU GUESCLIN.

Et nous, aux remparts allons en diligence
Tout régler pour notre défense.

BIGOT.

Les Anglais sont nombreux.

DU GUESCLIN.

        Qu'importe? Nos moyens
Sont un peu faibles, j'en conviens;
Mais la valeur supplée au nombre.

L'ABBÉ.

Bien dit. Marchons.

DU GUESCLIN, à sa femme.

        D'où vous vient cet air sombre?

LA DAME DU GUESCLIN.

Ce jour...

DU GUESCLIN, l'interrompant.

Me rend à vous, à nos braves amis.

LA DAME DU GUESCLIN.

C'est un jour malheureux...

DU GUESCLIN.

Oui, pour nos ennemis.

FIN DU DEUXIÈME ACTE.

ACTE TROISIÈME.

Le théâtre représente une salle d'armes dans l'intérieur d'une tour percée de plusieurs fenêtres. Dans le fond est une porte.

SCÈNE I.

PLÉBI, FELTON, BREMBRO, GARDES
dans l'éloignement.

BREMBRO.

Il faut en convenir : le général Chandos
Ne pouvait relâcher Guesclin plus à propos
  Et mieux servir nos entreprises.
  C'est le modèle des vainqueurs.
  Sur ma foi, vivent les grands cœurs
  Pour faire les grandes sottises !

PLÉBI, à Felton.

Mais vous, quel intérêt vous a fait désirer
  De voir du Guesclin face à face ?
Quel fruit d'une entrevue espérez-vous tirer ?
Puisque ce diable d'homme est rentré dans la place,

Le coup est manqué, quoi qu'on fasse,
Et le meilleur parti c'est de nous retirer.

FELTON.

Mon cher Plébi, je le confesse,
Je ne m'étais pas attendu
A retrouver Guesclin dans cette forteresse,
Ainsi que vous d'abord je croyais tout perdu;
Mais la réflexion m'a rendu l'espérance;
Et je crois, non sans fondement,
Que du Guesclin dans ce moment
Pourrait fort bien montrer plus d'assurance
Qu'il n'en a véritablement.

PLÉBI.

A conclure ainsi qui vous porte?

FELTON.

Quelques mots à ce juif échappés, Dieu merci,
Dans le bonheur qui le transporte,
Et dont le sens bientôt va nous être éclairci.
Du Guesclin est rusé presque autant qu'il est brave;
Mais de l'honneur il est surtout esclave.
Loin donc de m'en laisser imposer par son air,
Par le ton menaçant qu'il affecte de prendre;
Avant de renoncer à l'attaquer, mon cher,
Je viens savoir s'il est en droit de se défendre.
Mais le voici.

SCÈNE II.

PLÉBI, BREMBRO, FELTON, DU GUESCLIN, L'ABBÉ, revêtu d'une cuirasse; SUITE, GARDES.

DU GUESCLIN.

Salut. Je crois lire en vos yeux,
Milord, je ne sais quelle gêne :
Elle est très naturelle, et je conçois sans peine
Qu'on soit peu satisfait de me voir en ces lieux :
Je conçois surtout qu'on y vienne,
Quoique brave, pour y chercher
D'autres figures que la mienne.
Mais lorsque du beau sexe on veut se rapprocher,
Entre nous, devrait-on s'y prendre
De manière à l'effaroucher ?
Si donc auprès de vous il refuse à se rendre,
Ne l'en accusez pas, et daignez me conter,
A moi qui suis chargé de le représenter,
Ce que de votre bouche il refuse d'entendre.

FELTON.

Sire Bertrand, je crois avoir prouvé
Que je fuis peu votre rencontre;
Et, jusqu'à mes revers, il n'est rien qui ne montre
Qu'au champ d'honneur on m'a souvent trouvé.

Trève donc à la raillerie :
Je la crois déplacée en cette occasion
　　Où, sur votre invitation,
　　Je viens...

DU GUESCLIN.

Quoi faire, je vous prie?

FELTON.

La question doit m'étonner.

DU GUESCLIN.

Quoi qu'il en soit, milord, ne pouvez-vous m'apprendre...

FELTON.

Je viens chercher les clefs que vous devez donner
　　A quiconque osera les prendre.

DU GUESCLIN.

Les prendre entre mes mains, milord !
Or, dites-moi, pour y prétendre
Vous sentiriez-vous assez fort?

FELTON.

Vous sentiriez-vous assez libre,
Monseigneur, pour m'en empêcher?
En vain vous voulez le cacher,
Nos moyens ne sont pas en parfait équilibre.

DU GUESCLIN.

Et de là vient votre sécurité.

FELTON.

Au reste, un mot de vérité
Peut dissiper ou combler mes alarmes.
Jurez-moi donc sur votre honneur

Que l'aveu de votre vainqueur
Vous a rendu le droit de reprendre les armes;
Que vous n'êtes plus prisonnier.

DU GUESCLIN, tirant un écrit.

Si, je le suis encor, je ne puis le nier.
Mais cet écrit vous fait connaître
Qu'à l'instant, grâce à vous, je vais cesser de l'être.
Ne connaissez-vous pas la main de Chandos?

FELTON, après avoir lu.

Si.

Quel contre-temps!

DU GUESCLIN.

Hongar viendra-t-il?

BIGOT.

Le voici.

DU GUESCLIN.

Bon! d'après cet accord, souffrez que je vous somme,
Officieux Felton, de recevoir la somme
Qui me donne le droit de vous chasser d'ici.

SCÈNE III.

BREMBRO, PLÉBI, FELTON, DU
GUESCLIN, HONGAR, L'ABBÉ, suite.

HONGAR.

Sire Bertrand, je devine sans peine

Pour quel noble motif vous me faites chercher :
    C'est aux Anglais qu'il faut marcher ;
J'y cours : et ce n'est pas uniquement par haine.
    J'espère avant peu faire voir
Que la reconnaissance est aussi du courage,
    Et que je ferai bon usage
De cette liberté que j'aime à vous devoir.

DU GUESCLIN.

    Ami, c'est pour une autre affaire
    Que j'ai désiré te revoir.
    Tantôt j'étais loin de prévoir
Que l'or que je t'offrais m'était si nécessaire
    Qu'il me faudrait te l'emprunter ce soir.
Faisons bourse commune ; et, dans cette occurrence,
Comme chacun de nous se trouve embarrassé,
Convenons, mon ami, que c'est au plus pressé
    Qu'elle appartient de préférence.
Tu ne me réponds rien...

HONGAR.

    Je n'ai pas pressenti...

DU GUESCLIN.

Ces quinze mille écus...

HONGAR.

    Je suis anéanti...
A suivre vos conseils que n'ai-je été moins preste.
Maudit Juif ! de partir il était si pressé.
Usurier très avide, entremetteur trop leste,
Des trois quarts de notre or il m'a débarrassé ;

Et la garnison boit le reste.

DU GUESCLIN.

Me voilà pris.

FELTON.

Allons, montrez-vous résigné.
Le hasard tous les jours ne nous est pas propice.
Il vous rendit plus d'un service ;
Il me sert ; mais, seigneur, rendez-moi la justice
De me croire très éloigné,
Quand le bonheur vous abandonne,
D'abuser du droit qu'il me donne
Sur vous, vous qui jamais ne m'avez épargné.
Je sais comme on en use avec les grandes âmes ;
Je sais ce qu'un cœur généreux
Doit à des guerriers malheureux,
Et surtout ce qu'il doit aux dames.
Désarmez à l'instant vos vassaux, vos amis ;
Que les postes nous soient remis ;
Que la garnison prisonnière
A mes soldats livre le fort ;
Je renonce à l'assaut, et je signe un accord
Qui vous y laisse en paix passer la nuit entière.

DU GUESCLIN.

De tant de loyauté je suis vraiment charmé.
Tu crois donc tenir la victoire ?
Je prétends cependant t'en disputer la gloire.
Je ne suis pas vaincu pour être désarmé.

(Il quitte ses armes.)

Les lois de l'honneur qui m'arrête,

Ces lois, que tu ne connais pas,

Peuvent bien enchaîner mon bras,

Mais non pas enchaîner ma tête.

Si je ne puis agir, je puis conseiller. Pars.

Tu peux faire sonner l'alarme;

Crois que, pour te fermer l'accès de nos remparts,

Il suffit, fussent-ils ouverts de toutes parts,

(Montrant la quenouille de sa femme.)

De mes avis et de cette arme [7].

FELTON.

(A Plébi.) (A du Guesclin.)

Viens... Tu verras dans un moment

Que l'insolence enfin reçoit son châtiment.

DU GUESCLIN.

Je l'espère.

SCÈNE IV.

L'ABBÉ, DU GUESCLIN, HONGAR, BIGOT, VASSAUX, SOLDATS.

DU GUESCLIN.

Le péril presse,

Et vous brûlez de l'affronter :

Vous avez, pour le surmonter,

Deux grands moyens, soldats, le courage et l'adresse.

Voici l'instant d'en faire emploi.

Je me remets sous votre garde.

Sachez vaincre aujourd'hui sans moi,

Et songez que je vous regarde.

Mes compagnons, mes vieux amis,

Que chacun aille au poste à sa valeur commis.

(A l'un de ses gens.)   (A Hongar.)

Toi, reste à cette porte... Et toi...

HONGAR.

Mon capitaine !

DU GUESCLIN.

Tu veilleras, Hongar, à la porte du Maine.

HONGAR.

J'y mourrai.

DU GUESCLIN.

Point du tout ; je suis plus exigeant ;

A meilleur intérêt je place mon argent :

Il faut y vaincre.

L'ABBÉ.

Et moi, que faut-il que je fasse ?

DU GUESCLIN.

Partout, cher oncle, ici commandez à ma place.

Voici l'épée...

L'ABBÉ.

Oh non ! l'Église à ses agents

Ne permet pas de se défendre

Avec cette arme-là ; j'assomme bien les gens,

Mais je ne dois pas les pourfendre [18].

DU GUESCLIN.

Je l'oubliais.

L'ABBÉ.

Quant à vous, mes enfants,
Soyez bénis; bientôt vous serez triomphants.
Mais, dussions-nous périr, remplissons bien nos tâches;
Pour aller droit là-haut je ne sais rien de tel.
La peur est un péché mortel;
Point de paradis pour les lâches.

DU GUESCLIN.

Cher oncle, encore un mot.

BIGOT, à Hongar, pendant que du Guesclin et l'abbé parlent
ensemble.

Rien n'est encor perdu.

HONGAR, avec humeur.

Ce n'est pas notre argent que Felton nous rapporte.

BIGOT.

Qui sait, seigneur? Clisson peut nous prêter main forte.
Ce soir même au château n'est-il pas attendu?

HONGAR.

En attendant, marchons.

DU GUESCLIN.

Vous avez entendu.
Il n'est plus qu'un point qui m'importe :
De combattre avec vous puisqu'il m'est défendu.
Empêchez, par pitié, que d'ici je ne sorte.
Par deux honneurs divers je me sens combattu :
C'est aux verrous de cette porte

À répondre de ma vertu.

L'ABBÉ.

(A la dame du Guesclin et
à Clémence quientrent.)

C'est le plus sûr moyen; n'est-il pas vrai, mesdames?
Restez dans cet appartement.

Les soldats sortent; et l'abbé enferme du Guesclin et les dames.)

SCÈNE V.

CLÉMENCE, DU GUESCLIN, LA DAME DU GUESCLIN.

CLÉMENCE.

Mon oncle, en un pareil moment,
Tout doit combattre ici, tout, jusqu'aux femmes [19].

DU GUESCLIN.

Oui, tout, Clémence, excepté moi;
Maudit honneur, maudite loi!
Celle qui m'eût mis à la chaîne
Me semblerait cent fois moins inhumaine.

LA DAME DU GUESCLIN, à Clémence.

À la lueur qu'au loin répandent ces brandons
Vois-tu dans le fossé ce soldat qui s'avance?

DU GUESCLIN.

Oh! s'il m'était permis de saisir une lance!

(Par la fenêtre.)

Courage... Allons, ferme, Bretons!

LA DAME DU GUESCLIN.

Ils sont au pied de ces tourelles!

DU GUESCLIN.

Amis, sur ces félons faites pleuvoir la poix!
Soulevez ces débris! alerte! et de leur poids
Renversez, brisez ces échelles.

CLÉMENCE.

Cet Anglais sur nos murs est prêt à parvenir.

DU GUESCLIN.

Qu'on est beau sur la brèche!

CLÉMENCE.

Il faut en convenir,
Et d'une et d'autre part on ne peut mieux se battre.

DU GUESCLIN.

Moi seul, comme une femme, à l'abri du danger...
Au plan je vois qu'il est quelque chose à changer.
Mais cette porte. Eh bien! voici de quoi l'abattre.

LA DAME DU GUESCLIN.

Ici plus d'un motif vous oblige à rester.

DU GUESCLIN.

Je n'y puis plus tenir : pourquoi donc m'arrêter?

LA DAME DU GUESCLIN.

Bertrand, permettez-moi de vous représenter...

DU GUESCLIN.

Je vais voir le combat, je ne vais pas combattre.

LA DAME DU GUESCLIN.

Sans arme, imprudemment, vous allez vous jeter
Au milieu d'un péril extrême...

DU GUESCLIN.

Non, je vais faire exécuter
Ce qu'il m'est défendu d'exécuter moi-même.

(Il sort.)

SCÈNE VI.

CLÉMENCE, LA DAME DU GUESCLIN.

LA DAME DU GUESCLIN.

N'allez pas oublier vos serments !

CLÉMENCE.

Le penser,
Ah ! ma tante c'est l'offenser.
Lui-même il se faisait injure
Quand il osait douter de lui.
Des chaînes où le sort le retient aujourd'hui,
Sa parole seule était sûre ;
D'ici, bien qu'il se soit enfui,
Il la tiendra.

LA DAME DU GUESCLIN.

Felton, abusant de la chaîne
Où la loyauté le retient,
Vient jusque sous ses yeux dévaster son domaine.
Dans sa fureur s'il se contient,
Sa force, ma Clémence, est vraiment plus qu'humaine.

CLÉMENCE.

Jamais le courage et l'honneur

5.   14

N'ont été mis à plus cruelle épreuve.

LA DAME DU GUESCLIN.

Alternative affreuse et neuve
Où l'excès de vertu l'a jeté.

CLÉMENCE.

Quel bonheur
Qu'il soit ici pourtant! On le voit, on le nomme,
On sait qu'on agit sous ses yeux.
Est-il si bon soldat qui ne vaille encor mieux
S'il sait être vu d'un grand homme?

LA DAME DU GUESCLIN, regardant par la fenêtre.

Au dehors, mon enfant, que s'est-il donc passé?

CLÉMENCE.

Il semble que l'ennemi cède.

LA DAME DU GUESCLIN.

Un secours imprévu viendrait-il à notre aide?

CLÉMENCE.

Si Clisson... L'assaut a cessé.

LA DAME DU GUESCLIN.

Plus de feu, plus de bruit; mais la cloche résonne.

CLÉMENCE.

Eh! n'est-ce pas minuit qui sonne?

SCÈNE VII.

CLÉMENCE, CAURELAI, DU GUESCLIN, LA DAME DU GUESCLIN.

CAURELAI.

Oui, nous avons la paix !

DU GUESCLIN.

Soyez le bien-venu.
Le courrier donne encor du prix à la nouvelle.

LA DAME DU GUESCLIN ET CLÉMENCE.

La paix !

CAURELAI.

Si ma vitesse eût égalé mon zèle,
Quel malheur j'aurais prévenu !

DU GUESCLIN.

Le malheur n'est pas grand, Caurelai, puisqu'en somme
Nous avons repoussé Felton sans perdre un homme.
Mais lui, d'affaire encor n'est pas sorti.

CAURELAI.

Vous auriez pu lui faire un fort mauvais parti...

DU GUESCLIN.

Si certain usurier n'eût remporté la somme
D'où dépendait ma liberté...

CAURELAI.

Si vous vous étiez su racheté...

14.

CLÉMENCE, LA DAME DU GUESCLIN,

DU GUESCLIN.

Racheté !

CAURELAI.

Quand j'y pense, pour lui vraiment la peur me gagne.

DU GUESCLIN.

Je serais racheté?

CAURELAI.

Oui, racheté.

DU GUESCLIN.

Chanson !

Qui diable a payé ma rançon?

CAURELAI.

Qui? la duchesse de Bretagne [20].

DU GUESCLIN.

Non l'épouse du duc que je combattais?

CAURELAI.

Si.

DU GUESCLIN.

Je lui devrais ma délivrance?

CAURELAI.

Oui.

DU GUESCLIN.

Je m'étais cru jusqu'ici
Le plus laid chevalier de France [21];
Je change d'avis; et, ma foi,
Puis-je faire autrement, ma femme,
Quand une belle et noble dame

Se met en frais ainsi pour moi ?

CAURELAI.

Ce n'est pas tout : sachez que, plein d'estime
Pour ce courage magnanime
Que vous avez long-temps déployé contre lui,
Le nouveau duc confirme, en sa munificence,
Les dons que son rival, dont vous étiez l'appui,
Vous fit dans sa reconnaissance.
Conformément aux vœux de son prédécesseur,
Soyez de ce château paisible possesseur.

DU GUESCLIN.

Pour mon premier seigneur j'aurai toujours des larmes [22];
Au nouveau toutefois mon hommage est acquis;
Et croyez qu'il m'a plus conquis
Par sa bonté que par ses armes.
Il n'aura pas de vassal plus soumis.
Mais qu'apportez-vous là, Bigot ?

SCÈNE VIII.

CAURELAI, CLÉMENCE, LA DAME DU
GUESCLIN, DU GUESCLIN, BIGOT.

BIGOT.

Une cassette,
Trésor qu'un inconnu dans mes mains a remis
Pour vous.

DU GUESCLIN.

Elle est pleine d'or, mes amis.

BIGOT.

Elle contient votre rançon complète.
Pour en fournir leur part que de gens accourus !

DU GUESCLIN.

Et qui donc?

BIGOT.

Si jamais monsieur te le demande,
Dit l'inconnu, réponds : CEUX QU'IL A SECOURUS.
Et j'en crois la liste assez grande.

SCÈNE IX.

ISSACAR, HONGAR, FELTON, désarmé;
BIGOT, CLÉMENCE, DU GUESCLIN,
LA DAME DU GUESCLIN, CAURELAI,
SOLDATS.

HONGAR.

Oui, tu me rendras tout, jusqu'au moindre denier.

ISSACAR.

Contre le droit des gens on me fait prisonnier :
Je ne suis pas homme de guerre,
Je suis neutre.

DU GUESCLIN.

Felton, je n'imaginais guère

Que la chance aujourd'hui tournerait de façon
Que vous rembourseriez les frais de sa rançon.
    Vous entendez peu l'art des siéges.

FELTON.

    Vous entendez trop l'art des piéges;
Et de plus ce maudit Clisson...

CLÉMENCE.

Clisson est arrivé!

HONGAR.

       Ses gens et son courage
Nous ont fort servi, j'en conviens.

FELTON, à Caurelai.

Milord, que venez-vous faire en ces lieux?

CAURELAI.

             J'y viens
Jouir de vos succès.

L'ABBÉ.

    A quand le mariage?

DU GUESCLIN.

La dot est retrouvée, et dès ce soir, je croi...

SCÈNE X.

ISSACAR, HONGAR, FELTON, BIGOT, CLÉMENCE, LA DAME DU GUESCLIN, DU GUESCLIN, LE HÉRAUT aux armes de France, CAURELAI, SOLDATS.

DU GUESCLIN.

Qu'est-ce encor?

LE HÉRAUT.

　　　Monseigneur, un messager du roi.

LA DAME DU GUESCLIN.

O surcroît d'honneur et de joie !

DU GUESCLIN.

Parlez ; qu'ordonne-t-il de moi ?

LE HÉRAUT.

Avant tout, monseigneur, sachez qu'il vous envoie

　　Votre rançon [24].

DU GUESCLIN.

　　　　　C'est un enchantement.

Si ce jour, mes amis, finit comme il commence,

De pauvre que j'étais encor dans le moment,

Je finirai par être, incontestablement, 　.

　　Le plus riche seigneur de France.

LE HÉRAUT.

De plus, apprêtez-vous à partir pour Paris.

DU GUESCLIN.

Pour Paris! et pourquoi?

LE HÉRAUT.

Lisez, monseigneur.

DU GUESCLIN, à la dame du Guesclin.

Lis.

LA DAME DU GUESCLIN, lisant.

« Cher et féal Bertrand, salut : par ces présentes

« Nous vous donnons à savoir

« Que de notre bon vouloir,

« Et pour causes suffisantes,

« Ouï nos conseillers et la publique voix,

« Dont notre oreille en vain ne fut jamais frappée,

« Vous êtes connétable²⁵; en signe du quel choix

« Nous vous envoyons cette épée. »

CAURELAI.

Choix digne d'un grand souverain!

LA DAME DU GUESCLIN.

Notre bonheur passe mon espérance.

DU GUESCLIN.

Si jamais cette épée est oisive en ma main,
C'est que nous n'aurons plus que des amis en France.
Caurelai, vous restez ici jusqu'à demain.

Vous, milord, reprenez courage :
Je sens ce que pour vous ce jour a d'affligeant;
Mais enfin tout s'arrange avec un peu d'argent;
Issacar peut encor vous en prêter.

ISSACAR.

Sur gage.

DU GUESCLIN.

Ne pensons qu'à la noce. Officiers ou soldats,
Bretons, Français, Anglais, ici tout est convive :
Aux plaisirs, ainsi qu'aux combats,
Mes amis, qui m'aime me suive.

FIN DE LA RANÇON DE DU GUESCLIN.

NOTES ET REMARQUES

SUR

LA RANÇON DE DU GUESCLIN.

¹ PAGE 130.

M. Crédule.

A force de recherches, nous avons découvert ce qui était
échappé à la perspicacité de l'auteur : M. Crédule est le héros
d'une pièce faite par un homme qui, après avoir figuré tantôt
dessous, tantôt dessus les tréteaux, a fini par prendre le rôle
de critique. C'est en cette qualité qu'il citait M. Crédule
comme modèle, ce qui est juste au reste : *demandez plutôt à
Lazarille.*

Voilà pourtant un des juges suprêmes de tout mérite littéraire ! Des Fontaines et Fréron du moins sortaient des jésuites, et Geoffroi de l'université ; tel autre cuistre a catéchisé
les petits garçons avant de régenter les grands. Préludant au métier d'Aristarque par celui de pédagogue, ils pouvaient, après
tout, se vanter d'avoir fait au collège ou à l'école une espèce
de noviciat ; mais du trou du souffleur s'élancer au bureau
d'un journal ; mais, en habit de paillasse et *le Pied de mouton
à la main,* prétendre dicter des leçons de goût ; mais profes-

ser l'art sous la livrée du plus ignoble des métiers, cela est aussi par trop bouffon.

Quel que soit le sujet de cette note, on a cru lui devoir donner quelque étendue; elle n'est pas inutile, et sera bonne à consulter pour quiconque voudra écrire l'histoire littéraire de l'époque. Ainsi que l'histoire naturelle, pour être complète, l'histoire littéraire doit traiter des infiniment petits comme des infiniment grands, et l'article des singes et des puces ne doit pas moins s'y trouver que celui des lions et des baleines.

PAGE 135.

Fidèle observateur de la loi de Moïse.

Voici le texte : *Fœnerabis gentibus multis*, Vous prêterez à intérêt à beaucoup de nations. (*Deutér.*, chap. xv, v. 6.) Cet intérêt n'étant pas déterminé par le législateur, l'usure est réellement autorisée par ce passage avec toutes les nations du monde. De là les procédés des Juifs envers les peuples, et les préventions des peuples envers les Juifs, persécutés, dans le moyen âge, avec toute la fureur de l'avarice et du fanatisme.

Le sort des Juifs, déplorable partout hors à Rome, fut affreux en France sous les trois races, et particulièrement sous les Valois. Leur expulsion, tantôt ordonnée, tantôt révoquée, fut surtout une opération de finance jusqu'à Charles VI, qui, non moins injuste, mais moins avide que ses prédécesseurs, les chassa définitivement, mais sans les dépouiller.

Pendant les intervalles où ils ont été tolérés chez nous, il n'y a pas d'humiliation à laquelle l'autorité ne les ait assujettis. Tantôt il ne leur était pas permis de paraître en public sans porter une marque jaune en forme de roue; tantôt ils étaient obligés d'arborer une corne en guise de bonnet; défense à eux de se baigner dans la Seine; et quand on les pendait, ce qui n'était pas rare, puisque la confiscation s'en suivait, c'était toujours entre deux chiens.

Sans excuser de si atroces injustices, la raison les explique : il lui est impossible de n'y pas voir des conséquences que toute législation immuable doit tôt ou tard entraîner. La loi de Moïse est aussi préjudiciable aux Juifs, depuis leur dispersion, qu'elle peut leur avoir été utile pour les former en corps de nation quand ils sortirent d'Égypte; et c'est tout simple. Toutes les nations ont dû ne voir qu'un ennemi dans un peuple que ses lois font ennemi de toutes les nations. À son exemple, on ne lui a fait que des guerres d'extermination; et il est tombé au-dessous de la condition humaine dès qu'il a cessé d'être au-dessus, c'est-à-dire d'être le plus fort.

C'est à cette condition que tendent les Turcs, gouvernés aussi par une législation théocratique. Cette législation, ne pouvant recevoir aucune modification du temps ou de l'expérience, s'oppose à ce qu'un peuple participe aux progrès toujours croissants de la civilisation, le rend stationnaire au milieu du mouvement général, et prépare son asservissement ou sa destruction.

Loin donc de féliciter les Juifs éparpillés et non confondus parmi les peuples, de ce qu'ils sont encore ce qu'ils étaient dans la Palestine, et de les admirer, ainsi que l'a fait M. Raynouard, en ce qu'ils n'ont pas changé pendant que tout changeait autour d'eux, plaignons-les de cela même; car c'est à leur opiniâtre immobilité qu'ils doivent l'état d'infériorité et d'avilissement où ils resteront éternellement. Dans l'étroite circonscription où leur loi les renferme, ils ont, il est vrai, étendu la science du commerce et l'art de tirer parti de l'argent; mais c'est moins avoir acquis de nouveaux talents qu'avoir perfectionné d'anciens vices.

³ PAGE 142.

Et mène un régiment aussi bien qu'un chapitre.

Plus d'un ecclésiastique, dans ces temps-là, faisait ces deux métiers. Un évêque de Beauvais combattait à la bataille de Bovines; un archevêque de Sens se fit tuer à la bataille d'Azincourt. En 1313, Henri Spencer, évêque de Norwich, ravageait la Flandre à la tête d'une armée anglaise. C'est sans doute pour rappeler des prouesses de cette nature que l'évêque de Castres, en Languedoc, n'officiait pas sans faire placer sur l'autel un harnois complet, dont il semblait s'être dépouillé un moment pour dire sa messe.

Dans des temps moins éloignés, le vieux Jules II, jetant dans le Tibre *les clefs de saint Pierre pour s'armer de l'épée de saint Paul,* mit en personne le siège devant la Mirandole; et le cardinal Ximénès, conduisant les Espagnols contre les Maures, fit en habits pontificaux la conquête d'Oran. Le cardinal Hippolyte de Médicis porta plus souvent la cuirasse que la chasuble; le cardinal Lavalette fut lieutenant-général; le cardinal de Richelieu, proviseur de Sorbonne, commanda les armées; et le capucin Joseph remplissait quelquefois les fonctions d'aide-de-camp près de son éminence.

De nos jours, le cardinal de Ruffo, renouvelant dans les Calabres l'exemple du prêtre Matathias, qui s'arma pour la défense de son pays, s'est acquis une assez belle réputation comme chef de partisans. Tout récemment enfin, et chez nous, l'abbé Bernier, curé de Saint-Lo, ne s'est pas moins signalé à la bataille que frère Jean des Entomures, qui assommait aussi les gens avec le bâton de la croix, comme on peut le voir dans le chapitre XXVII du livre Ier de l'*Histoire de Gargantua*, par maître François Rabelais, docteur en théologie et en médecine.

4 PAGE 145.

Charles de Blois.

Charles de Châtillon-sur-Marne, comte de Guise, comte de Blois, fils de Marguerite de France, sœur de Philippe de Valois. Il avait épousé Jeanne de Penthièvre, héritière du duché de Bretagne d'après les lois de cette province, et appuyée dans son droit par le roi de France. Jean, comte de Montfort, appuyé de son côté par le roi d'Angleterre Édouard III, dont il était gendre, contestait à Jeanne sa nièce ce bel héritage. La noblesse bretonne se partagea entre les deux prétendants. Après plusieurs campagnes et plusieurs traités inutiles, on en vint à une bataille sous les murs de la petite ville d'Aurai, où la mort du comte de Blois livra la Bretagne à son rival. Du Guesclin, qui commandait l'armée de ce prince, se rendit à Chandos, le plus illustre capitaine de celle de Montfort.

⁵ PAGE 145.

Je suis trop loyal chevalier
Pour vous souhaiter réussite.

Ce discours est tout-à-fait conforme au caractère de loyauté qui distinguait Hue de Caurelai ou de Caurelée. Cet Anglais était un des chefs de ces *grandes compagnies*, de ces *malandrins*, qui, après la paix, ravageaient, comme brigands, la France, qu'avant ils avaient ravagée comme soldats : du Guesclin les entraîna tous avec lui en Castille, Anglais comme Français. Mais le prince Noir ayant pris fait et cause pour don Pèdre, les Anglais furent obligés d'abandonner Henri de Transtamare; et Hue de Caurelai, combattant de nouveau contre du Guesclin, sous les ordres duquel il venait de servir, fit la guerre pour remettre sur le trône le prince qu'il venait de détrôner. C'est ainsi que les choses se passaient alors d'un bout de l'Europe à l'autre : les chevaliers n'en restaient pas moins bons amis.

Plébi, Felton, Brembro, Grévaques, faisaient le même métier que Caurelai : les faits rappelés à leur occasion sont historiques.

De tous les capitaines anglais de ce temps, le plus illustre, sans contredit, après le prince Noir, est Jean Chandos, connétable d'Aquitaine. C'est à lui que du Guesclin se rendit après la bataille d'Aurai. « Messire Bertrand, cette journée n'est pas des vôtres, » criait Chandos au héros breton, auquel il ne restait plus pour défense que ses poings, dont il faisait assez bon usage.

Chandos fut tué d'un coup de lance par Guillaume Boistel, dans un engagement près la Rocheposai en Poitou. Son frère, au désespoir, voulait le venger par la mort des Français prisonniers; Chandos eut la générosité de l'empêcher. Cela se passait en 1372.

⁶ PAGE 147.

Mons Bertrand.

Ce nom de *Bertrand* est celui sous lequel du Guesclin est le plus souvent désigné. Les princes comme le peuple l'appelaient sire ou messire *Bertrand*.

Les expressions employées ici par Felton sont celles que l'histoire lui prête. « Je vais m'établir en place d'où je viendrai souvent manger vos chapons, » disait-il à du Guesclin, qui faisait alors ses noces à Pontorson. A cela du Guesclin répondit qu'il irait bientôt le chercher, lui Felton et ses *beaux guilledins*. En effet, dès le lendemain, Felton et ses *beaux guilledins* étaient prisonniers du chevalier breton.

⁷ PAGE 160.

Il sauva la Bretagne, et ne savait pas lire.

On trouve quelques traits analogues à celui-ci dans une tragédie allemande intitulée *Otto de Wittelspach*, laquelle n'est pas une imitation de Shakspeare, mais bien un ouvrage original sous tous les rapports. Quiconque aime à retrouver

5.

dans un drame les mœurs du pays et celles du siècle auxquels l'action appartient, reconnaîtra dans celui-ci un mérite particulier; il y trouvera aussi des caractères hardiment tracés et des scènes fortement conçues, quoique bizarrement exécutées.

⁸ PAGE 167.

Sage et docte Tiphaine.

Tiphaine (Stephana), nom familier de la première femme de du Guesclin. Cette dame était fille de Robert Raguenelle, vicomte de la Bellière, et seigneur breton. Elle était aussi belle que son mari était brave, et l'égalait en grandeur d'âme. Oubliant, comme lui, ses propres besoins pour ceux d'autrui, elle avait engagé les revenus de toutes leurs terres, vendu sa vaisselle et ses propres bijoux, pour aider les pauvres chevaliers. Une somme de cent mille francs, que du Guesclin avait rapportée de sa première campagne de Castille, et mise en dépôt à l'abbaye du Mont-Saint-Michel, et sur laquelle il comptait pour sa rançon, avait été employée aussi par Tiphaine à racheter les Bretons, pendant que son mari devait se racheter lui-même. Il est difficile de ne pas rire, tout en l'admirant, de cette héroïque imprévoyance.

La belle Tiphaine était très versée dans l'astrologie judiciaire, art de lire au ciel ce qui doit se passer sur terre; c'est à ses connaissances dans cette science qu'elle dut le surnom de *fée*. Elle avait rédigé pour l'usage de son époux des instructions qu'elle l'engagea à consulter dans les circonstances difficiles. Si l'on en croit les historiens, les mésaventures du chevalier y étaient toutes prédites; mais il ne pensa jamais à y recourir que le lendemain de l'événement.

Du Guesclin n'a pas laissé de postérité, soit de Tiphaine Raguenelle, soit de Jeanne de Laval, qu'il épousa en secondes noces; mais il eut trois enfants naturels, de l'un desquels sont issus, dit-on, les marquis de Fuentes.

9 PAGE 168.

> Au champ d'honneur il nous attend,
> Au champ d'honneur il nous appelle.

Ce chant guerrier, qu'on pourrait appeler *le chant breton*, a été mis en musique par les deux premiers compositeurs de notre temps, par cet excellent Méhul que nous venons de perdre, et par M. Chérubini, que Dieu veuille nous conserver.

10 PAGE 171.

> N'ai-je pas combattu sous les murs de Poitier?
> J'y fus pris comme un autre.

Cet autre est le roi Jean, dit *le bon*, qui, par son imprudence, se fit battre et prendre avec l'élite de sa noblesse, à Poitiers, par le prince de Galles. L'armée anglaise était quatre fois moins forte que l'armée française, et n'était pas quatre fois plus brave : mais le prince Noir était un général, et le roi Jean n'était qu'un chevalier.

¹¹ PAGE 172.

Ces champs meurtriers,
A Charles de Blois si funestes.

Les plaines d'Aurai, où Charles de Blois fut défait et tué,
ainsi qu'on l'a dit plus haut.

¹² PAGE 173.

Un vendredi tu veux qu'il se mette en voyage.

Les hommes qui ont vécu avant nous ont été sots avant
nous. Les anciens connaissaient des jours heureux et malheureux. Le vendredi, si redouté au quatorzième siècle, est encore
redoutable, si l'on en croit les bonnes femmes du siècle présent. « N'entreprenez rien le vendredi, » disent-elles. Deman-
dez-leur pourquoi : « Parceque, le vendredi, rien ne réussit. »

¹³ PAGE 186.

Clisson, dans ce qu'il est, fait voir ce qu'il sera.

Olivier de Clisson. Il était fils d'un seigneur breton qui portait les mêmes noms, et auquel Philippe de Valois fit couper
la tête sur un soupçon d'intelligence avec les Anglais. Jeanne
de Belleville, veuve du décapité, mère de Clisson, et l'une
des plus belles femmes de son temps, fit passer d'abord son

fils en Angleterre; puis, achetant trois vaisseaux avec le prix de ses diamants, et les commandant elle-même, elle mit tout à feu et à sang sur les côtes de Normandie, et se vengea sur tous les Français qui tombèrent entre ses mains de la cruelle légèreté de leur roi. Ce n'est pas la seule héroïne que les chevaliers de ce temps aient eue à combattre; les femmes alors étaient presque aussi guerrières que les abbés.

Il n'est pas étonnant que Clisson, héritier de ces passions dont la mort de son père devait encore irriter la violence, les ait déployées. Il combattit d'abord dans les rangs anglais pour Jean de Montfort; mais ce prince ayant donné à Chandos, en récompense de ses services, le château de Gàvre : « Au diable, monseigneur, lui dit Clisson, si jamais Anglais sera mon voisin; » et il alla mettre le feu au château.

Depuis cette équipée, Clisson ne fut plus que Français, et fit aux Anglais une guerre toujours active et trop souvent cruelle. Il mérita le nom de *boucher* qu'ils lui donnèrent. Ce compagnon de du Guesclin, aussi brave, mais moins grand, fut son successeur. « Faites le sire de Clisson connétable, » dit à son fils Charles V expirant.

Clisson porta dignement la plus noble épée de France. Il gagna la bataille de Rosebeck, et commandait l'armée formidable prête à descendre en Angleterre, quand Charles VI fut attaqué de l'incurable maladie qui livra tour à tour le royaume à ses oncles, à sa femme Isabeau de Bavière, au duc de Bourgogne (Jean sans peur), et définitivement à Henri V.

Clisson eut alors l'honneur d'être dépouillé de toutes ses charges, et banni d'une cour tout anglaise. Il se retira en Bretagne, où il mourut dans son château de Josselin en 1407. Il était devenu fort bon homme.

14 PAGE 188.

De la prise d'Essai te souvient-il , ma chère ?

Essai, château fort en Poitou. Il était occupé par les Anglais. Du Guesclin l'assiégea et le prit de concert avec Jean de
Xaintré, qui pourrait bien avoir été ce petit Jehan de Saintré
dont l'éducation fut si gentiment faite par la dame des belles
cousines (voyez les romans du comte de Tressan). Le fait
consigné dans cette scène, quoiqu'il ressemble à une fable, est
dans tous ses détails conforme à l'histoire.

15 PAGE 191.

Est-il ou femme ou fille en France
Qui ne file pour ma rançon?

Du Guesclin fit cette réponse au prince de Galles, auquel
il avait rendu son épée à la bataille de Navaret. Mis à rançon
et invité à la fixer lui-même, il s'était taxé à 70,000 florins
d'or. Pauvre comme vous l'êtes, où prendrez-vous une si
forte somme? lui dit le prince. « J'ai des amis, répondit
« Bertrand : les rois de France et de Castille ne me laisse-
« ront pas en arrière pour si peu de chose; il y a en Bre-
« tagne cent chevaliers qui vendront leurs terres pour m'ac-
« quitter ; enfin, *les femmes de France fileront assez en un an*
« *pour faire ma somme.* » Quoi de plus honorable pour le
héros·et pour la nation qu'une pareille confiance? Elle n'a pas
été trompée.

16 PAGE 194.

Qu'on lui donne
Cent florins... mon plus bel habit.

C'était l'usage de récompenser magnifiquement un héraut, quelque nouvelle qu'il apportât. Le duc de Lancastre (Jean de Gaunt), pendant le siége de Nantes, où du Guesclin s'était jeté, l'ayant fait inviter à le venir voir dans son camp, celui-ci, qui n'était que simple chevalier, ordonna à son chambellan de donner au héraut cent florins d'or et un jupon de velours. Il fit donner aussi cent florins d'or et un cheval au héraut par lequel le captal de Buch lui fit porter des propositions le jour de la bataille de Cocherel, et quatorze marcs d'argent au héraut qui vint de la part du général Grandson lui demander bataille à Pont-Valin.

Un prince donnait même l'habit qu'il portait au héraut qui lui annonçait une nouvelle agréable. « La reine, dit « Jean Chartier, étant accouchée d'un fils le 4 février 1435, « le roi (Charles VII) dépêcha le héraut nommé Constance « pour en porter la nouvelle au duc de Bourgogne; de la- « quelle nouvelle le duc témoigna être fort joyeux, et donna « à ce héraut cent riders d'or et une robe brodée dont il était « alors vêtu. »

Peut-être est-ce par imitation de cette magnificence que Géronte dit à Scapin : « Je te promets cet habit-ci (le vieil « habit qu'il porte), quand je l'aurai un peu usé. »

17 PAGE 204.

Il suffit, fussent-ils ouverts de toutes parts,
De mes avis et de cette arme.

Il faut qu'un pareil propos soit dans la bouche de du Gueselin pour qu'on n'y voie pas une rodomontade. Il est cependant analogue à son caractère, qui mêlait souvent la raillerie à la menace : il est aussi fondé sur l'histoire.

Ce héros, prisonnier sur parole, n'en aida pas moins de ses conseils le duc d'Anjou, qui faisait le siége de Tarascon. « Je suis accouru pour vous y servir, dit-il à ce prince, et « si je ne suis pas en liberté de m'armer, du moins ai-je *deux* « *poings* dont je ferai usage. » Et, comme on l'a vu, il savait s'en servir.

Il se rendit en effet sous les murs de la ville assiégée, n'ayant en main qu'une baguette : tout désarmé qu'il était, sa présence amena la reddition de la place.

18 PAGE 205.

J'assomme bien les gens,
Mais je ne dois pas les pourfendre.

Guérin, évêque de Beauvais, avait de pareils scrupules. Ce brave ecclésiastique ne tuait son monde qu'à coups de massue, « quia ecclesia abhorret a sanguine. » Pourquoi cette horreur de l'église pour le sang n'a-t-elle jamais sauvé la vie à un homme? Jean Hus et Jérôme de Prague ont été mis à mort par un concile. L'inquisition, qui abhorre le sang, comme on sait, a fait périr un million d'hommes : il est vrai qu'elle les grille au lieu de les égorger.

Dans le roman intitulé *Guérin de Montglave*, le Sarrasin Robastre, géant converti à la vraie foi, se fait ermite, mais il ne renonce pas pour cela à ses habitudes belliqueuses ; par horreur pour le sang, il quitte seulement l'épée pour s'escrimer avec un levier de fer, et le diable n'y perd rien. En lisant les romans on croit souvent lire l'histoire.

Au reste, si les ecclésiastiques, en ce temps-là, faisaient les fonctions des militaires, ceux-ci faisaient quelquefois aussi les fonctions des ecclésiastiques. Un soldat, au besoin, confessait son camarade et même le communiait, à charge de revanche. On en trouve la preuve dans l'histoire même de notre connétable. En rendant compte des dispositions qui précédèrent la bataille de Pont-Valin, un de ses historiens dit en son vieux langage : « Et en icelle place se desjeunèrent de pain et de vin « qu'ils avoyent apporté avec eux, et prennoyent les aucuns « d'iceux du pain, et le signoyent au nom du Saint-Sacrement ; « et après qu'ils estoyent confessez l'un à l'autre de leurs pe- « chiez, le usoyent en lieu d'escommichement. Après dirent « mainte oroison, en dépriant Dieu qu'il les gardast de mort, « de mahaing et de prison. » (*Histoire de messire Bertrand du Guesclin, connétable de France*, imprimée à Paris, chez Sébastien Cramoisi, en 1618.)

Tout doit combattre ici, tout, jusqu'aux femmes.

Les femmes alors ne craignaient pas, ainsi que nous l'avons

dit, de prendre les armes dans l'occasion. On a vu la dame de Clisson faire, à la tête d'une escadrille, le métier de pirate. L'épouse de Jean de Haperdanne, commandant de Fontenay-le-Comte, défendit cette place pendant quelques jours contre le connétable lui-même.

Mais ce qui est aussi héroïque, et peut-être plus plaisant, c'est qu'une religieuse ait sauvé le château de du Guesclin.

Felton, ayant habité quelque temps ce château comme prisonnier, s'y était ménagé des intelligences : profitant de l'absence du seigneur, il essaya de se rendre maître de la place par surprise : il n'y restait que la dame Tiphaine et sa belle-sœur Julienne du Guesclin, abbesse de Saint-George. Au milieu de la nuit, l'Anglais s'approche des murs et tente l'escalade; déjà ses soldats atteignaient aux fenêtres de l'appartement des femmes de chambre qu'il avait séduites, quand la religieuse, réveillée par le bruit sans doute, mais, s'il faut en croire l'historien, par un avertissement divin, se saisit d'une épée, court à la hâte au lieu menacé, renverse l'échelle d'un bras vigoureux, et culbute les assaillants dans le fossé, où plusieurs meurent de leur chute. L'alarme une fois donnée, Felton fut obligé de battre en retraite; mais, pour comble de disgrâce, il est rencontré par du Guesclin, et ramené de nouveau, comme prisonnier, à Pontorson, où Tiphaine le félicite d'avoir été battu deux fois en douze heures : une fois par la sœur, et une fois par le frère.

²⁰ PAGE 212.

La duchesse de Bretagne.

Ce trait appartient à la princesse de Galles. Digne épouse

d'un héros, elle voulut contribuer pour trente mille florins d'or à la rançon de du Guesclin. Le chevalier accepta la somme, mais ce fut pour la partager entre ceux de ses compagnons d'armes et d'infortune qui ne pouvaient pas se racheter; puis il partit pour aller chercher en Bretagne la somme dont il avait besoin pour se racheter lui-même. « *Oh gran bontà de'* « *cavalieri antiqui!* » (ARIOSTO.)

²¹ PAGE 212.

Je m'étais cru jusqu'ici
Le plus laid chevalier de France.

Cette opinion très fondée que du Guesclin avait de sa figure est consignée dans le remerciement naïf qu'il fit à la princesse de Galles relativement au trait mentionné dans la note précédente. « Madame, dit-il en se jetant aux genoux de cette prin- « cesse, *j'ai toujours cru jusqu'ici être le plus laid chevalier* « *qu'il y eût en France*, mais je commence à avoir meilleure « opinion de ma personne, puisque les dames me font de si « magnifiques présents, je n'en puis refuser un qui me vient de la plus belle et la plus illustre main du monde. »

²² PAGE 213.

Pour mon premier seigneur j'aurai toujours des larmes.

Tant pis pour le prince aux yeux duquel la reconnaissance gardée à son rival est un crime. Ce ne fut pas le tort de Jean de Montfort; une fois duc de Bretagne, en confirmant les dons que Charles de Blois avait faits à du Guesclin, il récompensa des services rendus contre lui-même, et se créa par là des droits au dévouement de cette âme loyale. Cette politique, et c'est celle des grandes âmes, est de peu d'usage : on n'encourage guère que les défections, on ne récompense guère que les ingrats, qui se font récompenser le plus souvent qu'ils peuvent.

23 PAGE 214.

Ceux qu'il a secourus.

Du Guesclin ayant employé toutes ses ressources à délivrer les autres, était revenu à Bordeaux se constituer prisonnier, lorsqu'on lui apporta de nouveau les fonds dont il avait besoin, et cent mille florins en sus pour se mettre en campagne. Des inconnus avaient tout fourni. Du Guesclin avait droit à un pareil service : en défendant la France, il a toujours protégé le faible. « Souvenez-vous, » disait-il en toute occasion à ses compagnons d'armes, et leur répétait-il encore au lit de mort, « souvenez-vous que, partout où vous ferez la guerre, « les ecclésiastiques, le pauvre peuple, les femmes et les en- « fants ne sont pas vos ennemis, et que vous ne portez les ar- « mes que pour les protéger. »

On remarquera que la rançon de notre chevalier avait été fixée par lui à une somme de soixante-dix mille florins, et qu'à la même époque une tête couronnée, le roi de Majorque, se racheta pour vingt-huit mille.

24 PAGE 216.

Un messager du roi.

. . . .
                              Sachez qu'il vous envoie
Votre rançon

Charles V fit en effet payer la rançon de du Guesclin;
mais ce ne fut qu'à titre d'avance. On voit que quelques années plus tard, quand ce prince économe fit rembourser le
connétable des sommes avancées par lui pour le service de
l'armée, « déduction fut faite des sommes payées des deniers
royaux, pour sa rançon, au prince de Galles et à Jean
Chandos. »

Voilà l'histoire dans sa vérité. Mais au théâtre, où tout se
peint en beau, on ne montre pas le revers de la médaille quand
il est moins héroïque que la face.

25 PAGE 217.

Vous êtes connétable.

Du Guesclin ne reçut l'épée de connétable qu'en 1370,
c'est-à-dire six ans après l'époque où l'action est censée se
passer. On le répète, tous les détails de cette pièce sont vrais,
mais on ne les présente pas dans l'ordre où ils se sont succédé.
Ce sont des faits disséminés qu'on a rassemblés dans un
seul cadre et rattachés à une même action. Ayant surtout pour
but de peindre du Guesclin ressemblant, on a réuni en un
seul tableau les traits les plus propres à le caractériser. Tel

est peut-être le mérite de cet ouvrage. C'est au moins un drame national.

Terminons ces notes par quelques réflexions générales sur les drames nationaux.

Ce genre n'est pas aussi encouragé en France que l'intérêt général le demanderait peut-être. A une époque où le goût du spectacle s'est communiqué à toutes les classes, où il est devenu pour le peuple une passion dominante, quel parti ne pourrait-on pas tirer du théâtre pour répandre la morale et former l'esprit public? Il pourrait suppléer la chaire, dont l'austérité n'a jamais eu un grand attrait pour la multitude, et qui, très malheureusement sans doute, est aujourd'hui plus désertée que jamais.

Le peuple, avide d'émotions vives, se porte partout où il croit les trouver. C'est dans cet espoir qu'il court aux théâtres des boulevarts : et voyez comme il y applaudit avec transport à des prouesses fictives, comme il s'y passionne pour des héros imaginaires! S'intéresserait-il moins à des drames dont le sujet serait tiré de sa propre histoire et dont les héros auraient illustré des noms français?

Une des causes auxquelles il faut peut-être attribuer le peu d'affection que le peuple a pour les grandes familles (et ce nom n'est dû qu'aux familles historiques), c'est qu'il ne connaît pas l'histoire; c'est qu'il ne voit dans un Montmorenci, dans un Luxembourg, dans un Condé même, qu'un homme élevé au-dessus des autres par le hasard; c'est qu'il ne sait pas que les honneurs dont ils jouissent leur ont été acquis ou sont justifiés par des actions utiles ou glorieuses pour la France.

Rien ne serait plus facile que de lui faire trouver l'instruction dans l'amusement, que de le familiariser à l'aide de la scène avec les époques et les noms héroïques qu'il ne va pas étudier dans nos fastes.

C'est un service que le père du théâtre anglais a rendu dès l'origine à sa nation. Non seulement le sujet d'un grand nombre des pièces de Shakspeare est tiré des chroniques nationales, mais c'est un cours d'histoire presque complet, à dater du commencement du règne de Richard II jusqu'à la fin de celui de Richard III. Et que de faits glorieux, que d'hommes célèbres sont offerts par ce poëte à l'admiration du peuple anglais, dans la peinture de cette longue série d'évènements mémorables, entre lesquels se trouve ce qu'il appelle la *conquête de France !* C'est là que la nation anglaise va puiser l'affection qu'elle conserve à son Henri V; c'est là qu'elle apprend à respecter les noms de Talbot, de Percy, de Warwick; c'est là qu'elle prend de sa propre valeur une opinion trop favorable peut-être, mais une opinion dont un gouvernement peut obtenir de grands résultats.

Nous avons peu d'ouvrages pareils chez nous. Voltaire, Dubelloi, Chénier, Legouvé, M. Raynouard, ont fait retentir des noms français sur notre scène; ils ont enrichi le répertoire tragique, mais ils n'ont pas atteint le but où semble continuellement tendre Shakspeare Il n'en est pas du théâtre national de France comme de celui d'Angleterre, qui, par cela même qu'il n'est pas épuré, est resté à la portée du peuple. Les formes imposantes de notre tragédie, la pompe du style qui lui est propre, la sévérité de ce genre, qui repousse tout mélange, font des représentations tragiques un plaisir exclusivement réservé à la classe instruite. Enfin si nous avons des pièces nationales, nous n'en avons pas de populaires.

C'est donc sous d'autres formes qu'il faut communiquer avec la classe inférieure. Sans se rabaisser au niveau du peuple, ne pourrait-on pas se mettre à sa portée, et conserver aux héros leur grandeur en prêtant à leurs sentiments des expressions plus simples?

Nous ne voulons pas qu'on imite Shakspeare, qui est descendu quelquefois jusqu'au dernier degré de trivialité et même de grossièreté. Si un fort de la halle parlait jamais d'un prince de Galles sur le plus infime de nos théâtres, nous ne voudrions pas trouver dans ses invectives l'équivalent du propos suivant, débité contre le dauphin (Charles VII), sur le premier des théâtres anglais. Jean Cade, qui était vers 1460 à Londres ce que Marat était chez nous en 1792, dit au lord Say, de qui il exige des comptes :

« What canst thou answer to my majesty, for giving up of « Normandy unto monsieur *Basimecu*, the dauphin of France? » *Que peux-tu répondre à ma majesté pour te justifier d'avoir abandonné la Normandie à monsieur* Basimecu [*], *le dauphin de France?* (Deuxième partie de *Henri VI*, acte IV, scène VII.)

De pareilles grossièretés ne doivent être tolérées dans la bouche d'aucun personnage, si abject qu'il puisse être.

Mais entre cette brutalité, que nos tréteaux même repoussent, et la recherche que la scène noble semble exiger, n'est-il pas un milieu qui concilierait la décence et le naturel, le goût et la vérité?

On s'occupe dans ce moment des moyens de prévenir la décadence de l'art dramatique. C'est bien, et l'on y réussira en rétablissant deux théâtres tragiques : car ce ne sont pas

[*] Il n'est pas absolument nécessaire de savoir l'anglais pour comprendre le sens de ce mot, que nous n'osons traduire.

les tragédies qui manquent au théâtre, mais les théâtres qui manquent à la tragédie.

Mais, tout en s'occupant des plaisirs de la classe instruite, pourquoi ne s'occuperait-on pas de ceux de la classe ignorante? Ne serait-ce pas bien aussi de rendre utile au peuple le genre de spectacle qu'il affectionne; de tâcher de rectifier ce genre puisqu'on ne peut le réformer? Je veux parler du mélodrame. Ne serait-il pas possible de lui imprimer une bonne direction? Tout en réservant les honneurs et les récompenses d'un ordre supérieur pour les poëtes qui soutiendraient la gloire de notre premier théâtre, pourquoi ne pas inviter par des encouragements les auteurs qui se livrent à ce genre inférieur à lui donner au moins un but que la raison puisse approuver? Au lieu d'aller chercher leurs sujets dans les *Contes de ma mère l'oie* ou dans les *Annales de la Grève*, s'ils les puisaient dans notre histoire, ils la feraient du moins connaître à la multitude. Et quelles ressources les fabricateurs des pièces à grand spectacle ne trouveraient-ils pas dans la vie des du Guesclin, des Tanneguy du Châtel, des Dunois, des Bayard, des Crillon, et de tant d'autres!

Ainsi, pendant que la bonne compagnie applaudit aux nobles sentiments exprimés en style héroïque, par nos preux, sur les grands théâtres; aux petits théâtres, le peuple applaudirait à leurs grandes actions, présentées sous des formes toujours nobles, quoique familières; ainsi les grands évènements et les grands hommes dont nos fastes sont remplis ne seraient plus ignorés des quatre-vingt-dix neuf centièmes de la nation, qui sait à peine l'histoire du présent, et ne connaît pas à beaucoup près tous ses titres de noblesse.

5.   16

PHROSINE

ET MÉLIDORE,

DRAME LYRIQUE EN TROIS ACTES,

MUSIQUE DE MÉHUL,

REPRÉSENTÉ POUR LA PREMIÈRE FOIS À PARIS, SUR LE THÉÂTRE LYRIQUE
DE LA RUE FAVART, LE 1ᵉʳ GERMINAL AN 2
(AVRIL 1794)

AVERTISSEMENT.

Le sujet de cet opéra est tiré d'un poëme trop connu pour qu'il soit nécessaire d'en donner l'analyse : il est assez riche en situations touchantes, en mouvements passionnés et en tableaux gracieux et terribles, pour qu'un auteur dramatique soit excusable d'avoir eu l'idée de l'adapter à la scène lyrique.

Comme ce sujet ne pouvait pas être traité avec succès sans quelques développements, on concevra aussi que le poëte en ait fait un drame mêlé de musique, de préférence à un opéra proprement dit.

L'admiration de M. Arnault pour le sublime talent de Méhul, et la tendre amitié qui l'attachait à ce grand compositeur, l'entraînèrent surtout à s'essayer dans un genre qu'il regarde comme bâtard [1]. Il pensa que les esprits les plus sévères lui pardonneraient cet écart, s'il fournissait à l'auteur d'*Euphrosine* et de *Stratonice* l'occasion de faire un nouveau chef-d'œuvre ; et, sous ce rapport, quiconque a entendu la musique de *Phrosine et Mélidore* ne peut disconvenir que M. Arnault n'ait un grand droit à la reconnaissance du public.

Méhul n'a rien produit de plus vigoureux, de plus pathétique et de plus gracieux que *Phrosine et Mélidore* ; il y prodigue toutes les richesses d'un art dont il a multiplié les ressources.

Cet opéra, donné avec un grand succès en 1794, n'a pas reparu au théâtre depuis 1795.

Le désir que le musicien avait d'en retoucher quelques

morceaux, dont lui seul n'était pas entièrement satisfait, et l'intention où le poète était de faire quelques changements dans la disposition du plan, ont continuellement empêché les sociétaires du théâtre de l'Opéra-Comique de remettre au courant du répertoire un ouvrage qu'ils n'ont cessé de regretter.

Espérons, pour l'honneur de la musique française, qu'ils réaliseront enfin ce projet, auquel l'excessive modestie de Méhul ne peut plus malheureusement mettre obstacle, et dont sa gloire réclame l'exécution.

Épitre dédicatoire

à

Mademoiselle Contat. [2]

———

Mélidore vous est dédié : je suis payé de mon travail ; j'attends avec moins d'inquiétude le jugement du public. À votre exemple, puisse-t-il accueillir ce gage d'une amitié vraie comme vos talents, méritée comme votre réputation, et non moins durable qu'elle !

Arnault.

PERSONNAGES.

AIMAR,
JULE, } frères de Phrosine.

MÉLIDORE.

PHROSINE.

AMIS DE MÉLIDORE.

DOMESTIQUES DE JULE ET D'AIMAR.

PAYSANS.

MATELOTS.

PASSAGERS.

La scène est à Messine et dans une île peu éloignée de cette ville.

N. B. Les vers faits pour être mis en musique sont renfermés entre des guillemets (« »).

PHROSINE
ET MÉLIDORE.

ACTE PREMIER.

Le théâtre représente un jardin ; une grille ferme la scène. La mer paraît dans la perspective, qui est terminée par une île peu éloignée.

SCÈNE I.

AIMAR, PHROSINE.

DUO.

AIMAR.

« Non, non, cessez de l'espérer,
« Mélidore jamais ne deviendra mon frère.

PHROSINE.

« Non, rien ne peut m'en séparer ;
« Mélidore est l'amant qu'entre tous je préfère.

AIMAR.

« D'une insolente ardeur

« Qu'oserait-il attendre ?

PHROSINE.

« Qui possède mon cœur

« A ma main peut prétendre.

AIMAR.

« Votre main serait en ce jour !...

PHROSINE.

« Le prix du plus constant amour.

AIMAR.

« Phrosine, quelle audace extrême !

PHROSINE.

« Pour mon cœur son cœur fut formé.

AIMAR.

« Quels sont ses droits ?

PHROSINE.

Ses droits ? il aime.

AIMAR.

« Et ses titres ?

PHROSINE.

Il est aimé.

AIMAR.

« J'ai peine à retenir l'excès de ma colère.

PHROSINE, à part.

« Mon amour est plus grand encor que sa colère.

AIMAR.

« Indigne sœur !

PHROSINE.

Barbare frère !

AIMAR.

« Non, non, cessez de l'espérer,
« Mélidore jamais ne deviendra mon frère.

PHROSINE.

« Non, rien ne peut m'en séparer;
« Mélidore est l'amant qu'entre tous je préfère.

AIMAR.

« Il est des nœuds plus doux
« Que mon choix vous destine.

PHROSINE.

« Il n'est qu'un seul époux
« Qui convienne à Phrosine.

AIMAR.

« Celui que je choisis
« Compte sur ma promesse.

PHROSINE.

« Celui que je chéris
« Compte sur ma tendresse.

AIMAR.

« A m'obéir il faut songer.

PHROSINE.

« Mon cœur ne peut se dégager.

AIMAR.

« J'ai peine à retenir l'excès de ma colère.

PHROSINE, à part.

« Mon amour est plus grand encor que sa colère.

AIMAR.

« Non, non, cessez de l'espérer,

« Mélidore jamais ne deviendra mon frère.

PHROSINE.

« Non, rien ne peut m'en séparer;
« Mélidore est l'amant qu'entre tous je préfère. »

PHROSINE.

Mon frère, ah! contemplez d'un œil moins prévenu
     Le digne objet de l'amour qui m'anime;
          N'a-t-il donc pas à votre estime
Les droits que sur mon cœur lui donna la vertu?

AIMAR.

Il a quelques vertus; tout Messine l'assure:
     Mais, né d'une famille obscure...

PHROSINE.

Il en a plus d'éclat. Eh! ne vaut-il pas mieux
     Tenir ce qu'on vaut, de soi-même,
          Que le tenir de ses aïeux?
     Dans Messine on l'estime, on l'aime.
          Lui connaissez-vous un égal
          En courage, en grâce, en adresse?
Dans le dernier tournois il n'eut point de rival.

AIMAR.

     Il me vainquit, je le confesse;
     Le ciel sait si je m'en souviens!

PHROSINE.

     Ne tient-il pas, parmi nos citoyens,
     Le premier rang par sa richesse?

AIMAR.

D'avantages pareils mon cœur est peu jaloux.

Qu'ils séduisent l'âme commune :
Moi, je cherche dans ton époux
Plus de gloire que de fortune.
Tel est celui que, dans ce jour,
Un choix éclairé vous destine;
Tel est le fier Roland, que son rang, son amour,
Rendent seul digne de Phrosine.

PHROSINE.

Qu'à mes yeux ces titres sont vains!

AIMAR.

Vous ne connaissez pas à quel point vous honore
Celui que d'injustes dédains...

PHROSINE.

Je ne connais que Mélidore.

AIMAR.

La raison sans doute et le temps
Triompheront de cette résistance.

PHROSINE.

Le temps peut bien changer les vulgaires amants;
Mais que peut-il sur ma constance?

AIMAR.

Obéir est votre devoir.
J'ai promis votre foi.

PHROSINE.

Ma foi? je l'ai donnée.

AIMAR.

Oubliez-vous qu'en mon pouvoir
Un père, en expirant, mit votre destinée?

Qu'il m'a remis le soin de tous vos intérêts?
    Qu'enfin je remplis ses projets,
    Quand je presse cet hyménée?

PHROSINE.

Ces droits que votre orgueil ose ici réclamer,
Oubliez-vous qu'un frère avec vous les partage?
Qu'il devient mon recours lorsque pour m'opprimer
    Vous prétendez en faire usage?
N'attendez rien de moi jusques à son retour.

AIMAR.

    Ce retour ne tardera guère;
   Et dans Messine, avant la fin du jour,
    Vous aurez revu votre frère.
    Loin de douter que mes projets
    Soient approuvés par sa prudence,
    Profitez de ces courts délais
    Pour rentrer dans l'obéissance.
Quant à ce Mélidore, objet injurieux
    De cette résistance étrange,
Si jamais il osait reparaître en ces lieux,
Sa présence y serait un outrage à mes yeux;
    Et vous savez si je me venge.

SCÈNE II.

PHROSINE.

ROMANCE.

« Ainsi, d'un préjugé barbare
« Je serais victime en ce jour !
« Et l'orgueil à jamais sépare
« Ceux que devait unir l'amour.
« Au sein d'une famille obscure,
« Libre d'obéir à mon cœur,
« Que ne te devais-je, ô nature !
« Moins de gloire et plus de bonheur.

« Le nom de Roland qui m'adore
« Séduit un frère ambitieux ;
« Mais mon cœur trouve en Mélidore
« Des titres bien plus précieux.
« Lequel des deux faut-il en croire,
« Ou de mon frère ou de mon cœur ?
« Le bonheur vaut-il mieux sans gloire,
« Que la gloire sans le bonheur ?

« L'orgueil dans les cœurs inflexibles
« A donc éteint tous sentiments !
« Ambitieux sont insensibles,

« Amants seuls plaignent les amants.

« Eh quoi! la flamme la plus pure

« Pourrait-elle avilir un cœur?

« Non; la honte est dans le parjure,

« Et ma gloire est dans mon bonheur. »

Oui, cher amant, oui, Mélidore,

De l'orgueilleux Aimar qu'importe la fureur?

Libre, je t'ai donné mon cœur;

Esclave, hélas! je te le donne encore.

Que dis-je? esclave! quelle erreur!

Quand ma fortune prend une nouvelle face,

Auprès de l'amitié l'amour trouvera grâce.

CATILINE.

« Jule, par son retour, me rend un protecteur.

« Le sang des Faventins, qui coule dans ses veines,

« Est le moindre de nos liens.

« La plus tendre amitié nous unit de ses chaînes.

« Dès l'enfance, je m'en souviens,

« Il n'eut de peines que les miennes,

« Il n'eut de plaisirs que les miens.

« Découvrons-lui mon cœur et l'amour qui m'anime.

« Mon sort à sa voix doit changer;

« Si c'est un frère qui m'opprime,

« Un frère va me protéger. »

J'entends du bruit, on vient; que vois-je! c'est lui-même.

SCÈNE III.

PHROSINE, JULE.

PHROSINE.

Jule ! est-ce vous ? bonheur suprême !

JULE.

Phrosine, ma sœur, est-ce vous ?

(A part.)

Retour trop prompt ! moment que craignait ma faiblesse !

PHROSINE.

Retour trop lent ! moment si doux,
    Qu'a tant désiré ma tendresse !
Mais quoi, vous vous taisez... D'où naissent vos soupirs
    Et le silence où votre cœur s'obstine ?
      Auriez-vous quelques déplaisirs,
      Ou n'aimeriez-vous plus Phrosine ?

JULE.

Qui, moi, ne plus t'aimer ? ah ! lis mieux dans ce cœur
    Qui te cherche ensemble et t'évite ;
    Si tu lui fais des reproches, ma sœur,
    Ne lui fais que ceux qu'il mérite.

PHROSINE.

Vous voulez vainement éluder ces aveux
    Qu'il faut que ma tendresse obtienne,

5.   17

Vos yeux m'apprennent tout.

JULE.

Puisqu'enfin tu le veux,
Je l'avoûrai ; j'ai cru voir des pleurs dans tes yeux,
Ta douleur a causé la mienne.

PHROSINE.

Ah! Jule, il est trop vrai, mes pleurs ont révélé
Le profond chagrin qui m'obsède.

JULE.

Phrosine, à ce chagrin n'est-il pas de remède?

PHROSINE.

Il en est un, mon frère.

JULE.

Et tu n'as pas parlé!

PHROSINE.

D'Aimar, fier de son origine,
Vous connaissez l'orgueil et les préjugés vains.

JULE.

Je les connais et je le plains,
Puisqu'il les préfère à Phrosine.

PHROSINE.

Il veut, charmé du vain nom de Roland,
Unir sa famille à la nôtre ;
Pour forcer mon consentement,
Mon frère, il n'attend que le vôtre.

JULE.

Crois qu'il y compte vainement.
Moi! qu'à ton malheur je souscrive !

Non, non ; je suis, quoi qu'il arrive,
Ton frère et non pas ton tyran.

PHROSINE.

Pour une famille étrangère,
Pour des murs étrangers, pour de lointains climats,
    Quitter cette fertile terre
    Où s'essayaient mes premiers pas ;
    Fuir la famille qui m'est chère ;
C'est ce qu'un frère exige !...

JULE.

                    Et ce qu'un frère
Sûrement ne souffrira pas.
    Le ciel nous fit pour vivre ensemble :
Ce n'est qu'auprès de toi que je veux respirer.
    Puisqu'enfin ce jour nous rassemble,
    Il ne faut plus nous séparer.

PHROSINE.

C'est tout ce que mon cœur désire.

JULE.

C'est tout ce que le mien prétend,
Lui, qui ne connaît pas de plus doux sentiment
    Que celui que Phrosine inspire.

PHROSINE.

Jamais frère ne fut aimé plus tendrement.

JULE.

Eh bien ! pourquoi chercher hors de notre famille
    Le bonheur qui nous est offert ?
Qui croit ailleurs le rencontrer, le perd :

Ce n'est souvent qu'un vain éclair qui brille.

> Que si Phrosine me chérit,
> Mon exemple la détermine;
> Quand Phrosine à Jule suffit,
> Que Jule suffise à Phrosine.

Je renonce à l'hymen, à tout engagement
Qui pourrait m'éloigner d'une sœur aussi chère.

PHROSINE.

Ce sentiment si doux qu'on a pour un amant
Ne nuit point à celui que l'on garde à son frère.

JULE.

Phrosine, vous m'aimez!

PHROSINE.

> Oui.

JULE.

> Cet aveu m'éclaire :

D'un refus qu'à mes yeux tu voulais déguiser
> Il m'apprend les causes secrètes;
> Ne pense donc plus m'abuser :
> Je vois trop ce que tu regrettes.

PHROSINE.

> Ah ! bien loin d'user de détour,
> Je vais vous découvrir mon âme.

Depuis votre départ, fixé dans ce séjour,
> Pour prix de la plus vive flamme,
> Mélidore obtint mon amour.

Pour combler mon bonheur, c'est en vous que j'espère;
> Je dois souhaiter doublement

L'hymen qui m'unirait au plus fidèle amant,
    Sans me séparer de mon frère.

JULE.

    Sans nous séparer! ah! ma sœur,
    Comment osez-vous me le dire!
Effroyable discours! l'amour qui vous l'inspire
    Ne peut égaler ma fureur.
    Sans nous séparer! dans ton cœur,
    Pour moi seul désormais de glace,
    Dis-moi quelle sera ma place?
    O souvenir doux et cruel pour moi!
Dans ton âme autrefois j'occupais la première;
    J'y régnais seul. O jour d'effroi!
    Un étranger l'occupe tout entière,
    Et Jule n'est plus rien pour toi!
Jule, qui n'aime rien comme il aime Phrosine!
Enfin... ce Mélidore, objet d'un si beau feu,
    Quels sont ses biens, quelle est son origine?...
Que m'importe... il serait le premier de Messine,
    Qu'il n'obtiendrait pas mon aveu.

PHROSINE.

    De cette aversion extrême
    En vain je cherche le sujet.

JULE.

Cet hymen blesse Aimar, Phrosine; il me déplaît;
    Il doit vous déplaire de même.

PHROSINE.

Eh quoi!

JULE.

N'insistez plus, ou craignez mon courroux.

PHROSINE.

Par vous Phrosine est aussi poursuivie !
Aimar, dont votre cœur blâmait la tyrannie,
Jule, est-il plus tyran que vous ?

AIR.

JULE.

« Aimar fut juste ; cette ardeur
« Pour tous les deux est un outrage ;
« Loin de condamner sa fureur,
« Mon cœur avec lui la partage.
« Que ton amant, ainsi que toi,
« Craigne cette fureur extrême.
« Oui, l'inflexible Aimar lui-même
« Est moins inflexible que moi.
« Tu pleures, coupable trop chère !
« Tout peut encore être oublié.
« Si ton repentir est sincère,
« Déjà ton crime est expié :
« Le courroux, dans le cœur d'un frère,
« Est toujours près de la pitié.
« Abjure l'amour qui t'anime.

PHROSINE.

« On ne se repent que d'un crime.

JULE.

« Ah ! c'en est un que cette ardeur ;

Pour mon cœur elle est un outrage;
Mais loin d'apaiser ma fureur,
Tu veux l'accroître davantage.
Que ton amant, etc... »

(Il sort.)

SCÈNE IV.

PHROSINE.

De mes frères en vain j'implore la pitié.
Par orgueil, l'un me sacrifie;
L'autre, en sa cruelle amitié,
M'immole par jalousie.
Eh! quel autre motif des rigoureuses lois
Qu'impose un caprice funeste,
Qui lui fait proscrire à la fois
L'amant dont mon cœur a fait choix,
Et l'importun que je déteste?
Quel espoir puis-je encor garder?
Eh bien, Phrosine, il faut céder;
Il faut désarmer leur furie;
Renonce à Mélidore, abjure sans retour
La folle passion dont ton âme est saisie!
Qu'ai-je dit! je puis bien renoncer à la vie,
Mais non jamais à mon amour.

(La nuit tombe par degrés.)

SCÈNE V.

PHROSINE, MÉLIDORE.

PHROSINE.

On vient ; si c'était lui !

MÉLIDORE.

Phrosine !

PHROSINE.

Mélidore !

MÉLIDORE.

A mes yeux plus long-temps voulez-vous vous cacher ?

PHROSINE.

Mélidore, en ces lieux que venez-vous chercher ?

MÉLIDORE.

Quand ce lieu vous possède encore,
Pouvez-vous me le demander ?
Ah ! dissipez, sans plus tarder,
Le doute affreux qui me dévore.

PHROSINE.

Nos plus doux projets sont déçus.

MÉLIDORE.

D'Aimar l'inflexible rudesse
Persisterait dans ses refus ?

PHROSINE.

Comme Phrosine en sa tendresse.

MÉLIDORE.

Jule, plus sensible que lui,
Devait nous prêter un appui.
Il a reparu dans Messine.

PHROSINE.

Il a vu les pleurs de Phrosine;
Ces pleurs ont été superflus.
Nous n'en devons plus rien attendre;
Ce jour qui vient de nous le rendre,
Ne nous rend qu'un tyran de plus.

MÉLIDORE.

Pour exciter cette rigueur extrême,
Hélas! quel crime ai-je donc fait?
Il ne me connaît pas.

PHROSINE.

Triste et bizarre effet
D'un transport que je n'ose approfondir moi-même!
Sa jalouse amitié, dans son égarement,
Prétend que je renonce à tout engagement.

MÉLIDORE.

Et tu te soumettrais à ce qu'il te commande!

PHROSINE.

Le ciel sait si j'ai combattu.

MÉLIDORE.

O ma Phrosine, m'aimes-tu?

PHROSINE.

Mélidore me le demande!

MÉLIDORE.

Phrosine, sens-tu comme moi
Le courage qu'amour inspire?

PHROSINE.

J'ai tout celui qu'il donne, et c'est assez te dire
Que je n'ai pas celui de renoncer à toi.

MÉLIDORE.

Eh bien, à mon projet, Phrosine, ose souscrire.
Eh! de tes fiers tyrans qu'importent les dédains!
Il te soustrait à l'injustice :
Ton sort, qu'il met entre tes mains,
Dépend de ton courage et non de leur caprice :
En le rejetant tu nous perds.

PHROSINE.

Quel est-il ce projet?

MÉLIDORE.

Sur les bords de cette île
Qu'on voit non loin du port s'élever sur les mers,
Loin d'un monde ingrat et pervers,
Un pieux solitaire a fixé son asile.
A servir les hommes qu'il fuit
Il a consacré sa jeunesse;
Et des secrets du ciel, par le ciel même instruit,
Jeune encor, d'un vieillard il montre la sagesse :
Consolateur de tous les malheureux,
Sa pitié peut finir et ta peine et la mienne.

Devant le ciel et lui, seuls témoins de nos vœux ,
Viens recevoir ma foi, viens m'engager la tienne.
J'ai su tout préparer, ainsi que tout prévoir.
    Hâtons ce départ nécessaire.
    De mes trésors dépositaire ,
Un vaisseau, dans son sein prêt à nous recevoir,
Nous conduira bientôt en d'heureuses contrées,
Où l'homme, à l'homme égal, ne connaît de grandeurs
Que celles qu'aux vertus l'estime a consacrées,
Où l'amour nous promet des destins plus flatteurs ,
    Et que de nos persécuteurs
    D'immenses mers ont séparées.

PHROSINE.

    Hélas! que me demandes-tu ?
Je le sais, dès long-temps celui que tu révères ,
Honoré de Messine et même de mes frères,
A rempli ce canton du bruit de sa vertu.
Comme toi, je connais cet homme respectable ,
    Le consolateur et l'appui
    De tout mortel que le malheur accable;
Comme toi, j'ai voulu chercher auprès de lui
Quelque adoucissement à mon sort déplorable :
    Mais, moins confiant qu'effrayé,
    Mon faible cœur, je le confesse,
    Redoute plus de sa sagesse
    Qu'il n'espère de sa pitié.
Ce serait se flatter d'une espérance vaine,
Que penser qu'à nos vœux il se rende en ce jour.

Il faut avoir senti les peines de l'amour.
　　Pour compatir à notre peine.

MÉLIDORE.

　　Ah! de la vertu connais mieux
　　Le véritable caractère;
Aux autres indulgent, à soi-même sévère,
L'homme est compatissant, lorsqu'il est vertueux.
　　De la pitié lorsque tu désespères,
Tu crois au monde entier le cœur des Faventins;
　　Tu redoutes tous les humains
　　Que tu juges d'après tes frères.
Dissipe ta frayeur; de ces grands intérêts
　　Abandonne-moi la conduite.
Le temps presse; il est nuit : tous nos amis sont prêts.
L'amour et l'amitié protègent notre fuite :
　　Pourrais-tu douter du succès?

FINALE.

DUO.

PHROSINE.

　« Il n'est pas temps encore;
　« Qu'oses-tu demander?

MÉLIDORE.

　« Cher objet que j'adore,
　« Garde-toi de tarder!

PHROSINE.

« D'une frayeur mortelle
« Tous mes sens sont saisis.

MÉLIDORE.

« Le bonheur nous appelle,
« Phrosine, et tu frémis!

PHROSINE.

« Ah! si je te suis chère
« Diffère ces projets.

MÉLIDORE.

« Hélas! si je diffère
« Je te perds à jamais.

PHROSINE.

« Jour d'effroi! jour d'alarmes!

MÉLIDORE.

« Avenir plein de charmes!
« Suis-moi.

PHROSINE.

Non, non, jamais.

MÉLIDORE.

« Qui t'arrête?

PHROSINE.

Je ne sais.

MÉLIDORE.

« Ton cœur n'est plus le même.

PHROSINE.

« Tu sais trop bien qu'il t'aime.

MÉLIDORE.

« Viens donc, viens, suis mes pas.

PHROSINE.

« Non ; ne l'exige pas.

« D'une frayeur mortelle

« Tous mes sens sont saisis.

MÉLIDORE.

« Le bonheur nous appelle,

« Phrosine, et tu frémis!

SCÈNE VI.

PHROSINE, MÉLIDORE, AIMAR.

TRIO.

PHROSINE ET MÉLIDORE.

« Sous les ténèbres les plus sombres.

« Astres brillants éclipsez-vous.

« O nuit! viens couvrir de tes ombres

« Et notre fuite et les jaloux.

AIMAR.

« La nuit vous prête en vain ses ombres.

« Rien n'échappe à mes yeux jaloux.

PHROSINE.

« Quel bruit a frappé mon oreille!

« Quels accents sortent de ces bois!

MÉLIDORE.

« Déjà ta crainte se réveille.

PHROSINE.

« J'ai cru du fier Aimar reconnaître la voix.

« D'une frayeur mortelle

« Tous mes sens sont saisis !

MÉLIDORE.

« Le bonheur nous appelle,

« Phrosine, et tu frémis !

AIMAR.

« Couple ingrat et rebelle,

« Tous vos pas sont suivis.

(Aimar les observe et finit par se placer près de la grille, qu'il a fermée.)

PHROSINE.

« Jour d'effroi ! jour d'alarmes !

MÉLIDORE.

« Avenir plein de charmes !

« Suis-moi.

PHROSINE.

Non, non, jamais.

MÉLIDORE.

Qui t'arrête ?

PHROSINE.

Je ne sais.

MÉLIDORE.

« Ton cœur n'est plus le même.

PHROSINE.

« Tu sais trop bien qu'il t'aime.

MÉLIDORE.

« Viens donc, viens, suis mes pas.

PHROSINE.

« Non, ne l'exige pas.

MÉLIDORE.

« Eh bien ! restez, cruelle,
« Et trahissez votre serment.

PHROSINE.

« Mon cœur le renouvelle.

MÉLIDORE.

« Et mon cœur vous le rend.

« Vous voulez que je meure ;
« Soyez contente.

PHROSINE.

Tu me fuis !

MÉLIDORE.

« Je vais mourir.

PHROSINE.

Hélas ! demeure.

« Cruel, tu le veux ; je te suis.

PHROSINE ET MÉLIDORE.

« Amour, sois notre guide
« En ce moment d'effroi ;
« Rassure un cœur timide
« Qui s'abandonne à toi.

AIMAR.

« Vengeance, sois mon guide
« En ce moment d'effroi.

〈 « Couple ingrat et perfide,
〉 « Malheur, malheur à toi!

AIMAR.

« Crains la fureur qui me dévore,
« Arrête, traître, et défends-toi.

MÉLIDORE.

« Ah! quelle fureur vous dévore?
« Aimar, que voulez-vous de moi?

PHROSINE.

« Fuis, ah! fuis, mon cher Mélidore;
« Mon cœur succombe à son effroi.
« Réprimez cet affreux transport,
« Ou que sur moi seule il retombe.
« Quel que soit celui qui succombe,
« Sa mort amènera ma mort.

MÉLIDORE.

« Aimar!

AIMAR.

Défends-toi.

PHROSINE.

Mélidore!

MÉLIDORE.

Aimar!

PHROSINE.

Arrêtez....

AIMAR.

Défends-toi.

PHROSINE.

« Ah! tigres, épuisez sur moi
« Cette rage qui vous dévore.

(Ils se battent.)

SCÈNE VII.

(Les amis de Mélidore enfoncent la grille et accourent; Aimar
tombe.)

CHOEUR GÉNÉRAL.

« Dieux !

PHROSINE.

Qu'as-tu fait, téméraire !
« Quel sang a répandu ta main ?

MÉLIDORE.

« Par la rage aveuglé, ton frère
« S'est lui-même percé le sein.

LE CHOEUR.

« Crains de différer davantage.
« Le temps presse; un vaisseau t'attend.
« Quelque grand que soit ton courage,
« Le péril est encor plus grand.

PHROSINE.

« Fuis de cette terre sanglante.

MÉLIDORE.

« Phrosine, tu dois me haïr.

PHROSINE.

« Ta présence ici m'épouvante.

MÉLIDORE.

« Hélas ! je n'ai plus qu'à mourir.

PHROSINE.

« Sauve tes jours, je te l'ordonne ;

« C'est assez d'un frère à pleurer.

MÉLIDORE.

« Ah ! s'il faut que je t'abandonne,

« Ici j'aime mieux expirer.

LE CHOEUR.

« Crains de différer davantage.

« Le temps presse, un vaisseau t'attend.

« Quelque grand que soit ton courage,

« Le péril est encor plus grand.

(On l'entraine.)

SCÈNE VIII.

JULE, PHROSINE, DOMESTIQUES DE JULE
portant des flambeaux.

LE CHOEUR.

« Cherchons, sans tarder davantage,

« D'où provient ce bruit que j'entends.

« Au fond de ce sombre bocage,

« Qui pousse ces gémissements ?

JULE, à Phrosine.

« Pourquoi ce désespoir?

PHROSINE.

Mon frère !

JULE

« Vous pleurez !

PHROSINE.

Déplorable sort !

JULE.

« Que vois-je! Aimar couché sur la poussière !
« Mon frère ! ô mon frère ! il est mort.

TOUS.

« Il est mort !

JULE.

« Mais quoi! ses yeux s'ouvrent encore ;
« J'ai senti palpiter son cœur !

AIMAR, péniblement.

« Jule... tu seras mon vengeur...

JULE.

« Sur qui doit tomber ma fureur ?
« Qui t'assassina ?

AIMAR.

Mélidore.

(Il retombe.

TOUS.

« Mélidore !

JULE.

« Mélidore! ô forfait ! ô trop juste courroux !

« Perfide assassin ! qu'il périsse !

LE CHŒUR.

« Qu'il périsse !

JULE.

« Et vous, ma sœur, vous, sa complice,

« Venez le voir expirer sous nos coups :

« Sa mort sera votre supplice.

LE CHŒUR.

« Qu'il tombe expirant sous nos coups !

« Qu'il périsse !

PHROSINE.

« Du malheur vous voyez les coups,

« J'en atteste votre justice ;

« Mélidore n'est pas plus coupable que vous.

JULE.

« Mélidore ! ô forfait ! ô trop juste courroux !

« Perfide assassin ! qu'il périsse !

« Cruelle ! et vous, vous, sa complice,

« Venez le voir expirer sous nos coups ;

« Que sa mort soit votre supplice !

PHROSINE.

« Hélas ! si rien ne peut fléchir votre courroux,

« Qu'avec lui Phrosine périsse.

« Je ne suis que trop sa complice.

« Frappez, frappez, je me livre à vos coups.

« La vie est mon plus grand supplice.

LE CHŒUR.

« Mélidore ! ô forfait ! ô trop juste courroux !

« Perfide assassin ! qu'il périsse !

« Phrosine serait sa complice !

« Qu'elle le voie expirant sous nos coups ;

« Que cette mort soit son supplice !

FIN DU PREMIER ACTE.

ACTE DEUXIÈME.

Le théâtre représente le rivage de la mer; une grotte taillée dans un rocher, et praticable, occupe le devant de la scène : on y distingue des meubles grossiers. La ville de Messine ferme la perspective.

SCÈNE I.

MÉLIDORE.

AIR.

Du mal affreux qui me dévore
« Rien ne peut calmer la rigueur;
L'espérance a fui de mon cœur,
« Et mon amour y reste encore.
« Puis-je avant mon dernier soupir
« Espérer, hélas! qu'il en sorte :
« Partout en vain je veux le fuir,
« Partout avec moi je l'emporte.
« Que l'aspect de ces lieux est pénible à mon cœur!
« C'est ici qu'avec moi Phrosine dut se rendre;
« C'est ici qu'elle dut couronner un bonheur

« Qu'il ne m'est plus permis d'attendre.

« Souvenir qui fais mon tourment,

« Espoir long-temps si plein de charmes,

« Malheur ou crime d'un moment,

« Que vous me coûterez de larmes!

O toi qui dans ces lieux as trouvé le repos;

Toi qui vois du même œil, du haut de ce rivage,

Les caprices du sort, l'inconstance des flots,

Vertueux habitant de cet antre sauvage,

Daigne m'associer à tes pieux travaux;

Aide-moi, s'il se peut, à supporter des maux

Qui sont plus forts que mon courage!

Mais quoi! le solitaire est absent de ces lieux.

Que vois-je? quel écrit s'est offert à mes yeux?

(Il lit.)

La mort a fermé ma paupière.

J'ai perdu ce jour qui te luit.

Toi qu'ici le hasard conduit

Ne rejette pas ma prière.

Dès long-temps, de ma faible main,

J'ai dans cet antre souterrain

Creusé ma retraite dernière.

Dépose une vaine poussière

Dans ce froid séjour de la paix;

Et, maître de cet ermitage,

Dès ce moment ton héritage,

Accepte bienfaits pour bienfaits.

C'est un abri contre l'orage.

L'infortune y fixa mes pas.
Crois-moi, ne le dédaigne pas
Si l'infortune est ton partage.
Le malheur, ce fardeau pesant,
Mon fils, accable doublement
Celui qu'il ne peut rendre sage.

AIR.

« Oui, je serai ton héritier,
« De mes soins, oui, tu peux attendre
« Ce service unique et dernier.
« Puisse-t-on bientôt me le rendre !
« La mort n'a rien d'affreux pour moi ;
« C'est le seul bonheur que j'envie ;
« Loin de la voir avec effroi,
« Je n'ai d'horreur que pour la vie.
Hommes aveuglés ou méchants,
Adieu ; pour jamais je vous quitte.
Et vous, fastueux ornements,
Vous ne convenez plus au séjour que j'habite ;
Et ma douleur veut d'autres vêtements.

(Il entre dans la grotte.)

(Pendant ce monologue, des paysans viennent de tous côtés apporter
des présents à l'ermite, et se tiennent à quelque distance de la grotte,
sans oser y pénétrer.)

SCÈNE II.

CHŒUR DE PAYSANS.
« Homme charitable, homme sage,
« Pour qui le ciel est sans secrets,
« Toi, qui nous obtiens ses bienfaits,
« Souffre avec toi qu'on les partage.

UN SEUL.
« C'est toi, dans nos champs épuisés,
« Qui fis renaître l'abondance.

UN AUTRE.
« Entre mes enfants divisés
« Tu ramenas l'intelligence.

UN JEUNE HOMME ET UNE JEUNE FILLE.
« Tu fléchis d'austères parents,
« En faveur de deux cœurs fidèles.
« Ces deux époux reconnaissants
« T'offrent ce nid de tourterelles.

LE CHŒUR.
« Homme charitable, homme sage, etc.

SCÈNE III.

JULE, LE CHŒUR.

JULE.

Amis, est-ce sous ce rocher
Que demeure le solitaire?

UN PAYSAN.

Oui; mais il est absent, il ne vient pas chercher
De notre affection le tribut ordinaire.

UN AUTRE.

Et pour nous et pour lui ce tribut est bien doux;
Car c'est de nos mains, voyez-vous,
Qu'il accepte sa subsistance.
Par intérêt et par reconnaissance,
Nous soignons notre bienfaiteur;
Nous prolongeons notre bonheur,
En prolongeant son existence.

JULE.

C'est bien; mais dans ces lieux laissez-moi pénétrer.
De l'un à l'autre bout j'ai parcouru cette île:
S'il eût porté ses pas sur la plage stérile,
Mes pas l'eussent dû rencontrer.
Sans doute qu'il médite au fond de cet asile.

LE PAYSAN.

En ce cas gardez-vous d'entrer:

C'est alors qu'il est en prière,
Que le ciel avec lui daigne s'entretenir,
Et, par faveur particulière,
A ses regards dévoiler l'avenir.

JULE.

Il lit dans l'avenir?

LE PAYSAN.

Nous en avons la preuve;
De ses prédictions on ne saurait douter.

JULE.

J'en viens faire aujourd'hui l'épreuve;
Sans plus tarder je veux le consulter.

SCÈNE IV.

JULE, MÉLIDORE, LE CHOEUR.

MÉLIDORE, enveloppé dans une robe brune.

Que voulez-vous, amis?

UN PAYSAN.

Loin de notre rivage,
Nous venons sur ces bords exprès pour vous porter
De la reconnaissance un faible témoignage:
Veuillez ne pas le rejeter.

MÉLIDORE.

Mes vœux seuls peuvent m'acquitter:
Enfants, puisse le ciel exaucer ma prière!

(A Jule.)

Et vous, seigneur, qu'exigez vous de moi?

JULE.

Conduit par vos vertus, je viens à votre foi
Confier le destin d'une famille entière.

MÉLIDORE.

Eh! que puis-je pour elle?

JULE.

Arrêter, d'un seul mot,
Les malheurs qui sur nous sont prêts à se répandre.

MÉLIDORE.

Quels sont-ils?

JULE.

Ordonnez qu'on s'éloigne, et bientôt
Plus clairement je vais me faire entendre.

LE CHOEUR.

(Le chœur s'éloigne au signe que lui fait Mélidore, en reprenant,
Homme charitable, etc.)

SCÈNE V.

JULE, MÉLIDORE.

MÉLIDORE.

Ah! puissé-je de vous détourner le danger!
Parlez. Du vain siècle où nous sommes

J'ai sans peine abjuré le charme passager;
Mais je suis homme, et rien de ce qui tient aux hommes
Ne me saurait être étranger.

JULE.

Un tel discours suffirait pour convaincre
Un cœur moins pénétré de vos perfections.
Ah! dans l'âge des passions,
Comment faites-vous pour les vaincre?

MÉLIDORE.

Et quel homme est exempt de leurs illusions?

JULE.

Parmi les citoyens dont s'honore Messine,
Vous connaissez les Faventins?

MÉLIDORE.

Les Faventins, seigneur! Ah! que devient Phrosine?

JULE.

Elle a déshonoré de si brillants destins,
Et démenti son origine.

MÉLIDORE.

Phrosine!

JULE.

Un vil aventurier,
Connu par sa richesse et plus par son audace,
Mon père, à cette antique race
Avait prétendu s'allier.
Mon frère Aimar.

MÉLIDORE.

C'est Jule!

JULE.

           Aimar surprit le traître,
Alors qu'il enlevait cette perfide sœur !
Ce crime s'expiait, lorsque du ravisseur
      On a vu les amis paraître.
En vain par le grand nombre Aimar environné,
Dans l'extrême péril montre un courage extrême,
      Sous les yeux de Phrosine même,
      Bientôt il tombe assassiné !

MÉLIDORE.

    Assassiné ! quelle imposture !

JULE.

Par tous nos serviteurs ces faits sont avérés.

MÉLIDORE.

Ou vous m'en imposez, ou bien vous ignorez
      Les détails de cette aventure.
Je connais Mélidore et ses tristes amours.
Je sais que, provoqué par votre orgueilleux frère,
Il mit tous ses efforts à défendre ses jours,
      En épargnant son adversaire.
    Le seul Aimar, par la rage emporté,
De sa propre fureur est tombé la victime :
Sur le fer menaçant il s'est précipité ;
      Et le coup qui lui fut porté
      Fut bien plus un malheur qu'un crime.
Moins à plaindre cent fois s'il avait pu périr,
Dans ce coup Mélidore a trouvé sa ruine ;
      Ne valait-il pas mieux mourir

Que perdre le cœur de Phrosine ?

JULE.

Ah ! loin qu'il en soit détesté,
La perfide jamais ne l'aima davantage.

MÉLIDORE.

Que dites-vous, seigneur ?

JULE.

Je dis la vérité.
Si vous n'en croyez pas ma rage,
Peut-être en croirez-vous l'aveu
Que, dans son désespoir extrême,
Ici doit vous faire avant peu
L'ingrate Phrosine elle-même.

MÉLIDORE.

Quoi ! Phrosine viendrait ici ?

JULE.

Elle vient vous ouvrir son âme,
Vous avouer sa criminelle flamme.
Vous pouvez tout encor sur ce cœur endurci.
Que votre sagesse l'éclaire.
Ce n'est plus qu'en vous que j'espère.
Descendu parmi les rochers
Qui bordent le nord de cette île,
J'ai dû vous prévenir avant que les nochers
Aient trouvé pour Phrosine un abord plus facile.

MÉLIDORE.

Elle peut compter sur ma foi ;
Sans plus différer, qu'elle vienne.

Votre tendresse, croyez-moi,
N'est pas plus vive que la mienne.

JULE.

Ah ! daignez joindre à ces bienfaits
Une faveur plus grande encore.
L'affront que nous fait Mélidore
Ne se peut pardonner jamais.
Aimar, qu'enchaîne sa blessure,
A remis à mon bras le soin de le venger;
Et ce soin seul peut alléger
Les affreux tourments que j'endure.
Je n'en puis douter maintenant ;
Je le vois, à la connaissance
Que vous avez d'un fait passé si récemment :
Il n'est pas de mystère, à venir ou présent,
Qui ne soit aperçu de votre intelligence.

DUO.

JULE.

« Livrez ce Mélidore à mon juste courroux,
« Apprenez-moi quels lieux me cachent ma victime.

MÉLIDORE.

« Ne vous suffit-il pas du malheur qui l'opprime ?

JULE.

« Son sang peut seul calmer la fureur qui m'anime.

MÉLIDORE.

« La jalousie est moins implacable que vous.

5.   19

JULE.

« Tel est le sentiment que j'ai pour la rebelle :

« L'amitié n'est pas plus fidèle,

« Mais l'amour n'est pas plus jaloux.

MÉLIDORE.

ENSEMBLE.

« O tendresse! ô bonheur suprême!

« Phrosine, je te reverrai!

JULE.

« O vengeance! ô douceur extrême!

« Perfide, je te punirai.

« A la fureur qui me domine

« Livre ce lâche séducteur.

MÉLIDORE.

« De la malheureuse Phrosine

« Apaisons d'abord la douleur.

ENSEMBLE.

« O tendresse! etc.

JULE.

« O vengeance! etc.

« Jusque dans la nuit du tombeau

« Ma vengeance irait le poursuivre.

MÉLIDORE.

« Abîmé dans le sein des eaux,

« Mélidore a cessé de vivre.

ENSEMBLE.

« Mélidore a cessé de vivre. »

SCÈNE VI.

JULE, MÉLIDORE, PHROSINE.

PHROSINE.

Il est mort! j'expire moi-même.

MÉLIDORE.

Phrosine mourante à mes pieds!

JULE.

Vous l'entendez, et vous voyez
Si pour le séducteur son amour est extrême!

MÉLIDORE.

Le ciel et l'amitié vous prêtent leur appui,
Phrosine!

PHROSINE.

Quelle voix a frappé mon oreille!
C'est ta voix, Mélidore.

JULE.

Elle n'entend que lui.

MÉLIDORE.

Que votre raison se réveille,
Calmez cet affreux désespoir.

PHROSINE.

Me trompez-vous, mes yeux? te reverrai-je encore!
Oui, c'est toi, c'est toi, Mélidore!

JULE.

Sa folle passion partout le lui fait voir.

MÉLIDORE.

Ah ! Jule ! ah ! modérez ces fureurs indiscrètes !
Phrosine, revenez à vous.
Regardez-moi, regardez-nous ;
Voyez qui vous entoure et dans quel lieu vous êtes.

PHROSINE.

Où suis-je, hélas !

JULE.

Ouvrez les yeux.
N'êtes-vous pas auprès de votre frère ?

PHROSINE.

Mon frère et vous.... et vous, mon père ;
A mon égarement pardonnez tous les deux.
Oui, je venais chercher un remède à ma peine ;
Mais vous voyez trop qu'il me fuit,
Et que mon espérance est vaine.
Mélidore en effet jusqu'ici me poursuit :
Laissez-moi l'éviter encore.

MÉLIDORE.

Eh quoi ! serait-il en ces lieux,
Tout pleins de l'être que j'adore,
Rien qui puisse offenser vos yeux ?

PHROSINE.

Je n'y puis rester davantage.

JULE.

Ma sœur, il faut demeurer,

Et remplir sans différer

L'objet de votre voyage.

Suivez les conseils de ce sage :

Parlez-lui sans détour ; il connaît votre erreur.

Son intelligence suprême

Avait prévu notre malheur ;

Et dans votre coupable cœur

Il lit aussi bien que vous-même.

PHROSINE, voulant sortir.

Il est un bien plus sûr moyen

Pour retrouver la paix...

JULE, la retenant.

Et qu'auriez-vous à craindre ?

Restez ; c'est à moi seul à fuir cet entretien

Que ma présence peut contraindre.

(A Mélidore, en sortant.)

Je remets en vos mains et son sort et le mien.

SCÈNE VII.

MÉLIDORE, PHROSINE.

MÉLIDORE.

Cruelle ! ainsi vous fuyez Mélidore,

Quand le ciel veut nous rapprocher !

PHROSINE.

Dans l'excès de nos maux peut-on me reprocher

D'en vouloir éviter de plus affreux encore ?

MÉLIDORE.

Le plus affreux, hélas! c'est de nous séparer.

PHROSINE.

C'est de nous retrouver! Par quel malheur extrême,
     Est-ce de vous que je viens implorer
          De la force contre vous-même?

MÉLIDORE.

          Celui près de qui, comme vous,
Je cherchais un remède au chagrin que j'endure,
De l'inflexible mort a ressenti les coups,
     Et de mes mains reçu la sépulture.
Pour prix de ce bienfait, nommé son successeur,
J'en ai reçu, Phrosine, avec un grand exemple,
Et cet habit, conforme à l'état de mon cœur,
Ce roc où fut un antre et qui devient un temple.

PHROSINE.

Évènement fatal!

MÉLIDORE.

          Heureux évènement!
     Bien heureux, puisqu'il nous rassemble.

PHROSINE.

La douleur du départ va payer chèrement
Cet instant de bonheur que nous passons ensemble.

MÉLIDORE.

          Tu parles de m'abandonner
          En ces lieux même où l'hyménée
De ses mains à jamais devait nous enchaîner!
Que m'avais-tu promis?

PHROSINE.

Hélas! la destinée

Se rit de ma parole et de nos vains projets;

Et je n'ai plus que les regrets

De te l'avoir en vain donnée.

MÉLIDORE.

Va, nos projets n'auront pas été vains

Si tu veux tenir ta promesse.

On peut tout quand on aime; et dans cette détresse

Notre sort tout entier est encore en nos mains.

PHROSINE.

Jule de sa présence à toute heure m'assiège;

Par lui tous mes pas sont suivis.

Qu'espères-tu?

MÉLIDORE.

Le ciel, qui nous a réunis,

M'inspire comme il te protège.

Je veux de ta prison tenter encor l'accès.

Instruit par nos mésaventures,

Je prendrai de telles mesures

Que nous pouvons croire au succès.

Dès aujourd'hui, sans tarder davantage...

PHROSINE.

Comment sortirais-tu de cette île sauvage?

Il n'est sur ce rocher d'autre habitant que toi.

Le voyageur avec effroi

Aperçut toujours cette plage;

Le prudent pilote la fuit;

Et l'on n'y fut jamais conduit
Que par l'amour ou le naufrage.

MÉLIDORE.

L'amour m'y conduisit, l'amour doit m'en tirer;
C'est lui qui vient de m'inspirer
L'audacieux projet où mon espoir se fonde.
Maître de l'univers, il est maître de l'onde.

Léandre, oubliant Abydos,
A travers la vague écumante,
Sur les rivages de Sestos,
Allait retrouver son amante.
Si pour l'insensibilité
Ce récit paraît incroyable,
Justifions la vérité,
Ou réalisons une fable :
L'amour me soumettra les flots
De cette mer tranquille ou courroucée.
Cette nuit ton amant aura franchi ces eaux
Que, le jour, franchit sa pensée.

PHROSINE.

Ah! tant d'amour doit l'emporter.
De vains ménagements me rendraient-ils parjure?
Non, non; c'est trop les écouter.
Ils n'ont pas triomphé d'une flamme aussi pure;
Mais ce que tu conçus je veux l'exécuter.

MÉLIDORE.

Phrosine, à mon amour tu ferais cette injure!

PHROSINE.

Je le puis seule.

MÉLIDORE.

Ah! pourquoi m'affliger?
C'est à moi de tenter cette pénible route.
Le droit m'en appartient.

PHROSINE.

Je le puis sans danger;
Le droit m'en appartient sans doute.
Apprends, depuis qu'Aimar fut blessé par ton bras,
Que des gens affidés, en tous lieux, à toute heure,
En armes, suivent tous mes pas,
Et gardent ma triste demeure.
A leurs yeux vigilants tu n'échapperais pas.
Mais pour fuir sans être aperçue,
Ce canal, où souvent je m'exerce à nager
Avec Aly, ma compagne assidue,
Et que jusqu'à la mer on voit se prolonger,
M'offre encore une heureuse issue.
Un pilote, gagné par l'or,
Dans tes bras, cette nuit, conduira ton amante,
Sitôt que d'un fanal la clarté bienfaisante
Au sein de ces rochers m'aura montré le port.

MÉLIDORE.

A ce projet, ah! tout mon cœur s'oppose.

PHROSINE.

Par lui seul aujourd'hui notre sort peut changer.

MÉLIDORE.

Dans un bonheur qui t'expose,
Je ne vois que ton danger.

FINALE.

PHROSINE.

« De la mer et des cieux que l'aspect te rassure.
　　« Vois ce calme des éléments :
　　« Ce n'est pas à deux vrais amants
　　« A rien craindre de la nature.

MÉLIDORE.

« Eh bien, je souscris à tes vœux;
　　« Mais toi-même aux miens sois propice.
« Avant de nous quitter, consens que de ses nœuds
　　« L'hymen en ces lieux nous unisse.

PHROSINE.

　　« Qui recevra notre serment?

MÉLIDORE.

« Si la mort a couvert de son voile funeste
« Le témoin qu'exigeait ce saint engagement,
　　« En avons-nous moins pour garant
　　« Le ciel que mon amour atteste?

(Mélidore, Phrosine dans la grotte ; Jule sur le sommet du rocher dans
　lequel elle est taillée ; des matelots dans le fond de la scène.)

MÉLIDORE.

　« Je serai toujours, je le jure,

« Et ton amant et ton époux.

« Ciel, protège des nœuds si doux,

« Formés par la simple nature.

PHROSINE.

« Devant toi, grand Dieu! je le jure,

« Mon amant devient mon époux :

« Sois garant de ces nœuds si doux,

« Formés par la simple nature.

JULE.

« Est-ce en vain que je vous abjure,

« Affreux transports d'un cœur jaloux?

« Fuyez-moi; que me voulez-vous?

« Vous faites frémir la nature!

CHOEUR DE MATELOTS.

« Partons sans tarder,

« Le ciel nous seconde;

« Voyez se rider

« La face de l'onde.

« Partons sans tarder.

JULE.

« Du départ voici le moment.

MÉLIDORE.

« Tu pars!

PHROSINE.

Il faut que je te quitte.

ENSEMBLE.

« Bonheur! que tu viens lentement!

« Bonheur! ah! que tu passes vite!

CHOEUR DES MATELOTS.

« Usons du beau temps,

« Craignons la tourmente ;

« L'onde est inconstante,

« Les vents sont changeants.

JULE.

« Phrosine !

PHROSINE.

Mon frère m'appelle.

MÉLIDORE.

« Phrosine !

PHROSINE.

Crains de m'arrêter.

JULE.

« Partons.

MÉLIDORE.

Tu fuis !

PHROSINE.

Ton épouse fidèle

« Te rejoindra bientôt pour ne plus te quitter.

CHOEUR GÉNÉRAL.

« Partons sans tarder,

« Le vent nous seconde ;

« Voyez se rider

« La face de l'onde.

(Phrosine, accompagnée de Jule, remonte sur la barque qui l'a
amenée ; Mélidore, du sommet d'un rocher, la suit des yeux, et
chante avec le choeur :)

« Aplanis-toi, vague mutine ;
« Fuyez, autans. Zéphyr léger,
« C'est à toi seul à protéger
« Le vaisseau qui porte Phrosine.

FIN DU DEUXIÈME ACTE.

ACTE TROISIÈME.

Le théâtre représente le rivage de la mer; d'énormes rochers avancent dans les flots, et occupent une partie du fond de la scène; sur le plus élevé d'entre eux est placé un fanal.

SCÈNE I.

MÉLIDORE, allumant le fanal.

RONDEAU.

« Astre d'amour, heureux flambeau,
« Ranimez l'espoir de mon âme;
« Brillez de la plus vive flamme,
« Brûlez d'un feu toujours nouveau.
« A Phrosine, dont le courage
« Affronte les flots et la mort,
« Par votre éclat, sur ce rivage,
« Montrez le bonheur et le port.
« O ciel! que mon cœur implorait,
« Quand son départ causait ma peine,

« Ajoute à ton premier bienfait :

« Un doux zéphyr me l'enlevait;

« Qu'un doux zéphyr me la ramène.

(Les repos du reste de ce monologue sont marqués par la musique.)

Ah! que l'amour est intrépide!

Seule, au milieu des matelots,

Une femme faible et timide

Qui n'a que ce fanal pour guide,

Affronter la nuit et les flots!...

Jamais nuit ne fut plus obscure!

D'où vient que je désire et je crains tour à tour?

Rassurons-nous, tout dort dans la nature;

Oui, tout, hors la haine et l'amour!

Frères cruels! amante inestimable et rare!

Voici l'heure où ton sort aux flots est confié,

Où la nef qui te porte a franchi la moitié

Du court trajet qui nous sépare...

Brûlants désirs, modérez-vous.

Un moment, un moment encore,

Et l'amour réunit, en dépit des jaloux,

L'amante à son amant, l'épouse à son époux,

Ma Phrosine à son Mélidore!

D'où vient qu'aucun astre ne luit,

Et que l'obscurité redouble?

Est-ce donc mon œil qui se trouble?

Est-ce la foudre? O formidable bruit

Qui retentit dans mon âme craintive!

Ne vois-je pas de tous côtés
Des matelots épouvantés
En foule aborder sur la rive?

SCÈNE II.

MÉLIDORE, CHOEUR DE PASSAGERS.

(Plusieurs matelots abordent précipitamment, et se réfugient dans les rochers.)

CHOEUR.

« Des vents mutinés
« La fureur soulève
« Les flots déchaînés.
« L'orage s'élève;
« Le ciel obscurci
« Gronde sur nos têtes !
« Cherchons un abri
« Contre les tempêtes.

(Ils se dispersent.)

SCÈNE III.

MÉLIDORE.

Amante infortunée, amant plus malheureux !

Ah! rejette mes premiers vœux,
Enchaîne Phrosine à la terre.
S'il en est temps encore, ô ciel! que ton tonnerre
Porte l'oubli de moi dans son cœur effrayé;
Et contre mon bonheur suscite, par pitié,
Jusqu'à la haine de son frère!

(Il observe du haut d'un rocher.)

O terreur! que vois-je approcher!
Un esquif battu par l'orage
Est poussé contre le rivage!
Évite, évite ce rocher!...
Je frémis d'horreur et de joie!
Ciel, qui nous protéges encor,
Ne permets pas que ce trésor
De l'onde aujourd'hui soit la proie!...
Et je ne puis la secourir!
O tourment!... O bonté divine!
Le rivage a reçu l'esquif prêt à périr!
Quelqu'un en sort...courons...Dieux! ce n'est pas Phrosine!

SCÈNE IV.

MÉLIDORE, JULE, portant un flambeau éteint.

MÉLIDORE.

Quel es-tu? d'où viens-tu? Sur ce funeste bord,

5.

Malgré cet effroyable orage,
Qui te peut amener?

MÉLIDORE. JULE.

Ma rage.

MÉLIDORE.

Qu'y viendrais-tu chercher?

JULE.

La mort!

MÉLIDORE.

Je te plains. A ce point qui déteste son sort
Est ou malheureux ou coupable.

JULE.

Le crime, le malheur, le désespoir m'accable!
Je suis Jule.

MÉLIDORE.

Eh quoi! Jule, en ce moment d'effroi,
Lorsque Phrosine a besoin de son frère,
Vous avez pu quitter une sœur aussi chère?

JULE.

Elle n'a plus besoin de moi!

MÉLIDORE.

Comment?

JULE.

Tu vois bien, solitaire,
Sur ce rocher, ce fanal élevé?

MÉLIDORE.

Dieux! par un coup de vent il vient d'être enlevé!

JULE.

Qu'importe! il devient inutile.

MÉLIDORE.

Inutile! Qu'entendez-vous?

JULE.

Mélidore, cru mort par nous,
Est retiré dans cette île.

MÉLIDORE.

Qui l'a dit?

JULE.

Ma cruelle sœur,
Qui, tandis qu'en ces lieux je te faisais connaître
Le vœu de sa famille et les crimes du traître,
Entretenait son ravisseur.

MÉLIDORE.

Un grand évènement sans doute
Vous apprit ce secret?

JULE.

Écoute.

Dans une barque, cette nuit,
Avec Aly pour toute suite,
Phrosine s'échappait; un pilote séduit
A prix d'argent favorisait sa fuite.
L'éclair réfléchi par les flots,
La mer qui s'enfle et se mutine,
Les éclats du tonnerre, accrus par les échos,
Font tout-à-coup changer le cœur des matelots,

20.

Mais ne font pas changer Phrosine.

Aly, dit-elle en voyant leur effroi,

C'est de nous qu'il faut tout attendre ;

Quand je puis trouver tout en moi,

Des autres dois-je encor dépendre ?

Nager, pour moi jusqu'à ce jour

Ne fut qu'un exercice aussi vain que facile :

Tournons au profit de l'amour

Un art trop long-temps inutile.

Sur l'autre bord ce fanal éclatant

Est l'astre qui me guide au milieu de l'orage.

Le trajet est peu long; j'ai beaucoup de courage.

Et Mélidore enfin m'attend.

Le dire et s'élancer dans le gouffre écumant,

C'est tout un pour l'amour qui l'aveugle et l'enivre.

Aly, dans son étonnement,

Ne peut l'arrêter ni la suivre.

Auprès du lit d'Aimar elle accourt en tremblant.

Soudain j'ai pénétré l'effroi qui la dévore ;

J'apprends en quel affreux danger

Phrosine vient de se plonger

Pour rejoindre son Mélidore.

En proie à mille soins divers,

Dans un fragile esquif aussitôt je me jette,

Et, muni d'un flambeau, je la suis sur les mers,

Malgré la nuit et la tempête.

La foudre autour de moi frappe à coups redoublés...

MÉLIDORE.

Et Phrosine?

JULE.

Elle s'offre à mes regards troublés.
Tantôt sur leurs plus hautes cimes
Les flots la portaient dans les cieux,
Et les vagues tantôt la plongeaient à mes yeux
Dans d'épouvantables abîmes.

MÉLIDORE.

Ah!

JULE.

Tu frémis!

MÉLIDORE.

Achève, achève!

JULE.

La pitié
A cet aspect saisit mon âme.
Ses dédains, son audace et sa coupable flamme,
J'en atteste le ciel! j'avais tout oublié.
Par l'éclat du flambeau guidée,
Phrosine avait tourné soudain
Vers la nef, qui par elle allait être abordée.
Déjà je lui tendais la main...
« O mon amant! ô mon cher Mélidore!
« Est-ce toi?... » Ce nom que j'abhorre
M'a rendu ma fureur prête à s'évanouir.
Qu'il vienne donc te secourir,

Cet amant que ton cœur implore!
Et, retirant ce bras qui repoussait la mort,
Je plongeai, moins cruel que l'ingrate peut-être,
Ce flambeau, dont l'éclat m'avait fait reconnaître,
Dans les flots, qui bientôt m'ont jeté sur ce bord.

MÉLIDORE.

Tu te dis son frère, barbare!
Va, tu n'es que son assassin!
Mais tu nous sépares en vain
Si le seul trépas nous sépare.
Ta sœur ne m'aura pas imploré vainement :
La sauver ou périr avec ce qu'il adore,
Partager son destin jusqu'au dernier moment,
Voilà l'unique espoir qui reste à Mélidore.

(Il sort.)

SCÈNE V.

JULE.

En croirai-je ses derniers mots?
Mélidore impuni sortir de ma présence!...
Mélidore! ah! ton cœur, plus encor que les flots,
M'a répondu de ma vengeance!
Me venger! et de quoi? de mes affreux transports!
Le motif est-il donc l'excuse?
Aimar en trouverait dans l'orgueil qui l'abuse.
Je fus sans préjugés; puis-je être sans remords?

(Jetant son flambeau.)

Loin de moi ce flambeau, témoin d'un parricide!

Mais ils m'osaient jouer; mais ils s'aimaient! Frémis,

Frémis, couple ingrat et perfide!

Pour jamais cette fois vous voilà réunis.

(Mélidore, monté sur le sommet d'un rocher, s'élance dans la mer
en s'écriant :)

Je la vois! Amour, sois mon guide!

J U L E.

Oh! comme il pâlissait quand je lui faisais voir,

Dans l'épaisse nuit, son amante,

Sans force, sans secours, parmi les flots errante,

En proie à la tempête, ainsi qu'au désespoir!

Mais cette amante, ah! dieux! cette amante est Phrosine!

Phrosine, mon unique sœur!

Quels cris ont retenti jusqu'au fond de mon cœur?

Ceux de la sœur que j'assassine!

Jule! Jule! c'est toi qui lui ravis le jour!

Et pour quel crime encore? Elle aime!

Interroge-toi bien, Jule; rentre en toi-même :

Est-ce bien toi qui vois un crime dans l'amour?

Ah! quelle tardive lumière

A porté dans mon âme et le jour et l'effroi!

Est-il rien sur la terre entière

De plus exécrable que moi?

Tous les crimes unis n'égalent pas mon crime;

Et tu me laisses respirer,

Ciel! Ah! comme il te venge, innocente victime :

Je ne puis pas mourir; je ne puis pas pleurer!

AIR.

« Nature, à ton désordre extrême,
« Oui, je reconnais ta fureur;
« Mais tu me fais bien moins d'horreur
« Que je ne m'en fais à moi-même!
« D'un objet de honte et d'effroi,
« Ciel vengeur, délivre la terre!
« Ciel vengeur, anéantis-moi;
« Écrase-moi de ton tonnerre!
« Mais non, refuse-moi la mort :
« Vivre est la peine de mon crime.
« Si tu daignais finir mon sort,
« Les remords perdraient leur victime.
« En vain j'y voudrais échapper;
« Déjà mon supplice commence!
« Dieu! je succombe à ma souffrance!...
« Tu n'as pas besoin de frapper.

SCÈNE VI.

JULE, LE CHOEUR. (L'orage redouble.)

LE CHOEUR.

« En vain nous voulons échapper
« Aux traits de feu que le ciel lance.

« Sur qui doit tomber ta vengeance ?

« Dieu puissant, qui veux-tu frapper?

(La foudre tombe, fait écrouler dans la mer le rocher qui ferme la scène, et laisse voir un rocher plus éloigné auquel Mélidore est suspendu d'un bras, de l'autre il soutient Phrosine évanouie. La vague vient battre contre son corps. Un second coup de tonnerre enflamme la barque de Jule.)

SCÈNE VII.

JULE, LE CHŒUR, MÉLIDORE, PHROSINE.

MÉLIDORE.

O qui que vous soyez, sauvez, sauvez Phrosine!

JULE.

Dieux! je puis encor la sauver!

(Jule, aidé du chœur, se précipite vers Phrosine, la reçoit des bras de Mélidore, qui tombe aussitôt de lassitude dans la mer, d'où Jule le retire aussi.)

JULE.

Tu n'as donc pas permis, ô justice divine!

Que mon crime pût s'achever!

Phrosine, ouvrez les yeux.

PHROSINE.

Mélidore!... Ah! barbare!

JULE.

Ma sœur...

PHROSINE

Mon frère! toi, toi, mon persécuteur!
Ma bouche ici te le déclare,
Je n'eus jamais de frère, et tu n'as plus de sœur.

JULE.

Elle est trop juste, hélas! la fureur qui t'anime!
Je ne prétends pas la fléchir :
Ni mes pleurs, ni mon repentir,
Ne peuvent affaiblir mon crime.
J'avoûrai plus encor : touché de tant d'amour,
Oubliant sa blessure et son orgueil extrême,
Aimar a pardonné! Jule fut, en ce jour,
Plus cruel que l'orgueil lui-même.
Pour vous épargner plus d'horreur,
De tant d'atrocité ne cherchez pas la cause.
Soyez unis; votre bonheur
Est la peine que je m'impose.

PHROSINE.

Croirai-je à ce retour?

JULE, à genoux.

De sa sincérité
Que mon repentir vous assure;
Expiez mes forfaits; mon cœur vous en conjure!
Coupable envers l'amour, envers l'égalité,
J'outrageai deux fois la nature.

MÉLIDORE.

Phrosine...

PHROSINE.

Je t'entends... Jule, relevez-vous :
Ne songeons qu'au moment prospère
Qui vient de me rendre un époux,
Et me fait retrouver un frère.

CHOEUR GÉNÉRAL.

« Le ciel s'éclaircit sur nos têtes;
« Sur l'onde où règnent les tempêtes
« Le calme renaît à son tour.
« Ne perdons jamais l'espérance :
« Souvent le jour de la souffrance
« Est la veille d'un heureux jour.
« Il est un terme pour la peine;
« Il est un terme pour la haine :
« Qu'il n'en soit pas pour notre amour.

FIN DE PHROSINE ET MÉLIDORE.

NOTES ET REMARQUES

SUR

PHROSINE ET MÉLIDORE.

¹ PAGE 245.

Un genre qu'il regarde comme bâtard.

C'est d'après cette opinion, sans doute, que l'auteur avait composé la préface suivante. Nous l'avons retrouvée dans ses papiers; elle est en tête d'un opéra intitulé *Gil Blas,* et portant la date de 1787.

« Le meilleur des opéras-comiques n'a pas le sens commun. Je ne suis pourtant pas ennemi de ce genre de spectacle. Les petits enfants y rient, les grandes personnes y pleurent, les gens sensés ne savent, à la vérité, s'ils y doivent rire ou pleurer; mais des hommes de beaucoup d'esprit ne l'ont pas dédaigné, d'excellents acteurs le jouent, et le public y abonde. L'alliage du pathétique à la bouffonnerie me paraît plus admirable encore dans cette espèce d'ouvrages que dans les tragédies de Shakspeare, tragédies quelquefois plus gaies que nos opéras-comiques, qui en revanche sont souvent plus tristes; tragédies si chères aux Anglais, grands partisans d'ailleurs de l'opéra-comique, et gens de goût, comme on sait.

« Comme je vise à la célébrité, j'ai voulu avoir aussi mon opéra-comique. J'ai choisi à cet effet le sujet le plus triste que j'aie pu rencontrer, et je l'ai traité d'une manière assez gaie, je m'en flatte.

« Les connaisseurs me reprocheront peut-être de n'avoir violé que deux des trois unités exigées par Aristote ; je conviendrai avec eux qu'il était possible de moins respecter la vraisemblance, et que c'est trop de scrupule, sans doute, dans un drame où l'acteur parle quand on croit qu'il va chanter, et chante quand on croit qu'il va parler. Néanmoins je suis assez content de mon ouvrage, et j'espère que l'on sera assez juste pour penser de même, car il est passablement absurde pour un coup d'essai. »

Il ne faut pas conclure de ces plaisanteries, qui portent sur *le genre*, que M. Arnault ne rende pas justice au talent des auteurs auxquels ce *genre* doit sa faveur. Il a toujours donné de justes éloges aux comédies ingénieuses de Marmontel, aux drames intéressants de Marsollier, aux compositions si théâtrales de Sedaine ; et personne n'a plus applaudi que lui aux opéras-comiques de MM. Hoffman, Duval et Étienne, qui, sous ce titre, ont fait représenter plus d'une excellente comédie.

[2] PAGE 247.

Mademoiselle Contat.

Son talent a fait vingt-cinq ans la gloire du Théâtre français. Jamais on n'avait allié plus de noblesse à plus de grâces, et un sens plus juste à un esprit plus délié : de plus, on n'a pas été plus jolie.

Mademoiselle Leverd la rappelle quelquefois; mademoiselle Mars la fait souvent oublier.

Indépendamment de son talent, mademoiselle Contat possédait toutes les qualités sociales. Excellente sous tous les rapports, elle eût porté plus loin que personne le dévouement en amitié. L'auteur de *Phrosine*, arrêté comme émigré en 1792, dut la liberté à son active sollicitude. Ne croyant pas s'être acquitté envers elle en lui dédiant un opéra, il a voulu lui payer un tribut plus éclatant de sa reconnaissance sur la tombe où elle est descendue avant l'âge. On trouvera dans cette édition la notice qu'il a publiée sur mademoiselle Contat, qui portait alors le nom de Parny, en conséquence de son mariage avec le neveu du *Tibulle* français.

HORATIUS

COCLÈS,

ACTE LYRIQUE,

MUSIQUE DE MÉHUL,

REPRÉSENTÉ POUR LA PREMIÈRE FOIS À PARIS, SUR LE THÉÂTRE DE L'OPÉRA,
LE 30 PLUVIOSE AN II
(19 FÉVRIER 1794).

PERSONNAGES.

VALÉRIUS PUBLICOLA, consul.

HORACE, surnommé Coclès.

MUTIUS SCÉVOLA.

LE JEUNE HORACE.

ARUNS, ambassadeur de Porsenna.

SÉNATEURS.

ROMAINS.

SOLDATS.

CAPTIFS.

PEUPLE.

La scène est à Rome.

HORATIUS
COCLÈS.

SCÈNE I.

Le théâtre représente une vue de Rome. On aperçoit le pont Sublicius et l'une des principales portes. Dans l'intervalle qui sépare le Tibre des murs de la ville est un tombeau élevé à Brutus. Le camp de Porsenna se distingue dans le lointain.

VALÉRIUS, HORACE, PEUPLE ROMAIN.

CHŒUR DE ROMAINS.

Et pour l'univers et pour Rome,
Ce jour est un jour de douleur !
A Rome il ravit un vengeur,
Au monde il ravit un grand homme.

CHŒUR DE ROMAINES.

Brutus, tu dois être à la fois
Honoré d'un sexe et de l'autre :
Du tien tu rétablis les droits,
Et tu vengeas l'honneur du nôtre.

VALÉRIUS.

O Brutus! fixe tes regards
Sur les bords désolés du Tibre;
Contemple, au sein de ces remparts,
Rome assiégée et toujours libre.
Des rois les efforts seront vains,
Nous en attestons ta mémoire;
Et la liberté des Romains
Doit durer autant que ta gloire.

HORACE.

Bellone accable nos guerriers
De tous les fléaux qu'elle entraîne :
La faim poursuit dans ses foyers
Le soldat vainqueur dans la plaine.
Sur le vieillard mourant, sur l'enfant au berceau,
Elle étend sa main déchirante;
Elle tarit le sein de la mère expirante;
Et Rome aux regards ne présente
Que des spectres errants dans un vaste tombeau !

LE CHOEUR.

Des rois les efforts seront vains :
Nous en attestons ta mémoire ;
Oui, la liberté des Romains
Doit durer autant que ta gloire.

VALÉRIUS.

Dût encor s'augmenter le péril où nous sommes,
Sache le contempler sans en être abattu,
Peuple libre. Ah! ce n'est qu'à force de vertu

Qu'on lasse le sort et les hommes.

HORACE.

Vous le savez, les destins ennemis
    M'ont ravi l'espoir de ma race :
    Il n'est plus de fils pour Horace;
    Pardonnez-moi si j'en gémis.
    Montrer la tendresse d'un père,
    Ce n'est pas se déshonorer;
    Et sur une tête aussi chère,
    Un homme, un Romain peut pleurer.
    Sans que le devoir en murmure,
    Le sang peut élever la voix :
    Du devoir je connais les droits,
    Et je sens ceux de la nature.
    Mais au sein des maux les plus grands,
    Non moins courageux que sensible,
    On n'en doit vouer aux tyrans
    Qu'une haine encor plus terrible.

(Il prend le poignard déposé sur le tombeau de Brutus.)

Par ce fer qu'à nos yeux consacrent à la fois
Et le sang de Lucrèce et le bras d'un grand homme,
    Jurons la ruine des rois,
    Jurons la liberté de Rome.

LE CHOEUR.

    Jurons la ruine des rois,
    Jurons la liberté de Rome.

SCÈNE II.

LES PRÉCÉDENTS, MUTIUS, vêtu en Toscan.

MUTIUS.

Horace !

HORACE.

Mutius !

MUTIUS, à Horace.

Remets entre mes mains
Ce fer, ce monument de pudeur et de crime.

HORACE.

Ce glaive, encor fumant du sang de leur victime,
En doit être lavé dans le sang des Tarquins.

MUTIUS.

Un projet encor plus sublime,
Romains, doit en armer mon bras.

VALÉRIUS.

Quel est-il ce projet?

MUTIUS.

Liberté, tu verras
Ce que peut un Romain que ton génie anime.

HORACE.

Quoi, Mutius, après ses attentats

Tarquin vivrait !

MUTIUS.

Malgré sa haine,
Tarquin, privé d'appui, n'aurait été jamais
            Que l'obscur témoin des succès
            De la vertu républicaine.
            Il n'est ni roi ni citoyen :
            On peut le condamner à vivre;
Mais c'est de ce tyran, d'un tyran le soutien,
De Porsenna qu'il faut que mon bras vous délivre.
            Romains, ne nous abusons pas;
            Trop long-temps notre erreur extrême
            A fait la guerre à des soldats :
            Je la déclare au tyran même.
            J'affronterai, dans mon transport,
            La garde dont il s'environne;
            Heureux de recevoir la mort,
            Pourvu que mon bras la lui donne;
            Je tomberai percé de coups,
            Mais les miens auront sauvé Rome;
            Et du moins le salut de tous,
            Romains, n'aura coûté qu'un homme.

VALÉRIUS.

J'admire en frémissant le plus beau des projets!

LE CHOEUR.

Périlleuse et noble entreprise !

MUTIUS.

N'en retardons pas le succès.

Près du roi des Toscans j'attends un libre accès
　　Sous cet habit qui me déguise.
Donne ce glaive.

HORACE.

　　　　　Arrête. Et vous, peuple romain,
Retenez ce héros qu'un zèle aveugle entraîne.
Le succès est douteux; le péril est certain.

MUTIUS.

　　La gloire n'est pas moins certaine.

HORACE.

Je suis vieux, et je veux, par un sublime effort,
Terminer ma carrière en sauvant ma patrie.
Mutius, laisse-moi répandre sur ma mort
　　La gloire dont brillait ma vie.

MUTIUS.

Je suis jeune, et je veux, par un sublime effort,
Éterniser ma gloire et sauver ma patrie.
Pour m'immortaliser j'ai besoin de la mort,
　　Lorsqu'il te suffit de ta vie.

HORACE.

　　Du trépas je dois préserver
　　Et ta jeunesse et ta vaillance.

MUTIUS.

　　A Rome je dois conserver
　　Ta force et ton expérience.

HORACE.

　　Laisse-moi finir en soldat
　　Des jours qui bientôt vont s'éteindre.

MUTIUS.

Long-temps j'en admirai l'éclat;
Désormais j'y prétends atteindre.

ENSEMBLE.

La mort inutile à l'état
Est la seule qu'on doive craindre.

HORACE.　　　　　　　MUTIUS.

Je suis vieux, etc.　　　Je suis jeune, etc.

VALÉRIUS.

Horace, à ce dernier succès
Trop de célébrité met obstacle peut-être:
L'ennemi t'a vu de trop près
Pour qu'il puisse te méconnaître.

LE PEUPLE.

Pars, Mutius; mais à tes coups
Si les destins étaient contraires,
Sois sûr de retrouver en nous
Autant de vengeurs que de frères.

MUTIUS.

O bonheur! ô choix glorieux!
Le peuple a prononcé!

HORACE.

Je n'ai plus rien à dire:
A ses décrets je dois souscrire,
Et sa voix est la voix des dieux.

CHOEUR GÉNÉRAL.

Liberté, que son bras seconde,
Toi qu'il défend, veille sur lui:

La cause qu'il sert aujourd'hui
Un jour sera celle du monde.

(Mutius s'éloigne.)

SCÈNE III.

VALÉRIUS, HORACE, LE PEUPLE.

VALÉRIUS.

Vieillard terrible et généreux,
Je n'aurai pas long-temps enchaîné ton audace :
Ce passage important que l'ennemi menace,
Je le confie à ton bras valeureux.
Le poste le plus dangereux
Doit être le poste d'Horace.
Moi, je cours attaquer Porsenna dans son camp,
A la tête de notre élite.
Au signal convenu, que dans le même instant
Hors des remparts chacun se précipite.
Le jour à Brutus consacré
Pour les tyrans doit être un jour terrible ;
Et bientôt il aura montré
Qu'un peuple libre est invincible.

HORACE.

A t'imiter en tout Horace est préparé.

(Le consul sort avec une partie de ses soldats.)

SCÈNE IV.

HORACE, LE PEUPLE.

HORACE.

Liberté, flamme active et pure,
Embrase tout ainsi que moi;
Le mortel coupable envers toi
Est coupable envers la nature.
L'orgueil, à tes pieds expirant,
Frémit de rage en admirant
Ton temple auguste qui s'achève.
Les préjugés sont abattus :
Ce n'est plus que par les vertus
Que sur ses égaux on s'élève.
Mais que veut ce soldat?

SCÈNE V.

LES PRÉCÉDENTS, ARUNS.

LE SOLDAT.
Romains, un envoyé
Au nom de Porsenna sur ces bords se présente.

UN ROMAIN.

Lorsque son maître aura ployé
Devant la liberté naissante,
On pourra l'écouter.

HORACE.

Qu'il soit admis, Romains,
Et que, dans ce péril extrême,
Il puisse juger par lui-même
Ce que sont des républicains.

SCÈNE VI.

LES PRÉCÉDENTS, ARUNS, suivi de plusieurs Romains
captifs et du JEUNE HORACE.

HORACE.

Le voici. Qu'aperçois-je? ò moment d'allégresse!
Mon fils, que je croyais victime du trépas,
Mon fils accompagne ses pas!

LE JEUNE HORACE.

Je vous revois, mon père!

HORACE.

Honneur de ma vieillesse,
Viens te jeter entre mes bras.

ARUNS, après les avoir observés.

Affligé des malheurs dont vous êtes la proie,

Jaloux d'en terminer le cours,

Jaloux de prolonger vos jours,

Romains, c'est Porsenna qui dans ces lieux m'envoie ;

Il a vu d'un œil de pitié

D'un peuple et de son roi la longue inimitié.

Du malheur de Tarquin touché moins que du vôtre,

Il vous offre son amitié.

HORACE.

Son amitié!... J'ai cru qu'il demandait la nôtre.

ARUNS.

A l'accepter il est porté.

HORACE.

Il connaît donc bien peu ce peuple et son génie,

S'il vient la demander sans avoir écarté

De la terre de liberté

Les soldats de la tyrannie.

ARUNS.

De sa sincérité j'atteste pour garants

Ces captifs qu'en ses fers mit le droit de la guerre :

Il vous les rend; il rend les enfants à leur père;

Il rend le père à ses enfants.

Romains, mettez un prix à tant de bienfaisance.

Les Tarquins, qui peut-être ont abusé des droits

Que leur transmit la suprême puissance,

Instruits par le malheur, à de plus douces lois

Réclament plus d'obéissance.

A ce prix on pardonne à la rébellion.

Mais quel est ce profond silence?

HORACE.

Celui de l'indignation.

LE JEUNE HORACE.

Tyrans, laissez-moi des entraves
Qui ne blessent point ma fierté.

ARUNS.

Vous refusez la liberté?

HORACE.

Non, nous refusons d'être esclaves.

LE JEUNE HORACE.

Ces fers sont moins pesants que ceux
Dont nous avons su nous défaire.

HORACE.

Il n'est d'esclavage honteux
Que l'esclavage volontaire.

LE JEUNE HORACE.

Est-il un seul fils, à ce prix,
Qui voulût embrasser sa mère?

HORACE.

A ce prix est-il un seul père
Qui voulût embrasser son fils?

LE JEUNE HORACE.

ENSEMBLE.

Mon père, adieu; séparons-nous:
A votre fils l'honneur l'ordonne;
Et c'est lorsqu'il vous abandonne
Qu'il se montre digne de vous.

HORACE.

Adieu, mon fils: séparons-nous:

ENSEMBLE.

La voix de l'honneur te l'ordonne.
Romains, c'est quand il m'abandonne
Qu'il se montre digne de vous.

ARUNS.

Tant de sublimité m'étonne,
Et malgré moi j'en suis jaloux.

LE JEUNE HORACE.

Aux rois nous n'accordons ni ne demandons grâce.
Aux fers tu peux nous renvoyer.
Partons.

ARUNS.

La réponse d'Horace
N'est pas celle du peuple entier.

HORACE.

En douter, c'est lui faire outrage.

ARUNS, au peuple.

Souscrivez-vous à ce traité?

UN ROMAIN.

Un traité plus saint nous engage.

UN AUTRE.

Par Brutus il nous fut dicté.

(Tous les Romains se rassemblent autour du tombeau.)

« Si dans le sein de Rome il se trouvait un traître
« Qui regrettât les rois et qui voulût un maître,
      « Qu'il meure au milieu des tourments;
« Que sa cendre parjure, abandonnée aux vents,
« Ne laisse ici qu'un nom plus odieux encore
      « Que le nom des tyrans

« Qu'à jamais Rome entière abhorre. »

ARUNS.

Et moi je jure, au nom des rois,
A vous, à vos enfants, une guerre éternelle.

(Il sort avec les captifs.)

SCÈNE VII.

HORACE, ROMAINS.

HORACE.

Aux remparts l'honneur nous appelle :
Romains, entendez-vous sa voix ?
Marchons !

(Plusieurs divisions armées sortent de différents côtés.)

UN SOLDAT.

Pour traverser le Tibre,
Les ennemis s'avancent vers ces bords.

HORACE.

Pour repousser leurs vains efforts
Il suffirait d'un homme libre.

LE SOLDAT.

D'un vain espoir c'est se flatter ;
Du grand nombre ils ont l'avantage.

HORACE, s'élançant sur le pont.

Le nombre vaut-il le courage ?

C'est en les immolant qu'il faudra les compter!

(Les Toscans attaquent les Romains, qui d'abord les repoussent, et
sont ensuite repoussés.)

UN SOLDAT.

Aux efforts des Toscans rien ne peut résister.

HORACE.

Romains, à leur fureur n'exposez qu'un seul homme.
Brisez, brisez ce pont.

LE SOLDAT.

Songe à les éviter.

HORACE.

Ne songeons qu'au salut de Rome!

Le seul Horace défend le pont, que la hache des Romains fait bientôt
écrouler dans le Tibre, où le héros se précipite.)

LE CHOEUR.

Tombez, fiers ennemis!

UN ROMAIN.

O Rome! ton héros
De ses succès est la victime.

UN AUTRE.

O Rome! échappé de l'abîme,
Horace a triomphé des Toscans et des flots.

LE CHOEUR.

O prix inespéré d'un dévoûment sublime!
De Rome intrépide appui,
Jouis de la double gloire
Dont te couvrent aujourd'hui
Et ta fuite et ta victoire.

UN ROMAIN.

Horace, tu nous es rendu.

(On entend un bruit de guerre.)

HORACE.

Entendez-vous, Romains, le signal attendu?
Ce pont brisé met-il obstacle à votre audace?
Marchons à l'ennemi par des chemins nouveaux.
 Pour l'éviter j'ai traversé ces eaux ;
 Pour le chercher je les repasse.
Avançons.

SCÈNE VIII.

LES PRÉCÉDENTS, MUTIUS, la main droite enveloppée dans son manteau.

MUTIUS.

Arrêtez.

LE CHOEUR.

Mutius !

MUTIUS.

 Oui, Romains.

HORACE.

Le tyran n'est plus !

MUTIUS.

 Rome est libre !
Porsenna, pour jamais détaché des Tarquins,

S'éloigne en ce moment des rivages du Tibre.

HORACE.

D'où naît ce changement?

MUTIUS.

Romains, j'ai pénétré
Dans la tente du tyran même.
Ils étaient deux. J'entends contre Rome un blasphème ;
Je frappe qui l'a proféré :
C'était un courtisan. Près du roi l'on m'entraîne.
Qui peut, dit Porsenna, t'inspirer tant de haine ?
Que prétends-tu ? — Frapper un roi,
Complice de la tyrannie.
J'avais juré sur toi de venger ma patrie ;
Trois cents Romains l'ont juré comme moi.
Mon bras seul a trahi mes serments héroïques :
Je l'en veux punir. Et soudain
J'étends cette perfide main
Sur l'autel embrasé de ses dieux domestiques.
La foule admire, et le tyran pâlit.
Romain, sois libre, m'a-t-il dit.
Ton peuple n'est pas fait pour ployer sous un maître :
Je renonce à mes vains projets :
Un peuple, je le reconnais,
Est libre aussitôt qu'il veut l'être.

SCÈNE IX.

HORACE, ROMAINS, MUTIUS, VALÉRIUS.

VALÉRIUS.

Romains, apprenez nos succès;
Ils ont passé notre espérance.
La victoire en nos murs ramène l'abondance.
Horace, je te rends ton fils.
Tarquin fuit loin de Rome ensevelir sa honte.
Romains, je vous l'avais promis :
Il n'est point de danger que l'homme ne surmonte.
Guerriers libres et triomphants,
Célébrez vos exploits. Désormais Rome compte
Autant de héros que d'enfants.

CHŒUR GÉNÉRAL.

Les rois pesaient sur notre tête :
Chantons la ruine des rois.
Les tyrans usurpaient nos droits :
De nos droits chantons la conquête.
L'homme a repris sa dignité;
Le peuple est rentré dans sa gloire :
Le peuple jure la victoire
Quand il jure la liberté.

FIN D'HORATIUS COCLÈS.

NOTE

SUR

HORATIUS COCLÈS.

' PAGE 333.

Si dans le sein de Rome il se trouvait un traitre.

Ce serment est celui que Voltaire met dans la bouche de Brutus. (*Voyez* la scène II du premier acte de la tragédie de ce nom.) L'auteur, en modifiant ces beaux vers, n'a pas prétendu les corriger, mais seulement leur donner une mesure plus analogue à l'emploi qu'il en voulait faire.

LE
COURONNEMENT
DE JUNON,

OPÉRA-BALLET EN UN ACTE.

1815.

Divùm incedo regina.

VIRG., *Æneid.* lib. I.

AVERTISSEMENT.

M. Spontini ayant prié l'auteur, de la part du premier chambellan, de composer un poème pour une grande solennité, qui toutefois n'a pas eu lieu, M. Arnault lui remit celui-ci, que cet habile compositeur devait mettre en musique.

S'il se trouve quelque ressemblance entre certains tableaux de cet acte et ceux d'un opéra que M. Spontini a composé depuis pour une fête de cour, ce n'est pas à M. Arnault que cette ressemblance doit être imputée.

PERSONNAGES.

JUPITER.

JUNON.

VULCAIN.

MERCURE.

VÉNUS.

L'AMOUR.

NEPTUNE.

MINERVE.

APOLLON.

THÉMIS.

PLUTON.

DIEUX ET DEMI-DIEUX.

CYCLOPES.

NYMPHES.

GUERRIERS.

LABOUREURS.

LE COURONNEMENT

DE JUNON.

SCÈNE I.

Le théâtre représente les forges de Vulcain, dans l'intérieur de l'Etna. Les cyclopes sont occupés à différents travaux. Les uns battent le fer; les autres le tirent de la flamme avec des tenailles; d'autres font mouvoir les soufflets. Diverses danses s'exécutent pendant que divers chœurs chantent alternativement les strophes suivantes.

LES CYCLOPES.

Amis, que rien ne ralentisse
Les coups pressés de nos marteaux :
Sous leur poids, vainqueur des métaux,
Que l'enclume au loin retentisse.

VULCAIN.

Après le repos, en ces lieux,
L'ouvrier jamais ne soupire.
Du travail c'est ici l'empire;
C'est ici l'arsenal des dieux.

LES CYCLOPES.

Amis, etc.

VULCAIN.

Qu'Éole embrase ce foyer
D'une ardeur toujours renaissante.
Durci dans l'onde frémissante
Que le fer se change en acier.

LES CYCLOPES.

Amis, etc.

BRONTÈS, STÉROPE, PYRACHMON.

L'Olympe est armé par Vulcain :
O Destin! tu lui dois ton urne;
Et les trois fils du vieux Saturne
Tiennent leur sceptre de sa main.

LES CYCLOPES.

Amis, etc.

DES LABOUREURS.

Les épis dorent nos guérets,
Vulcain, grâce à ton art suprême;
Il donne un soc à Triptolème,
Et des faucilles à Cérès.

LES CYCLOPES.

Amis, etc.

DES GUERRIERS.

Nous aimons entre les lauriers
Ceux qu'on voit aux champs de Bellone :
Du noble fer qui les moissonne
Arme, ô Vulcain! nos bras guerriers.

LES CYCLOPES.

Amis, etc.

DES NYMPHES.

Le doux printemps est de retour :
Ressouviens-toi que ton adresse
Doit une égide à la Sagesse,
Et de nouveaux traits a l'Amour.

CHOEUR GÉNÉRAL.

Amis, que rien ne ralentisse
Les coups pressés de vos marteaux :
Sous leur poids, vainqueur des métaux,
Que l'enclume au loin retentisse.

SCÈNE II.

LES PRÉCÉDENTS, MERCURE.

VULCAIN.

Mercure, que veux-tu de moi?

MERCURE.

Des travaux commencés que le cours se suspende.
Jupiter, ô Vulcain! par ma voix te commande
Un travail plus digne de toi.

Les fiers enfants de la terre
Bravent encor le roi des dieux et des humains :
Pour punir tant d'orgueil, ses redoutables mains
Attendent un nouveau tonnerre.
Quels soins plus importants pourraient vous occuper?

Mais songez, en forgeant les traits de la vengeance,
Que c'est Jupiter qui les lance,
Et les Titans qu'ils vont frapper.

VULCAIN ET LES CYCLOPES.

Quels soins plus importants pourraient nous occuper ?
Mais songeons, en forgeant les traits de la vengeance,
Que c'est Jupiter qui les lance,
Et les Titans qu'ils vont frapper.

VULCAIN.

Compte sur eux, Mercure, autant que sur moi-même.

MERCURE.

S'il est ainsi, Vulcain, retournons dans les cieux,
Prendre place au conseil, où le maître des dieux
Va leur manifester sa volonté suprême.

SCÈNE III.

Le théâtre se couvre de nuages. Les dieux, distingués par les attributs
qui les caractérisent, sont groupés autour de Jupiter.

JUPITER.

Divinités du ciel, de la terre et des mers,
Divinités du Styx, sachez par quelle offense
Les Titans de nouveau provoquent ma vengeance :
C'est peu qu'ils aient brisé leurs fers,
De l'antique Océan leur audace impunie
Ose enchaîner la liberté ;

Il m'invoque, indigné de la captivité
Où le retient leur tyrannie.

M'invoquerait-il vainement?
Le Styx a reçu mon serment :
Fiers Titans, c'est à vous de craindre.
La foudre luit! tremblez, pervers!
Jusqu'aux bornes de l'univers
La foudre saura vous atteindre.

Déjà les coursiers hennissants
S'attellent au char de la gloire;
Déjà, par ses cris menaçants,
L'aigle prélude à la victoire.

JUNON.

O mon auguste époux! ne me refusez pas
De votre amour une preuve nouvelle :
Jusqu'aux lieux où la guerre aujourd'hui vous appelle,
Permettez à Junon d'accompagner vos pas.

CHOEUR DES DIEUX.

Accordez-nous la même grâce;
Laissez-nous suivre aussi vos pas :
Aux lieux où Jupiter n'est pas
L'Olympe n'est plus à sa place.

JUPITER.

O dieux! n'est-ce donc pas sur vos devoirs divers
Que l'ordre général se fonde?
Les négliger c'est trahir l'univers;

Au chaos c'est livrer le monde.

JUNON.

N'importe, je pars si tu pars.

JUPITER.

Obéis à ma loi suprême.

JUNON.

Ma place est près du dieu que j'aime.

JUPITER.

Elle est près du berceau de Mars.
Répands tous les soins d'une mère
Sur un enfant si précieux,
Sur cet enfant, l'orgueil des cieux,
Et l'espérance de la terre.

JUPITER.

Répands tous les soins d'une mère, etc.

JUNON.

Oui, je dois les soins d'une mère, etc.

LES DIEUX.

Donnez tous les soins d'une mère, etc.

ENSEMBLE.

JUPITER.

Ce n'est pas tout. Sachez que l'immuable loi
Qui vous attache aux soins que le sort vous confie,
Veut qu'au bien général chacun se sacrifie,
        Et doit s'étendre jusqu'à moi.
Tandis que les combats réclament ma présence
        Dans les climats les plus lointains,
Pour prévenir les maux qui suivraient mon absence,
        Je veux remettre en d'autres mains

L'exercice de ma puissance.

Par votre choix déterminez le mien :

Au cœur de Jupiter que chaque cœur réponde.

Apprenez-lui quel bras doit, au défaut du sien,

Tenir le sceptre du monde.

(Aux dieux.)

Parlez avec sincérité.

VÉNUS.

Le sceptre appartient au courage.

NEPTUNE.

Il appartient à la bonté.

PLUTON.

De la force il est le partage.

L'AMOUR.

Qu'il soit le prix de la beauté.

MINERVE.

Qu'à la prudence on le confie.

THÉMIS.

L'équité devrait l'obtenir.

VULCAIN.

Aux talents il peut convenir.

APOLLON.

Il convient surtout au génie.

JUNON.

Enfant dont la faiblesse enchaîne encor les pas,

Faut-il donc qu'au berceau ton âge te retienne !

JUPITER.

Un peu plus tard, mon fils, le sceptre n'irait pas

Dans une autre main que la tienne.

(Aux dieux.)

Parlez avec sincérité.

VÉNUS, NEPTUNE, PLUTON, L'AMOUR,
MINERVE, etc.

Le sceptre appartient, etc.

JUPITER.

Entre ces qualités vous montrer indécis,
O dieux ! c'est dissiper mes doutes,
C'est vouloir qu'aujourd'hui le sceptre soit remis
A la divinité qui les réunit toutes.
Partagez, ô Junon ! les droits de votre époux.
L'univers est votre domaine.
Et vous, dieux de tous rangs, venez, et tombez tous
Aux pieds de votre souveraine.

SCÈNE IV.

La fondre gronde. Les nuages se dissipent et laissent voir l'Olympe dans toute sa magnificence. Junon se trouve placée sur un trône resplendissant de lumière. Jupiter met son diadème sur la tête de la déesse.

CHOEUR DES DIEUX.

Partagez, ô Junon ! les droits de votre époux.
L'univers est votre domaine.
Et vous, dieux de tous rangs, venez, et tombez tous
Aux pieds de votre souveraine.

JUPITER.

Ceignez mon diadème, et prenez de mes mains
Le sceptre qui régit et le ciel et la terre.

De mes attributs souverains
Je ne garde que le tonnerre.

LE CHOEUR.

Partagez, ô Junon! etc.

(Tous les dieux viennent rendre hommage à Junon, et lui offrir leurs
tributs, ce qui donne lieu à diverses danses pantomimes, pendant lesquelles on chante les strophes suivantes :)

APOLLON.

Dieux et mortels, auguste reine,
Tout reconnaît votre pouvoir.
Vous obéir est un devoir
Que le monde accomplit sans peine.
Avec orgueil s'il est porté,
Ce joug où l'amour nous engage,
C'est qu'un si charmant esclavage
Vaut bien mieux que la liberté.

L'AMOUR.

D'un seul mouvement de sa tête
Jupiter se fait obéir.
Le monde entier cède au désir
Dont un clin d'œil est l'interprète.
Le génie et la majesté
Connaissent peu la résistance;
Mais surpassent-ils en puissance
Un sourire de la beauté?

354 LE COURONNEMENT DE JUNON.

CHOEUR GÉNÉRAL.

Dieux et mortels, auguste reine,
Tout reconnaît votre pouvoir.
Vous obéir est un devoir
Que le monde accomplit sans peine.
Avec orgueil s'il est porté,
Ce joug où l'amour nous engage,
C'est qu'un si charmant esclavage
Vaut bien mieux que la liberté.

(Un ballet général termine l'opéra.)

FIN DU COURONNEMENT DE JUNON.

DAMON

ET PITHIAS,

ou

L'HÉROISME DE L'AMITIÉ,

ACTE LYRIQUE,

COMPOSÉ POUR UNE LOGE DE FRANCS-MACONS.

PERSONNAGES.

DENYS, tyran de Syracuse.

PITHIAS.

DAMON.

DES GARDES ET LE PEUPLE FORMANT DES CHOEURS.

La scène est sur la place publique, où tout est préparé
pour un supplice.

DAMON

ET PITHIAS.

~~~~~~

SCENE I

DENYS, PITHIAS, GARDES, PEUPLE.

CHOEUR.

Ami digne d'un meilleur sort,
Hélas! ton ami t'abandonne.
L'instant expire; l'heure sonne:
Voilà le signal de ta mort!

PITHIAS.

A ma tendresse impatiente
Abrège ces instants de douleur et d'ennui;
Préviens Damon, heure trop lente,
Sois plus rapide encor que lui.
Que mon sang coule et satisfasse
Pour un ami que je crains de revoir.
Vainement aurai-je eu l'espoir
De le sauver en mourant à sa place?

A ta vengeance il faut du sang!
Écoute sans pitié la fureur qui t'anime,
Denys; mais souviens-toi que tu fis le serment
De n'immoler qu'une victime.

DENYS.

Je le tiendrai; l'honneur m'en est garant:
Damon vivra; mais c'est là son supplice.

Damon, par un lâche artifice,
A pu se soustraire à la mort:
Mais s'il échappe à ma justice,
Échappera-t-il au remord?
Soit qu'il te trahisse ou qu'il t'aime,
Son forfait est plus que puni:
Immoler son meilleur ami,
C'est plus que l'immoler lui-même.

(On entend le signal donné pour le supplice de Pithias.)

DENYS ET PITHIAS.

Frappez, bourreaux; que tardez-vous?

LE CHOEUR.

Arrêtez! suspendez vos coups.

DENYS.

Frappez, bourreaux; qu'on m'obéisse.

LE CHOEUR.

Suspends l'effet de ta justice.

PITHIAS.

Frappez, bourreaux; que tardez-vous?

LE CHOEUR.

Retardez encor son supplice.

PITHIAS.

Votre pitié me fait horreur;
Je la crains plus que la mort même.
Non, non, je n'aurai pas l'honneur
De mourir pour celui que j'aime!

LE CHŒUR.

Roi, que notre douleur extrême
Désarme un moment ta fureur!

PITHIAS.

Non, je n'aurai pas le bonheur
De mourir pour celui que j'aime!

DENYS ET PITHIAS.

Frappez, bourreaux; que tardez-vous?

LE CHŒUR.

Arrêtez! suspendez vos coups!

DENYS.

L'instant est expiré. Gardes, qu'il meure!

(Les gardes lèvent le bras pour exécuter l'ordre. Damon entre
précipitamment sur la scène.)

SCÈNE II.

DENYS, PITHIAS, GARDES, PEUPLE, DAMON.

DAMON.

                                        Arrête!
Je réclame la mort; je t'apporte ma tête.

O mon ami! je te revois!
Ce moment finit mes alarmes.

PITHIAS.

Moment plein d'horreur et de charmes!
J'embrasse mon ami pour la dernière fois.

DAMON.

J'ai revu mon malheureux père,
Courbé sous le double fardeau
Et des ans et de la misère,
Et comme moi près du tombeau.
Il a versé sur ma blessure
Les derniers pleurs de la pitié.
J'ai satisfait à la nature,
Je viens délivrer l'amitié.

PITHIAS.

Heureux de t'immoler ma vie,
Je te sauvais par mon trépas :
Mais mon sort avait trop d'appas
Pour ne te pas faire envie.

DAMON.

Sois libre : je reprends mes fers;
Désormais c'est à toi de vivre.

PITHIAS.

Puis-je vivre si je te perds!
Me défendras-tu de te suivre?

DAMON ET PITHIAS.

Non, rien ne nous séparera :
Le sentiment qui nous enflamme

Après la mort nous survivra.
Un seul coup nous immolera;
Un seul tombeau nous suffira :
   Deux amis n'ont qu'une âme.

LE CHOEUR.

Denys, quoi! les proscriras-tu?
Ton cœur est-il inexorable?
Respecte l'innocent, épargne le coupable,
   Et fais grâce à tant de vertu.

DENYS.

   Tant d'héroïsme m'étonne;
   Mon courroux m'abandonne :
Pour la première fois je me sens attendrir.
Amis, que voulez-vous?

DAMON ET PITHIAS.

          Vivre ou mourir ensemble.

DENYS.

Oui, je respecterai le nœud qui vous rassemble.
   Oubliez qu'il fallut mourir :
   J'oublie à jamais votre offense.
   Ne redoutez plus ma vengeance;
   Vivez long-temps pour vous chérir.
Mais d'un bienfait qui vous rend l'un à l'autre,
   Je veux être à jamais payé :
   Qui rend hommage à l'amitié
   Doit avoir des droits à la vôtre.

CHOEUR GÉNÉRAL.

   O sublime amitié!

A l'immortalité consacre cet exemple ;
Qu'il ne soit jamais oublié ;
Qu'il soit en tous les temps célébré dans ton temple.

FIN DE DAMON ET PITHIAS.

POÉSIES LYRIQUES.

POÉSIES LYRIQUES.

PREMIÈRE PARTIE.

AVERTISSEMENT.

Les premières pièces qu'on va lire ont été composées à l'occasion d'évènements accomplis en France pendant les vingt premières années du règne de sa majesté. Les auteurs de la *Biographie des hommes vivants* ayant fait mention de ces pièces, l'auteur a cru devoir les réimprimer.

Il pense, ainsi qu'il l'a dit ailleurs, que l'on n'y trouvera rien qu'un honnête homme ne puisse avouer. Les illusions qu'elles rappellent ont été celles de la nation : il n'y exprime enfin aucun sentiment qui ne se retrouve dans les divers poèmes composés, pour les mêmes circonstances, par les poètes du temps, et notamment par M. Michaud, depuis lecteur du roi.

On peut consulter, pour s'en assurer, le recueil intitulé *L'Hymen et la Naissance*, titre sous lequel on a réuni les pièces les plus remarquables auxquelles le mariage de Marie-Louise d'Autriche et la naissance de Napoléon-François, son fils, aient donné lieu.

En tête du recueil dédié à ce jeune prince se trouvent
les vers suivants, de M. Arnault :

> Le jour où, couronné de roses,
> Le printemps, vainqueur des hivers,
> Couvrit de ses trésors divers
> La pourpre auguste où tu reposes ;
> Les Muses, quittant les bosquets
> Connus de Virgile et d'Horace,
> T'offrirent aussi leurs bouquets,
> Tribut des enfants du Parnasse.
> Réunis en un seul faisceau,
> Notre amour les fait reparaître ;
> Des fleurs qu'en naissant tu fis naître
> Permets-lui d'orner ton berceau.

CANTATE

Exécutée au palais des Tuileries, le jour de la célébration du mariage de S. M. l'empereur Napoléon et de S. A. I. et R. l'archiduchesse Marie-Louise.

MUSIQUE DE M. MÉHUL.

LES FEMMES.

O doux printemps, descends des cieux
Dans tout l'éclat de ta parure!
Consolateur de la nature,
Viens ajouter encore aux charmes de ces lieux;
Parfume ces bosquets; et sous nos pas joyeux
Déroule tes tapis de fleurs et de verdure.

LES HOMMES.

Ne crains pas aujourd'hui d'exaucer nos désirs.
Ce n'est plus la voix de Bellone
Qui te presse à grands cris d'abréger ses loisirs:
Ce clairon qui sonne,
Ce bronze qui tonne,
C'est le signal des jeux, c'est la voix des plaisirs.

LES FEMMES.

Mars soupire et cède la terre
Au seul dieu que la paix ne puisse désarmer.
Sous un ciel plus serein, vois tout se ranimer,
Tout s'attendrir, tout s'enflammer,
Sur le chêne, sous la bruyère;
Vois, cédant au besoin d'aimer,

L'aigle altière elle-même oublier son tonnerre.

LES HOMMES.

Mêlés aux citoyens, vois ces nombreux guerriers,
Sous des myrtes nouveaux cachant leurs vieux lauriers,
Pour la première fois oublier les conquêtes;
    Vois le Français, vois le Germain,
    Se tendre noblement la main,
    Et s'inviter aux mêmes fêtes.

UN CORYPHÉE.

    Entends la voix qui retentit
Des rives du Danube aux rives de la Seine;
    Entends la voix qui garantit
Un long règne au bonheur que ce grand jour amène.

CHŒUR GÉNÉRAL.

Dieu de paix, Dieu témoin du serment solennel
    Qui couronne notre espérance,
Rattache, par ce nœud d'un amour éternel,
Les destins de l'Autriche aux destins de la France.

LES FEMMES.

    Ce nœud qui joint la force à la bonté,
La douceur au pouvoir, les grâces au courage,
    Ce nœud qui joint la gloire à la beauté,
Grand Dieu, de ta faveur déjà nous offre un gage!

LES HOMMES.

    Bénis, pour nos fils et pour nous,
Le vœu qu'un couple auguste à tes autels profère.
En jurant leur bonheur, deux illustres époux
    Ont juré celui de la terre.

CHŒUR GÉNÉRAL.

Que ce bonheur s'étende à la postérité!

O Napoléon! ô Louise!

Que votre règne s'éternise,

Sans cesse rajeuni par la fécondité!

De votre heureux amour, terme de tant d'orages,

Ce vaste empire attend ses rois.

Que votre hymen, dont ils tiendront leurs droits,

Soit un bienfait pour tous les âges!

CANTATE

Exécutée devant leurs majestés imperiales et royales, le jour de la fête
donnée par la ville de Paris.

MUSIQUE DE M. MÉHUL.

LA VILLE DE PARIS.

Du trône où jusqu'à toi s'élève notre hommage,

Du trône où la beauté règne auprès du courage,

Et Minerve à côté de Mars,

Sur ces bords dont l'amour t'a rendu souveraine,

Sur ces bords fortunés, embellis par la Seine,

Louise, abaisse tes regards.

CHŒUR GÉNÉRAL.

Ivre d'orgueil et d'allégresse,

C'est un peuple entier qui t'en presse;

5.

24

Entends ses vœux, l'amour n'en peut être jaloux.

A notre sort intéresser ton âme,

Ce n'est point t'arracher aux doux soins de ta flamme,

C'est t'occuper de ton époux.

LA GLOIRE.

Ces murs sont remplis de sa gloire;

Le marbre ici, de toutes parts,

De ton héros t'offre l'histoire,

Et, dans les prodiges des arts,

Les prodiges de la victoire.

Admire aussi par quels bienfaits

Ce héros porte les Français

A se former sur son exemple :

Là, le génie a son palais [1];

Ici, l'héroïsme a son temple [2].

CHŒUR.

Ce que les temps ont offensé,

Plus puissant, son bras le relève :

Ce que les rois ont commencé,

Plus généreux, son bras l'achève.

LE GÉNIE DES ARTS.

Devant son ordre souverain,

Le génie étonné voit tomber les obstacles;

Les accords du chantre thébain

Ont enfanté moins de miracles.

Il veut, et ce palais [3], à l'orgueil de Paris,

Par l'orgueil de dix rois, par trois siècles promis,

Parfait enfin, renaît de ses débris illustres.

Il veut, et, rajeuni sur ses vieux fondements,
    Le plus vaste des monuments,
Sous un seul souverain se finit en deux lustres.

CHOEUR.

    O Seine! dis-nous quelles mains,
    A ces naïades étonnées,
    Dont les ondes te sont données,
    Ont ouvert ces nouveaux chemins?

LA SEINE.

Aux besoins, aux plaisirs de la ville du monde,
Fière de m'épuiser pour enrichir ses bords,
    De mon urne féconde
    Je prodiguais tous les trésors.
    Les rois, dans leur munificence,
    Se contentaient de mes tributs:
Napoléon, plus grand, devait exiger plus:
C'est dans l'utilité qu'est sa magnificence.
    Napoléon parle, et soudain
A des fleuves nouveaux Paris ouvre son sein;
Dans l'albâtre et dans l'or, où leurs eaux s'embellissent,
Ils viennent, en sujets, rendre hommage à leur roi,
Et de mon vaste lit les profondeurs s'emplissent
Des flots que sur mes sœurs il a conquis pour moi².

CHOEUR GÉNÉRAL.

    Nos descendants pourront-ils croire,
    En admirant tant de splendeur,
    Qu'infatigable bienfaiteur,
    Il ait porté notre bonheur

A la hauteur de notre gloire?

LES FEMMES.

C'est à ses lois que nous devons
La paix qui règne en cette enceinte.

LES HOMMES.

C'est par lui que nous survivons
Aux feux de la discorde éteinte.

LES SOLDATS.

Les Français des Français ne sont plus ennemis;
L'état, sans s'effrayer, voit leur bravoure armée;
Sous les ailes de l'aigle à sa voix réunis,
Ils ne forment plus qu'une armée.

LE PEUPLE.

Les vieux ressentiments expirent oubliés :
Au pied du trône auguste où sa majesté brille,
Les partis réconciliés
Ne forment plus qu'une famille.

LES FEMMES.

Il nous gouverne en père.

LES HOMMES.

Il nous défend en roi.

LE PEUPLE.

Par notre intérêt seul le sien se détermine,
Et son amour pour nous, ô reine! est l'origine
De tout l'amour qu'il a pour toi.

CHOEUR GÉNÉRAL.

Qu'à cet amour le tien réponde;
Que des rois le plus généreux,

Que le plus grand homme du monde,
En soit aussi le plus heureux !
C'est pour remplir cette espérance
Qu'en nos murs tu viens habiter.
Ton amour seul peut acquitter
Toute la dette de la France !

LE CHANT D'OSSIAN,

CANTATE

Exécutée devant leurs majestés impériales et royales, le jour de la fête
donnée par la ville de Paris au sujet de la naissance du roi de Rome.

MUSIQUE DE M. MÉHUL.

CHŒUR.

Prends ta harpe, Ossian, père de l'harmonie ;
    Invente de nouveaux accords.
Jamais bonheur plus grand n'excita nos transports ;
Jamais sujet plus beau n'enflamma ton génie !

UN BARDE.

Ils n'ont pas été vains les vœux d'un peuple entier !
    La couche royale est féconde,
    Et le premier trône du monde
    A reçu d'elle un héritier.

CHŒUR.

Prends ta harpe, Ossian, père de l'harmonie;
Invente de nouveaux accords.
Jamais bonheur plus grand n'excita nos transports;
Jamais sujet plus beau n'enflamma ton génie!

OSSIAN.

Ma harpe a prévenu ma voix;
De ses flancs que Zéphyr caresse
S'exhale déjà l'allégresse
Qui va redoubler sous mes doigts.
Pour chanter ce que tout présage,
Illustre enfant! tout doit s'unir:
Tu seras pour l'âge à venir
Ce que ton père est pour notre âge.

CHŒUR.

Illustre enfant! tout doit s'unir
Pour chanter ce que tout présage:
Tu seras pour l'âge à venir
Ce que ton père est pour notre âge.

OSSIAN.

Qui pourrait douter de ton sort,
Héros de la race future?
Ainsi l'ordonne la nature:
Le fort doit engendrer le fort.
Sur ses lois mon espoir se règle.
Le nid de l'aigle est ton berceau:
Jamais le faible tourtereau
Est-il sorti du nid de l'aigle?

CHŒUR.

Illustre enfant! etc.

OSSIAN.

Enfant né sous les étendards
De l'honneur et de la victoire,
Combien tu chériras la gloire
Qui te sourit de toutes parts!
Déjà le noble éclat du glaive
Amuse ton œil belliqueux;
Et déjà ta main, dans ses jeux,
Saisit le sceptre et le soulève.

CHŒUR.

Illustre enfant! tout doit s'unir
Pour chanter ce que tout présage :
Tu seras pour l'âge à venir
Ce que ton père est pour notre âge.

OSSIAN.

Sur leurs nuages entassés,
Du haut des cieux ne vois-je pas descendre
Les héros des siècles passés?
O ma harpe! c'en est assez!
Ils chantent: taisons-nous; c'est eux qu'il faut entendre.

CHŒUR DES OMBRES HÉROÏQUES.

Salut, ô fils de la beauté!
Salut, héritier du courage!
Le ciel t'aime, le ciel partage
L'espoir que la terre a chanté.
Que de bienfaits, que de conquêtes

L'avenir nous laisse entrevoir!
Les lauriers qui ceignent nos têtes
Sur ton front sont prêts à pleuvoir;
Près de ton nom l'éclat des nôtres
Déjà commence à s'effacer.
Fils de Napoléon, tu sauras te placer
A côté du héros qui surpassa les autres;
Et lui seul peut se surpasser.

CHOEUR GÉNÉRAL.

Fils de Napoléon, tu sauras te placer
A côté du héros qui surpassa les autres;
Et lui seul peut se surpasser.

CANTATE

Au sujet de la naissance du roi de Rome, exécutée au Conservatoire
impérial, le jour de l'inauguration de la salle des exercices publics.

MUSIQUE DE MM. MÉHUL, CATEL ET CHÉRUBINI.

CHOEUR DE POETES ET D'ARTISTES.

Pourquoi, sous un ciel aussi beau,
Entend-on gronder le tonnerre?
Quel est le prodige nouveau
Que ce bruit annonce à la terre?
L'orgueil des Titans ralliés
Menace-t-il encor Jupiter dans sa gloire?

Tenteraient-ils encor d'arracher la victoire
A l'invincible bras qui les a foudroyés ?

APOLLON.

Doctes habitants du rivage
De lauriers renaissants à jamais couronné,
Rassurez-vous. Cent fois si l'airain a tonné,
Cent fois, dans ce beau jour, si d'un ciel sans nuage
Vos yeux ont vu l'azur par l'éclair sillonné,
Gardez-vous d'en tirer un sinistre présage.
D'un nœud qui nous promet la gloire et le repos,
De cet hymen qui nous doit des héros,
L'Univers désirait un gage.
Il est né, l'enfant précieux
Qu'attendait le trône des cieux !
Il est né ! La foudre qui gronde
Annonce un nouveau maître au monde,
Annonce un nouveau frère aux dieux.

UNE MUSE.

Voyez le maître du tonnerre,
Les yeux fixés sur un berceau,
S'enivrer du bonheur nouveau,
Du bonheur si doux, d'être père.

CHOEUR DE MUSES.

Il est né, l'enfant précieux
Qu'attendait le trône des cieux !

UNE MUSE.

La douleur a parfois des charmes :
Junon, j'en appelle à ton cœur,

A tes yeux, où tant de bonheur
Brille même à travers tes larmes.

CHOEUR.

Il est né, etc.

UNE MUSE.

Oh! de quelle douce assurance
Il remplit déjà tous les cœurs,
Cet enfant né parmi les fleurs,
Dans la saison de l'espérance!

CHOEUR.

Il est né, etc.

UNE MUSE.

Déjà Flore de ses guirlandes
A paré le jeune immortel;
Déjà Cérès à son autel
De ses dons porte les offrandes.

CHOEUR.

Il est né, etc.

UNE MUSE.

Mêlant leurs danses ingénues,
Les dieux des bois, les dieux des champs,
Forment des chœurs, et dans leurs chants,
Élèvent son nom jusqu'aux nues.

CHOEUR.

Il est né, etc.

APOLLON.

Que tardez-vous, fils du Permesse,
Amis des arts, amis des vers,

A joindre aux cris de l'univers,
Les accents de votre allégresse?

CHOEUR.

Il est né, l'enfant précieux
Qu'attendait le trône des cieux!
Il est né! La foudre qui gronde
Annonce un nouveau maître au monde,
Annonce un nouveau frère aux dieux.

Amour du ciel et de la terre,
Divin enfant, reçois nos vœux,
Dans cet asile qu'à nos jeux
Ouvrent les bienfaits de ton père.

CHANT

Pour le concert exécuté aux Tuileries au sujet de la naissance
du roi de Rome.

MUSIQUE DE M. MÉHUL.

CHOEUR.

O France! à tes destins prospères
Un règne éternel est promis:
Oui, ce jour assure à tes fils
Toute la gloire de leurs pères.

PREMIÈRE STROPHE.

Si tu vois cent peuples divers
En toi reconnaître leur reine,
Depuis dix ans, pour l'univers,
Si Rome est aux bords de la Seine,
C'est qu'un héros sut t'élever
A cette grandeur qui t'étonne;
Mais la force qui te la donne
Peut seule te la conserver.

CHOEUR.

O France! etc.

DEUXIÈME STROPHE.

Suffit-il à ton bienfaiteur
Qu'au plus long règne mesurée,
Sa vie usée à ton bonheur
Doive user un siècle en durée?
Suffit-il, ce vaste avenir,
A sa généreuse espérance,
Si du bien que lui doit la France
Le règne avec lui doit finir?

CHOEUR.

O France! etc.

TROISIÈME STROPHE.

Le ciel, propice à tous ses vœux,
De cette crainte le délivre:
Pour le bonheur de nos neveux
Napoléon doit se survivre.
Pour le bonheur du monde entier,

Qui tient à celui de l'empire,
Vois Napoléon te sourire
En te montrant son héritier.

CHOEUR.

O France, etc.

QUATRIÈME STROPHE.

Gloire, à ce royal nourrisson
Ouvre les portes de ton temple,
Et là, pour unique leçon,
De son père offre-lui l'exemple.
Qui mieux lui pourrait enseigner
A régler le sort de la terre,
A prendre, à poser le tonnerre,
A vaincre, et surtout à régner?

CHOEUR.

O France! etc.

CINQUIÈME STROPHE.

Mais la plus aimable vertu
Qui puisse orner le diadème,
O roi! de qui l'apprendras-tu,
Sinon de ta mère elle-même?
Si tu veux l'imiter, ta main
Sera prodigue dès l'enfance,
Et fera de la bienfaisance
Le premier droit d'un souverain.

CHOEUR.

O France! etc.

SIXIÈME STROPHE.

Ce droit, le seul qu'à son époux
N'ait pas abandonné Louise,
Rendit souvent son cœur jaloux
Du héros qu'elle rivalise.
Que de fois vit-on ses bienfaits,
Autour de ton auguste père,
En cherchant des heureux à faire
Ne trouver que ceux qu'il a faits.

CHŒUR.

O France! etc.

SEPTIÈME STROPHE.

Tant d'honneurs versés sur tes bords
T'ont donné le droit d'être vaine;
Unis ta joie à nos transports,
Triomphe, ô nymphe de la Seine!
Que le pur cristal de tes eaux
S'enflamme à l'éclat de nos fêtes,
Et que les lauriers de nos têtes
S'entrelacent à tes roseaux!

CHŒUR.

O France! à tes destins prospères
Un règne éternel est promis;
Oui, ce jour assure à nos fils
Toute la gloire de leurs pères.

CHANT

Pour l'inauguration de la statue de l'empereur à l'Institut.

MUSIQUE DE M. MÉHUL.

APOLLON.

Dans ce docte palais quel tumulte s'élève?
Déesses des beaux-arts, de l'histoire, des vers,
Pourquoi suspendez-vous vos leçons, vos concerts?
Et vous, dont l'œil pénètre et dont la main soulève
Les voiles étendus sur les ressorts divers
Qui font vivre et mouvoir cet immense univers,
A vos hardis travaux quel motif vous enlève?
  Une honorable égalité
Doit maintenir la paix dans mon noble domaine.
Loin d'ici la Discorde et sa rage inhumaine:
  J'approuve la rivalité,
  Mais je ne permets pas la haine.

LA POÉSIE.

La haine entre des sœurs ne saurait habiter,
  Et l'égalité doit s'y plaire.

APOLLON.

D'où vient donc le dépit qui vous semble agiter?

LA POÉSIE.

  Si j'éprouve quelque colère,
A la seule Uranie il le faut imputer.

APOLLON.

Uranie, à ses droits auriez-vous fait outrage?

CLIO.

Sur un socle éternel les arts reconnaissants
De notre bienfaiteur ont élevé l'image :
Elle y veut la première apporter son hommage.
    La première offrir son encens.

URANIE.

Aux lauriers immortels dont la main de Bellone
    Orna cent fois son front guerrier,
    Mes sœurs, laissez-moi marier
    Les étoiles de ma couronne.
Différent de ces rois qui, d'un œil de dédain,
Ont vu souvent les arts que leur orgueil féconde,
Il saisit chaque jour le compas, de sa main
    Qui porte le sceptre du monde.
    Avide de tous les succès,
    Amoureux de toutes les gloires,
Il m'a souvent admise à ses conseils secrets :
    Il m'associe à ses victoires,
    Il m'associe à ses bienfaits.
Aux lauriers immortels dont la main de Bellone
    Orna cent fois son front guerrier,
    Mes sœurs, laissez-moi marier
    Les étoiles de ma couronne.

CLIO, LA POÉSIE, LA PEINTURE.

(Ensemble.)

A l'honneur que vous réclamez

Comme vous j'ai droit de prétendre.
D'un transport moins vif et moins tendre
Nos cœurs ne sont pas enflammés.

LA POÉSIE.

Sur moi sa bonté paternelle
Laisse aussi tomber ses regards.

LA PEINTURE.

Du sein d'une langueur mortelle
N'a-t-il pas tiré tous les arts ?

CLIO.

Il est au trône des Césars
Mon protecteur et mon modèle.

LA PEINTURE.

Combien de prodiges nouveaux
Il offre aux pages de l'histoire !

CLIO.

Que de sujets féconds en gloire
Lui devront vos vastes tableaux !

LA POÉSIE.

Puis-je, dans l'ardeur qui m'anime,
Créer un héros plus parfait ?
En racontant ce qu'il a fait,
Mon chant le plus simple est sublime.

TOUTES ENSEMBLE.

Aux lauriers immortels dont la main de Bellone
Orna cent fois son front guerrier,
Mes sœurs, laissez-moi marier

{

URANIE.

Les étoiles de ma couronne.

LES AUTRES.

Le laurier dont je me couronne.

APOLLON.

Que ce débat me plaît! Pour votre bienfaiteur
Le plus parfait accord eût été moins flatteur.
Combien j'aime à vous voir, généreuses rivales,
Vous disputer le cœur de cet ami commun,
Qui, vous ennoblissant par des faveurs égales,
Protège tous les arts et n'en préfère aucun.
Ce n'est pas d'un art seul, mais des arts tous ensemble,
   Qu'il doit recevoir les tributs:
Donnez-moi ces lauriers; qu'un seul faisceau rassemble
De votre amour pour lui les divers attributs.

   Reçois, bienfaiteur de cet âge,
Du trône où tu t'assieds entre Thémis et Mars.
   Le tribut offert par les arts
   Au héros qui les encourage.

   De tes bienfaits dans l'avenir
   Tu trouveras la récompense.
   Un grand siècle vient de finir,
   Un plus grand aujourd'hui commence.

   Le siècle de Napoléon,
   Illustré par tant de victoires,

Aux siècles de Louis, d'Auguste et de Léon
    Va disputer toutes les gloires.

    Artistes, prenez vos pinceaux;
    Poëtes, saisissez la lyre :
    Préludez aux accords nouveaux
    Qu'un si haut sujet vous inspire.

    Montrez-vous dignes dans vos vers
    Et d'Apollon, qui vous seconde,
    Et du héros de l'univers,
    Et du premier peuple du monde.

        LE CHOEUR GÉNÉRAL.

    Artistes, prenez vos pinceaux;
    Poëtes, saisissez la lyre :
    Préludez aux accords nouveaux
    Qu'un si haut sujet vous inspire.

    Montrez-vous dignes dans vos vers
    Et d'Apollon, qui vous seconde,
    Et du héros de l'univers,
    Et du premier peuple du monde.

CHANT TRIOMPHAL

Pour la paix et l'anniversaire du sacre.

1809.

MUSIQUE DE M. CATEL.

UN CORYPHÉE.

Réjouis-toi, peuple français;
Réjouis-toi, belle Lutèce :
Unissons nos chants d'allégresse.
De nos fiers ennemis Dieu confond les projets;
Leurs forts sont renversés, leurs bataillons défaits;
Albion en frémit dans son île étonnée;
Et, de nouveaux lauriers la tête couronnée,
Napoléon au monde accorde encor la paix.

HYMNE

CHANTÉ PAR DES CHOEURS ALTERNATIFS.

O mon pays! ô noble France!
Quel juste orgueil doit te saisir!
Ta gloire égale mon désir
Et surpasse ton espérance.

Tu possèdes, heureux séjour,

Tout ce qui fait chérir la vie ;
Si la terre te porte envie
Le ciel te voit avec amour.

Entre tes nombreuses familles
Les dons du ciel sont répartis ;
La bravoure ennoblit tes fils,
La pudeur embellit tes filles.

Souris à tes nobles remparts,
Dont l'honneur s'accroît d'âge en âge :
Tes murs, gardés par le courage,
Sont enrichis par tous les arts.

Le travail dans tes champs fertiles
Entretient la fécondité ;
L'industrieuse activité
Répand l'abondance en tes villes.

Mère des sages, des soldats,
En valeur, en vertus féconde,
Tu régis les destins du monde
Par les lois et par les combats.

La force à la clémence unie
Te protège de son pouvoir,
Et sur ton trône on aime à voir
Les grâces auprès du génie.

Pour combler tes prospérités,
Dieu, qui veille sur tes provinces,
Dans la plus belle des cités,
T'a rendu le plus grand des princes.

LE CORYPHÉE.

Ce héros, chaque fois qu'il courut aux combats,
Fit serment d'augmenter et sa gloire et la vôtre :
Ce serment est rempli : citoyens ou soldats,
  Français, renouvelons le nôtre !
Renouvelons les vœux qu'en ce jour solennel
Nous inspiraient l'orgueil et la reconnaissance,
Alors que l'huile sainte, aux pieds de l'Éternel,
Consacra l'empereur qu'il donnait à la France.

CHŒUR GÉNÉRAL.

O toi, dont les terribles mains
Pour nos droits sont toujours armées,
O souverain des souverains !
Dieu des Français, Dieu des armées !
Au chef que tu nous as donné,
Au chef par nos mains couronné,
Nous jurons par toi, par sa gloire,
Nous jurons d'un commun transport
D'être soumis comme le sort,
Fidèles comme la victoire [5].

CHANT DU RETOUR

Pour la grande armée.

MUSIQUE DE M. MÉHUL.

CHOEUR.

Les voici! Réunissez-vous,
Heureuses femmes, tendres mères :
Ces vainqueurs, ce sont vos époux,
Ce sont vos enfants et vos frères!

PREMIÈRE STROPHE.

Quand ces intrépides soldats,
Triomphant d'abord de vos larmes,
Au premier signal des combats
Se sont élancés sur leurs armes,
Vous leur disiez, dans un transport
Que la valeur n'a pas dû croire:
Français, vous courez à la mort!
Français, ils volaient à la gloire.

CHOEUR.

Les voici! etc.

DEUXIÈME STROPHE.

Du Nord les éternels frimas,
Du Midi les feux implacables,
N'ont pu fermer leurs durs climats
A ces vainqueurs infatigables.

Le globe retentit encor
De leur marche, de leurs conquêtes,
Non moins rapides que l'essor
De l'aigle planant sur leurs têtes.

CHOEUR.

Les voici! etc.

TROISIÈME STROPHE.

A l'avare Anglais rallié,
Cinq fois vainqueur en espérance,
Cinq fois le monde soudoyé
S'est précipité sur la France.
Surprenant un peuple pervers
Dans sa trame, à lui seul funeste,
Quels vengeurs au-delà des mers
Joindront l'ennemi qui nous reste?

CHOEUR.

Les voici! etc.

QUATRIÈME STROPHE.

Voyez-vous ce peuple empressé
Dont la foule les environne?
Sa reconnaissance a tressé
Le rameau d'or qui les couronne [6].
Ah! qu'on suspende à leurs drapeaux
Ces prix de leurs nobles services:
Placés sur le front des héros,
Ils cacheraient leurs cicatrices.

CHOEUR.

Les voici! etc.

HYMNE

Pour la fête de la vieillesse *.

1798.

CHOEUR, qui se répète à la fin de chaque strophe.

Gloire au front vénérable, à la tête chérie,
　Consacrés par des cheveux blancs!
　Honneur à qui vécut long-temps
　Pour sa famille et sa patrie!

UNE SEULE VOIX.

　Ce jour est le jour des vainqueurs :
　Je les vois, couverts de poussière,
　Au bout d'une longue carrière,
　Porter leurs pas triomphateurs.
　Bien loin d'eux laissant sur l'arène
　Le rival faible et sans haleine
　Qu'engourdit un honteux repos,
　Je les vois, athlètes robustes,
　Présenter leurs têtes augustes
　A la couronne des héros.

Gloire, etc.

　Ce n'est pas par d'obscurs travaux,
　Par des triomphes inutiles,
　Qu'amoureux de palmes stériles,
　Ils ont surpassé leurs rivaux.
　Dans les cœurs fondant leur mémoire,

Et moins ambitieux de gloire
Qu'ambitieux d'utilité,
C'est à d'innombrables services,
C'est à d'éclatants sacrifices
Qu'ils ont dû l'immortalité.

Gloire, etc.

Voyez-vous de ces vieux soldats
Et les rides et les blessures?
Révérons ces nobles injures
De la vieillesse et des combats.
De ces martyrs de la victoire
Que les annales de l'histoire
Redisent les nombreux travaux;
Et puisse leur fertile exemple
Dans la foule qui les contemple
Leur créer de jeunes rivaux!

Gloire, etc.

A notre hommage il a des droits,
Ce législateur vénérable,
Dont la sagesse inaltérable
A fait et défendu nos lois :
Vrai stoïque dont le courage
Par plus d'un effroyable orage
N'a pas été déconcerté;
Vrai citoyen dont le génie
Sous le fer de la tyrannie
N'abjura pas la liberté.

Gloire, etc.

Voici le juge bienfaisant :
Vieilli dans ce saint ministère,
Des malheureux il fut le père,
Il fut l'appui de l'innocent.
Sans pesanteur dans sa balance
Les vains trésors de l'opulence
Ne l'ont point fait prévariquer ;
Et toujours formidable au vice,
On lui vit rendre la justice
Comme on la lui voit pratiquer.

Gloire, etc.

Salut, patriarches des champs,
Salut à vous, à vos compagnes !
Vous fécondâtes nos campagnes,
Qu'aujourd'hui couvrent vos enfants.
Le ciel à vos humbles chaumières,
Asile des vertus premières,
Attacha toujours ses faveurs ;
Par vous il répand l'abondance,
Par vous il a peuplé la France
De soldats et de laboureurs.

Gloire, etc.

De lauriers couvrons ces vieillards
Qui, blanchis par d'utiles veilles,
Ont de leurs savantes merveilles
Illustré la France et les arts.
Peuple, que votre gratitude
Accorde aux efforts de l'étude

Le seul prix fait pour la tenter :
Comme la gloire il doit s'étendre
Au brave qui sait vous défendre,
Au barde qui sait vous chanter.

Gloire, etc.

Honorons ceux dont le talent
Donne un corps à la renommée,
Par eux, sur la toile animée,
Le passé devient le présent ;
Honorons ces rivaux d'Orphée
Par qui notre audace échauffée
Aux rois a tant coûté de pleurs ;
Honorons ceux dont le génie
Parmi les ronces de la vie
Nous fait rencontrer quelques fleurs.

Gloire, etc.

Long-temps, ô mortels fortunés !
Jouissez encor des hommages
Qu'à la vieillesse de nos sages
Un saint respect a décernés.
Long-temps au sein de vos familles
Puissiez-vous des fils de vos filles
Occuper les soins et l'amour !
Puisse enfin cette nuit dernière
Qui fermera votre paupière
Répondre au soir du plus beau jour !

CHOEUR.

Gloire au front vénérable, à la tête chérie,

Consacrés par des cheveux blancs!
Honneur à qui vécut long-temps
Pour sa famille et sa patrie!

NOTES ET REMARQUES

SUR LA PREMIÈRE PARTIE

DES POÉSIES LYRIQUES.

¹ PAGE 370.

Là, le génie a son palais.

Le palais de l'Institut.

² PAGE 370.

Ici, l'héroïsme a son temple.

Le temple de la Victoire.

³ PAGE 370.

Il veut, et ce palais...

Le Louvre, commencé sous François Iᵉʳ.

⁴ PAGE 371.

Des flots que sur mes sœurs il a conquis pour moi.

Les fontaines, le bassin et le canal de l'Ourcq.

5 PAGE 390.

Fidèles comme la victoire.

Cela s'est vérifié : peu de gens ont été infidèles à cet engagement.

6 PAGE 392.

Le rameau d'or qui les couronne.

La ville de Paris avait arrêté qu'il serait donné une couronne d'or à chaque régiment qui avait fait la campagne honorable ouverte par la bataille d'Jena, et terminée par celle
de Friedland.

7 PAGE 393.

Pour la fête de la vieillesse.

Sous le gouvernement directorial, dans le moment où l'on
faisait consister la philosophie dans une intolérance absolue,
on reconnut néanmoins qu'une apparence de culte religieux
était nécessaire, ne fût-ce que pour amuser les loisirs du
peuple. On statua donc que le premier décadi de chaque mois
serait assigné à la célébration d'une fête spécialement consa-
crée à l'une des vertus ou des affections sociales. Cette idée
était morale du moins. Le ministre de l'intérieur, François
de Neufchâteau, invita plusieurs poètes à composer, à cette

occasion, des hymnes dont il leur donna le sujet. Parny, Ducis, Legouvé, et d'autres, furent mis en réquisition, et notre auteur fut chargé de l'hymne pour la fête de la Vieillesse.

DEUXIÈME PARTIE.

AVERTISSEMENT.

Les pièces suivantes sont destinées à servir de theme aux jeunes musiciens qui veulent s'essayer dans le genre dramatique. Les deux premières ont été employées à cet usage dans le concours du Conservatoire de musique, sur l'invitation duquel elles ont été composées.

5.

ALCYONE,

SCÈNE LYRIQUE.

Un songe, envoyé par Junon, instruit Alcyone du naufrage de
Céix : éperdue, elle se réveille et court au rivage. Le jour n'est
pas encore levé.

ALCYONE.

Ombre en pleurs, gémissante voix,
Quel sort annoncez-vous à la triste Alcyone!
Céix! est-ce un avis que le destin me donne?
Céix, t'ai-je embrassé pour la dernière fois?

Non, jamais songe plus horrible.
Jamais présage plus terrible
N'avait effrayé mes esprits!
Des compagnons de ton naufrage
N'ai-je pas entendu les cris?
D'un vaisseau les vastes débris
N'ont-ils pas couvert ce rivage?

Lui-même à mes regards, lui-même est apparu.
Pâle et levant sur moi sa mourante paupière.
Les cieux, s'écriait-il, ne m'ont pas secouru,
Et comme eux les enfers sont sourds à ma prière!

J'ai vu de mes beaux jours s'éteindre le flambeau,
Et je ne puis entrer dans la barque fatale !
Repoussé de la terre et de l'onde infernale,
Céix de ton amour n'attend plus qu'un tombeau !

      Ah ! que ce tombeau nous rassemble !

Mais ces restes sacrés du sang des demi-dieux,
Où sont-ils?... Avançons... Qu'ai-je entrevu?... Je tremble !
Hélas ! c'est le rocher où nous pleurions ensemble
      Le jour de nos derniers adieux !
Mais qu'entends-je? Écoutons... Je m'abusais encore ;
      C'est le flot qui gémit.
      C'est le vent qui frémit.
C'est l'oiseau matinal qui m'annonce l'aurore.

      Astre propice, astre du jour,
      Hâte-toi d'éclairer le monde :
      Viens rétablir, par ton retour,
      La paix dans mon cœur et sur l'onde.
      Sitôt que ta clarté me luit
      L'avenir me paraît moins sombre ;
      La terreur qu'enfantait la nuit
      S'évanouit avec son ombre.

Et les airs et les eaux, tout sourit a mon cœur.
Où je sens malgré moi se glisser l'espérance.
Cet objet incertain que l'Océan balance

Peut-être apporte-t-il un terme à mon erreur!

Tel que la voile blanchissante,
Sur l'onde amère il se soutient ;
Il approche, il fuit, il revient,
Au gré de la vague inconstante.
Me trompez-vous encor, mes yeux?
Un corps flottant! O trouble extrème!
Cher Céix!... Détournez, grands dieux!...
Si c'était!... O ciel! c'est lui-mème!

Voilà vos jeux, voilà vos coups,
Dieux sans pitié! destin perfide!
Ce cœur glacé, ce front livide,
C'est mon amant, c'est mon époux!

O mer! insatiable abîme,
C'est toi que je veux implorer :
Il te faut encor dévorer
L'autre moitié de ta victime!

(Elle se précipite.)

CUPIDON PLEURANT PSYCHÉ,

SCÈNE LYRIQUE.

La scène est dans le palais et les jardins où, d'après les ordres de Cupidon, Psyché avait été transportée par Zéphyre.

CUPIDON.

Palais où respira Psyché,
Dans votre enceinte, hélas! quel intérêt m'entraîne?
Le désespoir m'en avait arraché,
Et le désespoir m'y ramène!

Si mon courroux m'est odieux,
Si ma rigueur fait mon supplice,
Pourquoi revenir en ces lieux
Où tout m'en prouve la justice?
Ah! cette lampe, ce poignard,
Disent sans cesse à mon regard
Les attentats de l'inhumaine.
Rendons-lui fureurs pour fureurs!
Je me plais aussi dans les pleurs;
Je suis aussi dieu de la haine!

Ou plutôt fuyons-les, ces odieux témoins
De la plus noire ingratitude.

Ce bois à ma douleur fait espérer du moins
Une plus douce solitude.

Qu'il est changé, cet asile enchanteur
Dont Psyché n'est plus souveraine,
Ce bois, confident de mon cœur,
Jadis riant de mon bonheur,
Aujourd'hui triste de ma peine !
Sont-ce là ces heureux bosquets
Dont le myrte et la rose embellissaient l'ombrage ?
De mon sort trop fidèle image,
La rose ici s'éteint sous la ronce sauvage,
Et le myrte affligé sèche au pied des cyprès.
Le demi-jour si doux qu'y cherchait ma tendresse
N'est plus qu'une sombre clarté,
Qu'une douteuse obscurité,
Horrible même à ma tristesse.
Tout gémit. Les zéphyrs, les flots,
Partageant la douleur dont mon âme est atteinte,
N'y soupirent que des sanglots,
N'y murmurent que la plainte.
Philomèle a fui ces déserts :
Ils ne redisent plus son chant plaintif et tendre ;
Et l'oiseau de la nuit lui seul y fait entendre
Ses lugubres concerts.

Tant de mélancolie et m'étonne et me touche !
Un seul mot la ferait cesser :

Ce mot est dans mon cœur : se peut-il que ma bouche
Se refuse à le prononcer !

Non, je veux en vain m'efforcer
De renoncer à la cruelle,
Ce cœur qu'elle a voulu percer,
Malgré moi ce cœur la rappelle.
Hélas ! si de mon souvenir
Je ne dois jamais la bannir
Pourquoi prolonger son absence ?
C'est un destin trop rigoureux
Que d'être à la fois malheureux
Par son crime et par ma vengeance.

Viens consoler par ton retour
Le deuil affreux qui m'environne ;
Viens, Psyché : le plus tendre amour
N'est-il pas celui qui pardonne ?

Myrtes flétris, relevez-vous ;
Relève-toi, rose nouvelle :
Reprends tes accords les plus doux,
Mélodieuse Philomèle.

Viens consoler par ton retour
Le deuil affreux qui m'environne ;
Viens, Psyché : le plus tendre amour
N'est-il pas celui qui pardonne ?

LA TEMPÈTE,

CANTATE.

Vois-tu ce nuage s'étendre
Et nous envelopper des ombres de la nuit?
Le jour s'éteint; la foudre luit,
Et le tonnerre au loin se fait entendre.
Vois-tu l'onde agitée écumer et blanchir?
L'incertain élément, que de sa douce haleine
Caressait et ridait à peine
Le propice et léger Zéphyr,
En proie aux aquilons, se trouble et se soulève;
Prêt à nous écraser, prêt à nous engloutir,
Il se creuse en vallons, en montagne il s'élève,
Et parmi les flots entr'ouverts
Nous montre notre tombe au fond des vastes mers.
La mort est sous nos pieds, la mort est sur nos têtes.
Entends-tu les vagues mugir?
Entends-tu les autans rugir?
Entends-tu gronder les tempêtes?

Hélas! si près du port,
Victime du naufrage,
Victime de la mort,
J'aurais vu le rivage

Pour sentir davantage
La rigueur de mon sort!
J'entrevoyais l'asile de mon père,
Le doux pays où je reçus le jour,
Le temple antique où les pleurs d'une mère
Sans cesse aux dieux demandent mon retour;
Et, le cœur ivre et d'espoir et d'amour,
J'apercevais le toit de ma bergère.

Hélas! si près du port, etc.

A son ami, qu'il serrait dans ses bras,
Des dieux accusant la justice,
Ainsi parlait l'infortuné Lycas,
Que loin de sa bergère, en de brûlants climats
Avait entraîné l'avarice.
Il invoque Neptune, il invoque l'Amour:
L'Amour, qu'il dédaigna, le dédaigne à son tour.
Lycas, n'espère pas que ta voix le fléchisse.
Les vents ont dispersé tes cris,
Ainsi que de la nef fragile et vagabonde
Ils ont dispersé les débris
Sur les vastes plaines de l'onde.
La tempête redouble, et le maître des mers,
De son trident ébranlant l'univers,
Semble être aussi celui du monde.

Les feux dévorants,

Les flots se confondent ;
Portés sur les vents
Les tonnerres grondent.
Aux cris des mourants
Les échos répondent.
Tout cède aux efforts
De l'onde écumante.
Sur ses vains ressorts
La terre est tremblante ;
Et le dieu des morts
Connaît l'épouvante.

Mais enfin par degrés le ciel s'est éclairci ;
Des flots calmés mes yeux mesurent la surface ;
Et du vaisseau par l'abîme englouti
L'immobile Océan ne m'offre aucune trace.
L'infortuné Lycas, dévoré par les flots,
Reconnaît en mourant son erreur, qu'il expie.
Pour la fortune il perdit le repos,
Il perdit le bonheur ; il perd enfin la vie.

L'amour permet de voyager,
Mais c'est de bocage en bocage.
Que t'importe un ciel étranger ?
Le bonheur est sur ton rivage.

Que l'insensé brave les vents :
Du port contemple les orages :

C'est le sort des heureux amants :
Les heureux amants sont les sages.

L'audacieux qui le premier,
Dans une nacelle légère,
Aux flots osa se confier,
N'abandonnait pas sa bergère.

L'amour permet de voyager, etc.

FIN DES POÉSIES LYRIQUES.

ROMANCES,

CHANSONS, VAUDEVILLES

ET COUPLETS.

AVERTISSEMENT.

La dernière partie de ce volume est composée de pièces de
ton et de couleur un peu disparates; quelques unes portent un
caractère de mélancolie assez profond; d'autres respirent, au
contraire, la gaieté la plus folle. Qu'en conclure? Qu'elles ont
été écrites d'inspiration dans des situations d'esprit fort différentes.

Ces pièces, pour la plupart, n'auraient pas trouvé place en
ce livre si nous avions été aussi sévères que l'auteur. Il nous
reprochera peut-être d'abuser de la liberté qu'il nous a donnée de puiser dans son portefeuille : il nous semble cependant que d'autres éditeurs nous justifient par leur exemple,
et que le public ne leur a pas su mauvais gré d'associer
aux ouvrages les plus graves des saillies échappées à leur
auteur dans ces moments d'épanchement que la liberté de la
table et la confiance de l'amitié autorisent et justifient.

D'ailleurs les chansons, les vaudevilles, ne sont pas sans
valeur dans la littérature française. Ce genre, auquel l'auteur de l'Art poétique n'a pas refusé une mention, peut
trouver place, à ce qu'il nous semble, dans un recueil d'œu-
vres complètes; il a bien au moins, pour la poésie française, l'importance que la poésie italienne conserve encore au
sonnet

> Passez du grave au doux, du plaisant au sévère,

a dit le législateur du Parnasse. C'est ce que notre auteur ...

cru pouvoir faire; et en cela il a aussi suivi l'avis qu'Horace donnait à Virgile, et qu'il a lui-même si heureusement pratiqué toute sa vie.

« Misce stultitiam consiliis brevem.
« Dulce est desipere in loco. »

Hor., od. 11, lib. IV.

ROMANCES,

CHANSONS, VAUDEVILLES

ET COUPLETS.

··

CHARLOTTE

AU TOMBEAU DE WERTHER '.

Ombre sensible, ombre plaintive,
Errante autour de ces cyprès,
Fixe ta course fugitive,
Et viens jouir de mes regrets.
Werther, vois Charlotte mourante,
Dans un tourment toujours nouveau;
Recueille son âme expirante
Prête à passer dans ce tombeau.

Devoir, tyran impitoyable,
De mon cœur éternel vautour,
Tu n'es qu'un fantôme effroyable;
Cesse d'épouvanter l'amour.

5.

Sur le tombeau de ta victime
En vain tu voudrais me parler :
Oserais-tu me faire un crime
Des pleurs que toi seul fait couler ?

Werther, je servis ta furie,
Je fus complice de ta mort ;
Je donnai cette arme ennemie
Qui finit ton malheureux sort.
Semblable à la flèche fatale
Qu'amour tira de son carquois,
Oui, Werther, la funeste balle
Perça nos deux cœurs à la fois.

Sors, sors de ce marbre insensible,
Fantôme adoré, montre-toi :
Ton aspect n'a rien de terrible,
Rien que de consolant pour moi.
Qu'ai-je vu?... Werther!... je succombe!
L'amour remplirait mon désir!
Charlotte expire sur ta tombe
Moins de frayeur que de plaisir.

Je m'abuse : il ne peut entendre
Ces cris, vains jouets des zéphyrs ;
Je ne puis ranimer sa cendre
Par la chaleur de mes soupirs.
En vain un fol espoir m'enivre ;

Le trépas seul peut nous unir :
Et ce n'est qu'en cessant de vivre
Que je cesserai de mourir ?

1784.

LE CLAIR DE LUNE.

Astre de la mélancolie,
Ton jour seul me fait soupirer ;
Qu'il fasse nuit toute ma vie
Si tu dois toujours m'éclairer.
Lorsqu'au sein de la nuit obscure
Tu répands ta douce lueur,
Je crois que toute la nature
Partage le deuil de mon cœur.

Au fond de ces bocages sombres,
Éclairés par un jour douteux,
Je crois voir revenir les ombres
De tous les amants malheureux.
A répandre avec eux des larmes,
Ah ! que je trouve de douceur !
Le bonheur n'a pas plus de charmes
Que pour lors en a la douleur.

Dans le sein de la rêverie

Bientôt j'ai trouvé le sommeil :
O Daphné ! ton ombre attendrie
Vient m'enchanter jusqu'au réveil.
Heureux les nuits par le mensonge,
Par le vrai malheureux les jours ,
Ah ! si le bonheur n'est qu'un songe ,
Pourquoi ne pas dormir toujours ?

1785.

L'ABSENCE.

Tout reposait dans le hameau,
Tout reposait dans la nature :
On n'entendait que le murmure
Des vents, du feuillage et de l'eau.
Seul, assis au bord de la Seine ,
Et du sommeil abandonné ,
Daphnis adressait à Daphné
Ces mots, que j'entendais à peine :

« Aurais-tu quitté sans regret
« Ces lieux qu'embellissaient tes charmes ?
« Ou m'aurais-tu caché des larmes
« Dont j'étais avide en secret ?
« Soit indifférence ou courage ,
« C'était accroître mes malheurs :

« Daphnis verserait moins de pleurs
« Si Daphné pleurait davantage.

« Quand pour habiter le coteau
« Elle nous fuyait, la cruelle,
« Un long espace, disait-elle,
« Ne l'éloigne pas du hameau.
« La distance n'importe guère
« A deux amants désespérés :
« Daphné, dès qu'ils sont séparés,
« Ils sont aux deux bouts de la terre.

« Le souvenir de mon bonheur
« Ne fait qu'augmenter ma tristesse,
« Et les gages de ta tendresse
« Ne consolent pas ma douleur :
« Dans le chagrin qui me dévore,
« A mon cœur d'amour consumé
« Ils disent que je fus aimé,
« Sans dire que l'on m'aime encore.

« Le plaisir, l'âge, les amours,
« Daphné, ressemblent à cette onde,
« Qui, passagère et vagabonde,
« Ne s'arrête pas dans son cours.
« Songes-y, doux objet que j'aime,
« Le flot qui si rapidement
« T'arrache à ce séjour charmant

« Ne peut t'y ramener de même. »

Daphnis se tut, et de ses pleurs
Il grossit l'onde fugitive.
Chaque soir, sur la même rive,
Il se livre aux mêmes douleurs.
Toi qui veux me quitter, Glycère,
Viens au rivage, viens juger
Ce que souffre un tendre berger
En l'absence de sa bergère.

1790.

LE DÉSERTEUR.

Je reviens, je suis de retour,
J'ai brisé ma chaîne importune :
Ambition, grandeur, fortune,
J'immole tout à notre amour ;
Oui, Sophie, et tu peux m'en croire,
Quand je revole entre tes bras,
Ton bonheur ne me coûte pas
Ce que t'aurait coûté ma gloire.

Déjà le chagrin m'a quitté ;
Mes pleurs retrouvent un passage,
Et l'espoir au riant visage

M'a rendu sa sérénité :
Sous mille formes le reproche
Ne se présente plus à moi.
Chaque pas m'éloignait de toi,
Chaque pas enfin m'en rapproche.

Oh! quand pourrai-je retrouver
Sur ta bouche amoureuse et tendre
Ce bonheur que je veux te rendre,
Et que nous saurons conserver?
Sous ma bouche, qui les dévore,
Je crois sentir couler tes pleurs;
Ce ne sont plus ceux du malheur,
Ah! laisse-les couler encore.

Pleurs de reproche et de plaisir,
Baignez les yeux de mon amie,
Baignez ma paupière attendrie,
Pleurs de joie et de repentir!
Et tous deux, après tant d'alarmes,
Rendons encor grâce à l'amour.
Heureux ceux à qui le retour
Ne doit pas coûter d'autres larmes!

LE DÉSESPOIR.

Air : Un troubadour béarnais.

Je suis fatigué du jour,
Fatigué de l'existence;
Ne vivre que pour l'amour,
C'est vivre pour la souffrance :
Ne vivre que pour souffrir,
Vaudrait-il pas mieux mourir?

Toi qui me suis en tous lieux,
Sens-tu l'amour qui m'enflamme?
Je l'ai puisé dans tes yeux.
Ah! s'il n'est pas dans ton âme,
Je ne vis que pour souffrir!
Vaudrait-il pas mieux mourir?

Long-temps j'attendais la fin
De l'amour qui me dévore :
Plus vif aujourd'hui, demain
Il sera plus vif encore;
S'il faut encor plus souffrir,
Ne vaut-il pas mieux mourir?

LE SOUVENIR.

Souvenir! présent céleste
Pour un amant fortuné,
Souvenir! présent funeste
Pour l'amant abandonné,
Souvent tu trompes l'absence,
Tu prolonges le bonheur.
Tu doublais ma jouissance,
Pourquoi doubler ma douleur?

A l'espoir ton doux prestige
Peut rendre un bien qui l'attend;
Mais mon cœur, que tout afflige,
N'y voit qu'un nouveau tourment.
Laisse à jamais disparaître
Des plaisirs trop tôt perdus :
Songe-t-on qu'ils purent être
Sans songer qu'ils ne sont plus?

Autrefois digne d'envie,
Digne aujourd'hui de pitié,
D'une malheureuse vie
Je déteste la moitié!
Laisse-moi; va trouver celle

Qui brisa nos doux liens :
Un regret de l'infidèle
Pourrait finir tous les miens.

LES REGRETS.

Ils ne sont plus, ces jours que ma constance
Aux plus heureux devait faire envier;
D'un bien perdu n'ai plus que souvenance;
Ferais bien mieux, hélas! de l'oublier.

Au temps passé malgré moi si je pense,
De pleurs d'amour sens mes yeux se mouiller.
Oh! c'est malheur d'en garder souvenance,
Et c'est malheur, hélas! de l'oublier.

Doux souvenir, tiens-moi lieu d'espérance,
Et mon bonheur n'a pas fui tout entier.
Sais bien qu'on meurt d'en garder souvenance;
Mais comment vivre, hélas! et l'oublier?

L'HIVER.

Déja des limpides fontaines
Le pur cristal s'est obscurci;

Zéphyr abandonne nos plaines,
Nice les abandonne aussi.
Adieu, vallons! adieu, bocage!
La feuille commence à jaunir :
Plus de bergère et plus d'ombrage :
L'hiver, je le sens, va venir.

Des vents qui portent la froidure
Je sens le souffle destructeur ;
L'amour s'enfuit de la nature,
Presque aussi triste que mon cœur.
Environné d'ombres funèbres,
Long-temps même après mon réveil,
Je vois bien pâlir les ténèbres,
Mais je ne vois plus le soleil.

O soleil! sans ta vive flamme
Pour nos climats plus de beaux jours ;
Et plus de bonheur pour mon âme
Loin de l'objet de ses amours.
Mais un jour tu dois reparaître,
Et Nice... O regrets superflus!
L'univers va bientôt renaître,
Et moi je ne renaîtrai plus!

COUPLETS

POUR LA FÊTE DE MADAME D'ESPRÉMENIL [*].

Avant que de quitter la table
Je réclame l'ordre du jour;
Sur la question préalable
Je veux disserter à mon tour.
Il s'agit de chanter Fanchette.
Pour s'en acquitter dignement
Que le cœur soit notre interprète,
Et l'Amour notre président.

N'allons pas en vaines querelles
Abuser d'un temps précieux:
Si nous voulons des lois nouvelles,
Recevons-les de deux beaux yeux.
Le dieu dont nous suivons l'empire
Ordonne bien l'égalité;
Il permet bien que l'on soupire,
Mais non pas pour la liberté.

Nous offrons tous le même hommage
A la même divinité,
Et le seul vœu qui nous engage
Est celui de fidélité.

Maint prélat, qu'ailleurs inquiète
Le serment qu'il lui faut prêter,
S'il était auprès de Fanchette
En ferait un sans s'en douter.

A M. D'ESPRÉMENIL.

Toi, qui contre la tyrannie
Élevas de tous temps la voix,
Toi, qui défendis la patrie
Ainsi que tu défends tes rois,
Avant que l'équitable histoire
T'offre un prix digne de ton cœur,
Si tu veux connaître ta gloire
Mesure-la sur ton bonheur.

1791.

LES YEUX BLEUS.

CHANSON.

C'est par les yeux que dans le cœur
L'amour établit son empire;
C'est par les yeux qu'il peint l'ardeur
Que par les yeux il nous inspire.

L'esprit dont pétille un œil noir
Nous éblouit par sa magie :
La douceur fait tout le pouvoir
Des jolis yeux bleus d'Eugénie.

Amants de la froide raison,
Insensés par trop de sagesse,
Qui traitez l'amour de poison
Et de fureur sa douce ivresse,
Qui craignez par un tendre aveu
D'avilir la philosophie,
Craignez encor plus que le feu
Les jolis yeux bleus d'Eugénie.

Mais toi qui cherches le bonheur,
Aliment du cœur qu'il dévore,
Et toi qui le traites d'erreur
Tout en le poursuivant encore,
Ou toi qui, las d'être inconstant,
Veux être enchaîné pour la vie,
Approche et fixe un seul instant
Les jolis yeux bleus d'Eugénie.

Par leur calme et par leur couleur,
Semblables au ciel sans nuage,
De la paix qui règne en son cœur
Ses beaux yeux sont aussi l'image.
Mais qui perd sa tranquillité

Peut-il ne pas avoir l'envie
De troubler la sérénité
Des jolis yeux bleus d'Eugénie?

COUPLETS A UNE JOLIE CUISINIÈRE,

LE JOUR DE SAINTE-MARTHE.

Marthe, la première autrefois
Dans l'art de régaler son monde,
Dans le plus goûté des emplois
Ne serait plus que la seconde.
Près de ta patronne, dit-on,
Un dieu débitait sa doctrine :
De même un dieu, belle Marthon,
Tient son école en ta cuisine.

Des goûts arbitre souverain,
Sa puissance, qui t'est remise,
Sur tout ce qui sort de ta main
Répand une saveur exquise.
Bien qu'on sache que le poison
Se mêle à ce que tu nous donnes,
Que peut opposer la raison
Au charme dont tu l'assaisonnes?

Au mets par ton art preparé

Avant que le convive touche,
Les yeux ont déjà dévoré
Ce que va dévorer la bouche.
Ce mets dont on a toujours faim
Ressemble à la pure ambroisie
Dont là haut s'enivre Jupin,
Qui jamais ne s'en rassasie.

CONSEILS A UNE PETITE FILLE.

Air : Des montagnes d'Auvergne.

Si vous voulez que l'on vous aime,
Bergère, il faut aimer vous-même :
Un peu d'amour nourrit l'amour,
Petite,
Un peu d'amour nourrit l'amour,
M'amour.

Mais pour que toujours l'on vous aime,
N'allez pas trop aimer vous-même :
Trop d'amour fait mourir l'amour,
Petite,
Trop d'amour fait mourir l'amour,
M'amour.

COUPLETS

CHANTÉS PAR UNE SOEUR AU MARIAGE DE SA SOEUR.

A I R : Ou nous dit que dans l'mariage.

Il est minuit, gentil ménage,
A table encor qui vous retient?
Bacchus a fini son ouvrage,
L'Amour doit commencer le sien.
    Chloé, n'entends-tu pas
    Ce dieu qui dit tout bas :
Jeune épouse, il est temps de faire
Tout comme a fait (ter) ta mère.

Imitez un si beau modèle,
Couple fortuné, prouvez-nous
Qu'on peut être épouse et fidèle,
Qu'on peut être amant quoique époux.
    Oui, le plus sûr moyen
    D'embellir un lien
C'est de ne pas cesser de faire
Tout comme a fait (ter) ma mère.

Le mariage est une affaire
Que l'on commence par un oui :

Par-devant témoins et notaire
S'accepter d'un cœur réjoui,
    C'est, c'est déjà beaucoup,
    Mais, mais ce n'est pas tout ;
Rien de fait tant qu'on n'a pu faire
Tout comme a fait (1er) ma mère.

1791.

─────────────────────────────

A FRANÇOISE.

Air : Femmes, voulez-vous éprouver.

Ou la légende est en défaut,
Ou, le pape me le pardonne,
A trop bon compte on a là-haut
Donné place à votre patronne.
Qu'a-t-elle fait pour le salut
Qui la sorte un peu du vulgaire ?
Au ciel ainsi qu'à l'Institut
Peut-on donc entrer sans rien faire ?

Toute sainte n'eut pas ce tort.
Pour obtenir l'apothéose,
Madelaine, j'en suis d'accord,
Par exemple, a fait quelque chose :

Aussi Jésus, peu rigoureux,
Dit-il en la voyant paraître :
Qu'elle entre; elle a fait trop d'heureux
Pour n'avoir pas le droit de l'être.

Si l'on en croit les saints écrits,
Envers les talents de Cécile
L'hôte des célestes lambris
Ne s'est pas montré moins facile.
Vos accents, dit-il, sont bien doux;
Votre voix pare la louange,
Et l'on doit chanter comme vous
Si l'on veut chanter comme un ange.

A ces droits-là je suis fâché
Que vous n'ayez pas la prudence
D'unir ceux du joli péché
Dont Madelaine eut repentance;
Mais vous avez bien mérité
Qu'on vous garde au ciel une place,
Si le défaut de charité
Se rachète à force de grâce.

Réprimez pourtant le désir
De voir, par des douceurs pareilles,
Jésus vous payer le plaisir
Que vous ferez à ses oreilles.
Vos jours, par les amours ourdis,

Ne sont-ils pas autant de fêtes?
Et s'il existe un paradis
N'est-il pas aux lieux où vous êtes?

COUPLETS

CHANTÉS DANS UNE RÉUNION D'AMIS, LE JOUR DE MA FÊTE,
LE 17 JANVIER 1811.

AIR : La boulangère.

Ma femme, encor du champenois ;
    Il est plus gai que traître.
Verse : pour la première fois
    Je prétends être maître
        Chez moi ;
    Je prétends être maître.

Il réchauffe le cœur, je crois,
    Plus encor que la tête.
Qu'on en boive autant que j'en bois :
    Car c'est aujourd'hui fête
        Chez moi ;
    Car c'est aujourd'hui fête.

Onze jours juste après les Rois
    C'est la fête d'un moine,

Dont j'exerce ici tous les droits;
 Car on m'appelle Antoine
   Chez moi;
 Car on m'appelle Antoine.

D'ailleurs du patron quelquefois
 Je suis fort disparate :
Il quitta la chair pour les pois;
 Moi, chaque jour j'en tâte
   Chez moi;
 Moi, chaque jour j'en tâte.

Ce précurseur de saint François
 Prodiguait l'eau bénite :
Je n'en donne ni n'en reçois;
 Aussi le diable habite
   Chez moi;
 Chez moi le diable habite.

Et vous voyez que le sournois,
 Pour me donner le change,
Prend et l'esprit et le minois
 Et la douceur d'un ange
   Chez moi,
 Et la douceur d'un ange.

Antoine au ciel entra de droit :
 Y dois-je entrer de même?

N'y suis-je pas dans cet endroit,
Où j'ai tout ce que j'aime
Avec moi?
Où j'ai tout ce que j'aime?

Un seul ami fixa son choix,
Si j'en crois la légende:
Bien plus heureux quand je vous vois,
J'en possède une bande
Chez moi;
J'en possède une bande.

COUPLETS

CHANTÉS EN FAMILLE, LE 17 JANVIER 1816, POUR MA FÊTE,
AU VAL, OÙ J'ÉTAIS EXILÉ, EN ATTENDANT MIEUX.

AIR : Accompagné de plusieurs autres.

J'ai vu qu'on voulait m'attraper;
Mais, loin de vouloir m'échapper,
Aidant à votre stratagème,
Devant mes yeux j'ai mis la main,
Disant : On veut rire demain;
Qu'on m'attrape toujours de même!

Que vois-je! un spectacle complet:

Saint-Antoine, opéra-ballet,
Dont son ami fit le poëme!
Après cela, souper divin;
Chère excellente, excellent vin :
Qu'on m'attrape toujours de même!

Être enivré de ce qu'on boit,
Être enivré de ce qu'on voit,
Être entouré de ce qu'on aime;
Hors le vin, pas un étranger,
Et des couplets de Béranger [4] :
Qu'on m'attrape toujours de même!

Foi d'Antoine, en dépit de ceux
Qui m'ont cru rendre malheureux,
Je suis plus heureux qu'un roi même!
Ces barbares, dans leur courroux,
M'ont enjoint de vivre avec vous :
Qu'on m'attrape toujours de même!

Il nous manque encor des amis :
Oh! que le ciel n'a-t-il permis
Qu'ils revinssent aujourd'hui même!
J'ignore où je les reverrai;
Mais, fût-ce en exil, je dirai,
Qu'on m'attrape toujours de même [5]!

LE DIABLE.

RONDE.

AIR : La bonne aventure, ò gué.

Tout atteste et reconnaît
　　Le pouvoir du diable.
Dans tout ce qu'on dit et fait
　　Est mêlé le diable.
Certain auteur l'a prouvé
　　En vers à la diable,
　　　　O gué !
Certain auteur l'a prouvé
　　En vers à la diable.

L'homme d'esprit a, dit-on,
　　Tout l'esprit d'un diable ;
Nous disons d'un bon garçon
　　Qu'il est un bon diable ;
Et de l'honnète homme à pié,
　　C'est un pauvre diable,
　　　　O gué !
Et de l'honnète homme à pié,
　　C'est un pauvre diable.

Qui désire être cité

Mène un train de diable;
N'a pas qui veut pour beauté
La beauté du diable.
Plus d'un ouvrage vanté
Ne vaut pas le diable,
O gué!
Plus d'un ouvrage vanté
Ne vaut pas le diable.

Je connais certain censeur,
Malin comme un diable,
Après qui plus d'un auteur
Fait des cris de diable;
Mais qu'en homme plus sensé,
Moi, j'envoie au diable,
O gué!
Mais qu'en homme plus sensé,
Moi, j'envoie au diable.

Quel est l'homme qui jamais
Ne se donne au diable?
Les trois quarts de nos projets
Où vont-ils? Au diable.
Par la queue, ah! que j'en sai
Qui tirent le diable,
O gué!
Par la queue, ah! que j'en sai
Qui tirent le diable!

UN PEU D'ARGENT,

COUPLETS CHANTÉS DANS UN BAL
CHEZ MADEMOISELLE DUCHESNOIS,
OU L'ON QUÊTA POUR UNE FAMILLE INDIGENTE.

AIR : Le premier pas.

Un peu d'argent est en tout nécessaire.
J'estime fort la vertu, le talent;
Mais en intrigue, en amour, même en guerre,
Il faut encor, pour se tirer d'affaire,
        Un peu d'argent.

On peut aller au temple de mémoire
Le front paré d'un laurier indigent;
Mais s'il est d'or sied-il moins à la gloire?
Mars même ajoute à ceux de la victoire
        Un peu d'argent.

Une beauté de conduite exemplaire
A ce sujet disait très sensément :
Sans la vertu nul bonheur sur la terre;
Faisons le bien, et gagnons pour le faire
        Un peu d'argent.

De ton argent veux-tu doubler les charmes,
Et le placer en homme intelligent?

Pour sa famille un père est en alarmes :
Que lui faut-il pour sécher bien des larmes?
    Un peu d'argent.

LE DÉFENSEUR OFFICIEUX :.

Air : Le lendemain.

Mesdames, qui s'arrange
De mon officieux?
Il parle comme un ange,
Et conclut encor mieux.
Sa science est énorme;
Son esprit est profond;
Il est fort sur la forme
    Et sur le fond.

S'il entame une affaire,
Toujours sûr de son coup,
Est-il un adversaire
Dont il ne vienne à bout?
D'abord, en homme habile
Et certain de son droit,
Sur le point difficile
    Il met le doigt.

Éloquent par le geste
Comme par le discours,

Il n'est pas, je l'atteste,
De ceux qui restent courts :
Quelque sujet qu'il traite,
Toujours sûr de briller,
Tant qu'on veut il répète
    Son plaidoyer.

C'est vous, beauté trop sage,
Qu'il veut persuader :
N'êtes-vous pas dans l'âge,
Dans l'âge de plaider ?
Sur les frais de la cause
N'allez pas épargner :
En perdant quelque chose
    On peut gagner.

COUPLETS

CHANTÉS A SCHIPLAKEN, POUR L'ANNIVERSAIRE
D'UNE NAISSANCE.

AIR : Turlurette.

Le bon seigneur de céans
Entre dans ses quarante ans :
Vite en son honneur et gloire
    Il faut boire,
Il faut boire, boire et toujours boire.

De vivre il est enchanté :
Buvons donc à sa santé ;
C'est une œuvre méritoire :
    Il faut boire,
Il faut boire, boire et toujours boire.

Il est fort de cet avis :
A table avec ses amis,
Il dit après chaque histoire :
    Il faut boire,
Il faut boire, boire et toujours boire.

Parle-t-on des temps passés :
Paix, dit-il, c'en est assez :
Pour en perdre la mémoire
    Il faut boire,
Il faut boire, boire et toujours boire.

Parle-t-on du temps présent :
Il est, dit-il, fort plaisant !
Mais, si vous voulez m'en croire,
    Il faut boire,
Il faut boire, boire et toujours boire.

Voulez-vous vivre long-temps ?
Cher baron, chantez cent ans,
Devant le même auditoire :
    Il faut boire,

Il faut boire, boire et toujours boire.

Puis allons, mes bons amis,
Répéter en paradis,
Ou du moins en purgatoire :
    Il faut boire,
Il faut boire, boire et toujours boire.

MARIAGES HEUREUX ET MALHEUREUX

DE MADAME BERNARD.

RONDE.

Air : Du curé de Pomponne.

S'marier sans y regarder,
    C'est donner dans la bosse :
En fait d'çà l'on n'peut trop tarder,
    Quand même on s'rait précoce.
        Ah !
    L'on n'sait bien tout çà,
        Larira,
    Que le lend'main d'la noce.

Moi qu'ai déjà dit oui trois fois,
    Je sais c'qu'en vaut la sauce.

Mon premier était un sournois,
   Natif de Chartre en Beauce.
        Ah !
    Il m'en souviendra,
      Larira,
  De ma première noce !

L'premier jour nous étions d'accord ;
   Le s'cond jour il me gausse ;
Près d'moi le troisième il s'endort ;
   L'quatrième il me rosse.
        Ah !
    Il m'en souviendra,
      Larira,
  De ma première noce !

Mon s'cond était un animal,
   Un vrai ch'val de carrosse :
L'hymen lui réussit fort mal :
   Il n'en fit qu'une rosse.
        Ah !
    Il m'en souviendra,
      Larira,
  De ma seconde noce.

Mon troisième est un bon garçon,
   Qui ne s'baisse ni n'se hausse ;
Qui chant'toujours du même ton,

Et n'a pas la voix fausse.
Ah!
Il m'en souviendra,
Larira,
De ma première noce!

Je n'ai qu'un'fille et cinq garçons;
Mais si l'bon Dieu m'exauce
D'un septième enfant d'sa façon [8],
D'ici-t-à d'main j's'rai grosse.
Ah!
Il m'en souviendra,
Larira,
De ma troisième noce!

LA MORALE UNIVERSELLE.

RONDE.

AIR : Amusez-vous, trémoussez-vous.

Vous voulez un' chanson nouvelle?
Eh! vite en train, partez, garçons.
Amusez-vous, trémoussez-vous, amusez-vous, belles;
Amusez-vous, trémoussez-vous, amusez-vous donc.
Filles, répétez avec nous :
Amusons-nous,

Rien n'est si doux.
Amusez-vous, trémoussez-vous, amusez-vous, belles;
Amusez-vous, trémoussez-vous, amusez-vous donc.

Sous la toile ou sous la dentelle,
En robe ou bien en cotillon,
Amusez-vous, trémoussez-vous, amusez-vous, belles;
Amusez-vous, trémoussez-vous, amusez-vous donc.
Avec ou bien sans un époux,
Amusez-vous,
C'est assez doux.
Amusez-vous, etc.

Au mois d'mai sur l'herbe nouvelle,
Et le mois d'août sur la moisson,
Amusez-vous, trémoussez-vous, amusez-vous, belles;
Amusez-vous, trémoussez-vous, amusez-vous donc :
Exprès pour ça c'est fait pour vous;
Amusez-vous,
Rien n'est si doux.
Amusez-vous, etc.

En hiver, même sans chandelle,
Lorsque les jours sont les moins longs,
Amusez-vous, trémoussez-vous, amusez-vous, belles;
Amusez-vous, trémoussez-vous, amusez-vous donc.
Au coin du feu c'est assez doux :
Amusez-vous, etc.

Le rossignol, la tourterelle,
Vous disent dans leur doux jargon :
Amusez-vous, trémoussez-vous, amusez-vous, belles ;
Amusez-vous, trémoussez-vous, amusez-vous donc.
Tout dit aux bois, jusqu'aux coucous :
Amusez-vous, etc.

L'ancienne loi, la loi nouvelle,
Vous répètent à l'unisson :
Amusez-vous, trémoussez-vous, amusez-vous, belles ;
Amusez-vous, trémoussez-vous, amusez-vous donc.
Dieu disait aux premiers époux :
Amusez-vous, etc.

Le petit clerc de not' chapelle
Entonne un jour, en plein sermon :
Amusez-vous, trémoussez-vous, amusez-vous, belles ;
Amusez-vous, trémoussez-vous, amusez-vous donc.
L'curé, qu'on croyait en courroux,
Répond tout doux :
Amusons-nous, etc.

C'est la morale universelle :
Profitez bien de la leçon :
Amusez-vous, trémoussez-vous, amusez-vous, belles ;
Amusez-vous, trémoussez-vous, amusez-vous donc.
Je l'dis pour vous, pour nous, pour tous :
Amusons-nous,

Rien n'est si doux.

Amusez-vous, trémoussez-vous, amusez-vous, belles;

Amusez-vous, trémoussez-vous, amusez-vous donc.

COUPLETS D'ANNONCE

POUR UN DRAME TURC ET MORAL.

AIR : A la façon de Barbari.

L'œuvre qu'on va représenter
  N'est pas du tout risible :
Elle est faite pour contenter
  Le cœur le plus sensible.
Le héros en est un sultan,
    Nouveau musulman,
    Portant le turban,
Et faisant surtout de l'esprit,
      Biribi,
A la façon de Barbari,
    Mes amis.

AUX DAMES.

La scène se passe au sérail;
  Ce mot vous effarouche;
Déjà vous prenez l'éventail,
  Et vous pincez la bouche.

29.

Rassurez-vous : acteurs discrets,
    Sur certains objets
    Mes gens sont muets ;
De plus ils sont moraux aussi,
      Biribi,
A la façon de Barbari,
      Mes amis.

Vous allez voir des gens frisés,
    Des gens portant perruques,
Des gens barbus, des gens rasés,
    Des Turcs et des eunuques.
Quels sont, dites-vous, ces gens-ci ?
    Ils sont, Dieu merci !
    Inconnus ici :
Ce sont des chrétiens circoncis,
      Biribi,
A la façon de Barbari,
      Mes amis.

LE CROISSANT,

VAUDEVILLE DU MÊME DRAME.

AIR : De la béquille du père Barnabas.

LE GRAND-MAÎTRE DES CÉRÉMONIES.

Le ciel en soit loué !

Pour le mieux tout s'arrange ;
Et chacun a joué
Son rôle comme un ange.
Pour orner d'une fête
Ce drame intéressant,
Célébrons à tue-tête
L'empire du croissant.

LE GRAND-TRÉSORIER.

Ce n'est pas un affront,
Malgré l'erreur commune,
Que d'avoir sur son front
La moitié de la lune :
Votre divin prophète
Prouve qu'il est décent
De s'en faire une crête ;
Et vive le croissant !

CASSANDRE, sultan.

Dans toutes les saisons
Il est chez nous de mise ;
Il est dans nos maisons ;
Il est sur chaque église.
Moi, qui porte lunettes,
Et n'ai pas l'œil perçant,
J'ai parmi les planètes
Cent fois vu le croissant.

LÉANDRE, gentilhomme parisien.

Si l'histoire ne ment,
Comme j'aime a le croire,

C'est le noble ornement

Des héros de l'histoire.

Mahomet, Alexandre,

Moïse et Sacripant,

Avant monsieur Cassandre

Ont porté le croissant.

LA VIOLETTE, chirurgien-barbier et tondeur des chiens de la
couronne.

Du pouvoir quelquefois

L'excès est incommode :

Pour alléger ce poids

Vous savez ma méthode;

J'en use avec adresse;

J'empêche en l'exerçant

Qu'au front de sa hautesse

On n'ajoute un croissant.

ARLEQUIN, eunuque blanc '.

Chacun tient à son bien

Plus qu'à celui d'un autre.

Hélas! je perds le mien,

Quand vous gardez le vôtre;

Mais je dis en mon âme :

Tout va se compensant;

Si je n'ai pas de femme,

Je n'ai pas de croissant.

GILLE, eunuque noir.

Au milieu des houris,

Dans un lieu de délices,

L'on nous promet le prix
De tous nos sacrifices.
Le bon Dieu que le nôtre,
Qui, par pitié, consent
Qu'en ce monde ou dans l'autre
On porte le croissant!

ISABELLE.

Livrons-nous au plaisir;
Et nargue des bégueules
Qui n'osent le saisir
Sans être presque seules,
Et dont la pruderie,
En public rougissant,
N'entend pas raillerie,
Sur le fait du croissant.

FIN DES ROMANCES, CHANSONS, VAUDEVILLES
ET COUPLETS.

NOTES ET REMARQUES

LES ROMANCES, CHANSONS,

VAUDEVILLES ET COUPLETS.

[1] PAGE 417.

Charlotte au tombeau de Werther.

Cette romance, une des premières pièces que l'auteur ait publiées, fut faite en 1785. Elle n'a guère, dit-il, d'autre mérite que celui de rappeler le bel ouvrage qui en a fourni le sujet, ouvrage où la plus terrible des passions est peinte avec tant d'énergie, de profondeur et de génie, ouvrage traduit et admiré dans toutes les langues.

[2] PAGE 428.

A madame d'Esprémenil.

Épouse d'un magistrat que de grands talents et de grands malheurs ont rendu célèbre.

M. et madame d'Esprémenil sont morts sur l'échafaud en 1794. M. Regnault de Saint-Jean-d'Angély et M. Arnault

ont chacun épousé une nièce de ces victimes de la cause
royale.

3 PAGE 438.

J'en possède une bande chez moi.

Cette bande, connue sous le nom de *Société du Déjeuner*,
s'est partagée en deux : l'une rédige *la Minerve*, l'autre *le
Spectateur*. Si les opinions n'ont pas fait taire les affections,
notre auteur a des amis partout. Cette note date de 1818.

4 PAGE 439.

Et des couplets de Béranger.

Ce nom est aussi connu que celui de Panuard et de Collé.
Personne n'a plus gaiement parlé raison que M. Béranger;
personne non plus n'a exprimé des sentiments plus français
en meilleur français, langue aussi étrangère au jargon de la
cour qu'au patois de la halle.

M. Béranger est resté aussi fidèle à ses amis que d'autres à
la faveur; s'il mange dans l'étain, c'est sa faute.

5 PAGE 439.

Fût-ce en exil, je dirai :
Qu'on m'attrape toujours de même.

On ne sait guère ce qu'on souhaite : cette rencontre a eu

lieu en exil et n'a été qu'un surcroît de peines pour l'auteur
de ces couplets.

6 PAGE 442.

Une famille indigente.

La famille de l'aîné des neveux de Grétry.

7 PAGE 543.

Défenseur officieux.

Dénomination substituée pendant quelque temps à celle d'a-
vocat.

8 PAGE 448.

Je n'ai qu'une fille et cinq garçons...

L'auteur fait ici rimer *façon* avec *garçons* : cela est un peu
libre; ce n'est pourtant pas la plus grande licence qu'on pourrait remarquer dans cette pièce, qui n'en a pas moins été imprimée déjà avec approbation de la censure.

9 PAGE 454.

Arlequin, eunuque blanc.

On verra plus bas que *Gille* est *eunuque noir* : ainsi le
prince l'a voulu. À la cour à laquelle appartiennent ces deux
fonctionnaires, comme ailleurs, les gens ne sont pas toujours
employés en raison directe de leurs aptitudes.

Dans les couplets qui précèdent le vaudeville auquel se rattache cette note, on a défini, de la manière la plus satisfaisante, ce que c'est que les fonctionnaires dont nous nous occupons; il nous reste à définir leurs fonctions : nous ne pouvons rien faire de mieux que de transcrire ici ce qu'a dit à ce sujet l'almanach de la cour de Stamboul : *Charges de confiance où l'on engraisse à ne rien faire.*

SUPPLÉMENT

AUX

PIÈCES FUGITIVES

ET AUX

POÉSIES DIVERSES.

....

A MADAME LA DUCHESSE DE SAINT-LEU,

QUI AVAIT ENVOYÉ A L'AUTEUR UN BILLET AIMABLE DANS UNE BOÎTE ORNÉE D'UNE MOSAÏQUE.

Jamais enfant de saint Éloi [1]
Fit-il de plus d'adresse un plus heureux emploi ?
Non, chez Foncier [2] lui-même il n'est rien qui l'égale,
Ce travail, où dans l'or, en méandre brillant,
        Je vois les feux du diamant
S'unir aux feux plus doux que réfléchit l'opale ;
    Et ces cailloux, dont les vives couleurs
Du pinceau d'Isabey [3] s'échappent, ce me semble,
        Et sous la main qui les rassemble
S'animent en portraits, se nuancent en fleurs,
Jamais dans leurs dessins, rivaux de la peinture,
        Les a-t-on vu mieux retracer,

En tableaux que le temps ne saurait effacer,
Les tableaux fugitifs offerts par la nature?
      Et cela doit m'appartenir!
      Et c'est à moi qu'on le destine,
Ce gage inespéré d'un royal souvenir,
Que par la main d'Hortense aujourd'hui Joséphine
      Semble me faire parvenir!
Pour s'exprimer ma joie en vain désire un terme :
La langue la plus riche est indigente ici.
Mais que vois-je? l'écrit que ce bijou renferme,
      C'est à moi qu'il s'adresse aussi!
      Ah! je le sens, devant ce peu de lignes,
      Ah! je le sens, près du noble intérêt
A ma longue infortune accordé par ces signes,
      Tout autre charme disparaît!
      Vainement les arts de l'Europe
De leur plus doux prestige ont enrichi cet or :
      Ce papier, voilà mon trésor,
      Hortense; et je préfère encor
      Votre lettre à son enveloppe.

1820.

A L'AUTEUR

DES RECHERCHES SUR LES OSSEMENTS FOSSILES

DES QUADRUPÈDES.

Vous, dont le regard scrutateur,
Des âges perçant le mystère,
Surprend jusqu'au fond de la terre
Tous les secrets du Créateur ;

Rival des plus vastes génies,
Vous qui, sous nos yeux étonnés,
De tant d'animaux détrônés
Ressuscitez les dynasties ;

Infatigable en vos efforts,
D'Ésope oubliant la maxime,
Jamais de votre esprit sublime
Ne détendez-vous les ressorts ?

Consultez parfois le quantième ;
Il défend d'opérer toujours.
Dieu, qui fit le monde en six jours,
Se donna relâche au septième.

Voici le roman des héros

Dont vous avez écrit l'histoire :
Lisez, et vos jours de repos
Seront pour moi des jours de gloire.

IMITATION LIBRE

D'UN SONNET DE MICHEL-ANGE BONAROTTI
SUR LE DANTE.

On n'en dira jamais tout ce qu'on en doit dire :
En ton honneur en vain j'interroge la lyre :
Ta main, poëte des douleurs,
Ta main l'épuisa d'harmonie ;
Pour punir tes persécuteurs,
J'y trouve bien des chants dignes de tes malheurs,
Mais non dignes de ton génie.
Du sein de ces gouffres profonds,
Habités par la nuit, le crime et les supplices,
Où ton audace alla nous chercher des leçons,
T'élevant au séjour des célestes délices,
Les parvis éternels s'ouvraient devant tes pas,
Alors qu'à ta vertu, proscrite et non flétrie,
Les Florentins fermaient, par leurs décrets ingrats,
Les portes de la patrie.
Trop souvent le peuple insensé
Ainsi porte des coups dont lui-même est victime ;
Trop souvent l'héroïsme, ainsi récompensé,

A rencontré le prix du crime!
De cette déplorable erreur,
Quel exemple que ton poëte,
O Florence! Jamais plus injuste malheur
Frappa-t-il plus illustre tête?

LE PRISONNIER.

A travers ce grillage
Je vois, de ma prison,
Reverdir le feuillage,
Refleurir le gazon;
Je vois à ma fenêtre
L'hirondelle accourir:
Le printemps va renaître,
Et moi je vais mourir!

Philomèle plaintive,
Est-ce toi que j'entends?
Violette craintive,
Est-ce toi que je sens?
La rose aussi, peut-être,
Déjà songe à s'ouvrir:
Le printemps va renaître,
Et moi je vais mourir!

Malgré la double porte,
Pour moi close à jamais,
L'écho lointain m'apporte
Des refrains que j'aimais.
Le chalumeau champêtre
Recommence à gémir :
Le printemps va renaître,
Et moi je vais mourir !

Doux parfums, doux ramages,
A mes sens éperdus
Pourquoi rendre l'image
Des biens que j'ai perdus ?
Ah ! laissez disparaître
Jusqu'à leur souvenir :
Le printemps va renaître,
Et moi je vais mourir !

Sur ce lit de souffrance,
Où je suis retombé,
Entouré d'espérance,
Enfin j'ai succombé :
Un froid mortel pénètre
Mon cœur las de souffrir :
Printemps, tu vas renaître,
Et moi je vais mourir !

A La Haye, 1818.

LA GIRAFE ET LE DROMADAIRE [6],

FABLE.

L'homme n'est pas plus grand que nous,
Disait un dromadaire en alongeant la tête,
Et pourtant il nous charge, il nous monte, il nous traite
Comme de francs baudets.

LA GIRAFE.

Et pourquoi, pauvre bête,
Pourquoi plier les genoux?

A M. JOUI,

QUI A FAIT ENTRER DANS LE RECUEIL DE SES OEUVRES
QUELQUES PIÈCES DE MA FAÇON.

Que de gens en chemin pour l'immortalité!
J'entends celle qui brille au bord de l'Hippocrène:
Comme un fou l'un y court d'un pas précipité,
En héros: l'autre y marche avec tranquillité,
En bon bourgeois qui se promène;
Tel y trotte sur son grison;
Tel y galope sur sa rosse;

Et tel, à cheval sur sa crosse

Comme un marmot sur son bâton;

Tandis que celui-ci la poursuit en carrosse,

Non toutefois sans accrocher,

En fiacre celui-là pense, avec bonhomie,

Au petit pas s'en approcher,

Grâce à l'adresse du cocher

Qui le mène à l'académie.

Alerte, quoique estropié,

Dandineau cependant, comme à tout autre poste,

Y croit aller en malle-poste;

Y pouvais-je arriver à pié?

Je n'osais m'en flatter, quand, passant d'aventure,

Sur un char élégant vous me faites monter.

A l'immortalité j'irai; j'y puis compter :

Je suis dans votre voiture.

FIN DES PIÈCES FUGITIVES.

NOTES ET REMARQUES

LES PIÈCES FUGITIVES.

---

¹ PAGE 461.

Jamais enfant de saint Éloi.

Saint Éloi, avant d'être évêque de Noyon, avait été orfèvre à Paris. Il fit avec une égale habileté des trônes, des châsses et des homélies : il avait été aussi joaillier de la couronne sous Dagobert. Il était Limousin.

² PAGE 461.

Foncier.

Joaillier plus habile peut-être que saint Éloi.

³ PAGE 461.

Isabey.

Peintre adroit : il prendra rang parmi les peintres d'histoire, quoiqu'il n'ait fait que des miniatures. Il n'y a pas un personnage puissant, depuis 1790 jusqu'à ce moment, dont il n'ait obtenu séance. Ses portraits sont aussi ressemblants que peuvent l'être des portraits flattés.

4 PAGE 463.

Jamais de votre esprit sublime
Ne détendez-vous les ressorts?

Voir la fable XIV du IIIe livre de Phèdre.

Ludus animo debet aliquando dari,
Ad cogitandum melior ut redeat tibi.

5 PAGE 463.

Consultez parfois le quantième :
Il défend d'OPÉRER toujours.

Opérer est pris ici dans son sens primitif, *faire de l'ouvrage,* sens dans lequel il est employé par la Bible : Dieu mit Adam sur la terre pour qu'il y travaillât, *ut operaretur terram ,* dit la Genèse.

6 PAGE 467.

La Girafe et le Dromadaire.

Florian, dans sa fable intitulée *le Chameau et le Rhinocéros,* a tiré du même sujet une conséquence tout opposée; sa fable et celle-ci sont absolument différentes.

FIN DU TROISIÈME VOLUME.

TABLE

DU TROISIÈME VOLUME.

ROMANCES, CHANSONS,

VAUDEVILLES ET COUPLETS.

SUPPLÉMENT

AUX PIÈCES FUGITIVES

ET AUX POÉSIES DIVERSES.

Imprimé en France
FROC011902060720
24425FR00013B/588